黎明将至

夜が明ける

〔日〕西加奈子 著
匡铁歌 译

江苏凤凰文艺出版社
JIANGSU PHOENIX LITERATURE AND ART PUBLISHING

图书在版编目（CIP）数据

黎明将至 /（日）西加奈子著；匡铁歌译 . -- 南京 : 江苏凤凰文艺出版社，2024. 8. -- ISBN 978-7-5594-8849-7

Ⅰ. I313.45

中国国家版本馆 CIP 数据核字第 2024NR2424 号

江苏省版权局著作权合同登记号：10-2024-138 号

黎明将至

（日）西加奈子 著　匡铁歌 译

出　　品	橘子洲文化
监　　制	王　瑜　杨雪春
责任编辑	白　涵
特约策划	云　游
封面绘图	西加奈子
封面设计	小贾设计
版式设计	天　缈
出版发行	江苏凤凰文艺出版社
	南京市中央路 165 号，邮编：210009
网　　址	http://www.jswenyi.com
印　　刷	环球东方（北京）印务有限公司
开　　本	880 毫米 ×1230 毫米 1/32
印　　张	11
字　　数	260 千字
版　　次	2024 年 8 月第 1 版
印　　次	2024 年 8 月第 1 次印刷
书　　号	ISBN 978-7-5594-8849-7
定　　价	59.80 元

江苏凤凰文艺版图书凡印刷、装订错误，可向出版社调换，联系电话 025-83280257

你的孩子，并非你的孩子。

生命自身渴求重生。

他们，是生命的儿女。

经由你降生，但并非出自你。

他们与你生活在一处，但并非你的所有物。

你可以给予他们爱，但不可授予他们思想。

他们的心灵，安住在“明日之屋”，

那是你无从抵达的所在，纵使在梦中。

——纪伯伦《先知》

贫困，是一个人实现其“可行能力”的权利遭到了剥夺。

——阿马蒂亚·森[①]

并无善人与恶人之分，只是人人皆有美或丑的时刻。

——市原悦子[②]

① 阿马蒂亚·森（1933— ）：印度经济学家，1998年获诺贝尔经济学奖。可行能力（capability）是他提出的一个概念，是指一个人有可能实现的、各种可能的功能性活动的总和，及一个人所拥有的、享受其所珍视的某种生活的实质自由，包括身体健康、营养良好、避免疾病、自尊、受人尊重、受教育、社会参与等。（本书注释若无特殊说明，均为译者注）

② 市原悦子（1936—2019）：日本著名演员、配音演员。

目 录
CONTENTS

前篇

关于阿基·马克莱宁这个人物，是我告诉那小子的。

所以说，我对那小子的人生负有一定责任，毕竟告诉他马克莱宁的故事就意味着从此改写了他的人生。

深泽晓是我哥们儿。

我叫他阿基，是他本人要求我用马克莱宁的名字称呼他的。

我希望大伙儿了解一下阿基，尽管说来话长。

因为阿基几乎很少开口谈自己的事，所以我知道的充其量是这小子人生的一个截面而已。不过我手头有本日记，阿基的日记，我未知的那部分的他就藏身在日记里——一个灰色软皮笔记本，上面密密麻麻地挤满了他蹩脚的丑字，是他从母亲那里得到的，最初也是最后一份礼物。

我不好说了解阿基的人生到底有没有用处。算了，老实说吧，我猜这派不上任何用场。这小子的一生基本与“发挥作用”“效率”之类的词扯不上关系。如果有谁问我：“是不是打算模仿他？”就凭他那种活法，也叫人很难说是。绝无效仿的可能。

不过，我希望大伙儿了解一下，了解曾有阿基这样的人活着，了解在这个世界上，在那具躯壳下，他曾怎样活过。同时，假如他能得到诸君的谅解，最好也算我一份。

告诉阿基马克莱宁这个人物改写了他的人生。

首先，我得向大伙儿交代一下这件事的来龙去脉。

一九九八年初夏，我十五岁，身上的校服刚从冬装换成夏装，因此我印象深刻。我告诉这小子，芬兰有个电影明星，名叫阿基·马克莱宁。后来，这个人物将大大扭转阿基的人生。

爱上电影要从我上小学算起。

那个年代可不像如今，能在网上随意观看各类影片。当时，录影带租赁仍大行其道，而我已博览群片，阅遍了市面上的所有作品。我老爸收藏的录影带堆得好似一座小山。单单为了看电影，家里甚至还专门购入了大型的投影仪和录像机。

老爸不是会把电影分门别类，规定“什么适宜儿童观看”“什么不适宜儿童观看”的那种人。从事书籍杂志装帧设计的他精熟各个门类的影片，同时也是个相当有趣的人。他的房间里除了录影带以外，还有数不清的唱片和泛滥成灾的书，而角落里信手摆放的画作实际上往往是某某名家的手笔。

老爸爱他的书房，但也常以“搜集素材”为由在外跑，足迹遍布所有演唱会、电影院、美术馆，有时甚至不惜远赴海外，所以待在房间里的时间少之又少。

我妈似乎并未料到我会出入老爸的房间，况且她又没法子一天到晚盯着我。以老爸的收藏规模，更不可能把录影带特意分拣出一个“适宜儿童观看”的类别。在他数量庞大的个人收藏中，也存在若干迪士尼老片或吉卜力动画，属于“内容优良”的少儿电影，要把它们单独挑出来是件挺费劲的事。

一天之中的大部分时间，我都在老爸幽暗的书房里度过，把我感兴趣的片子依次塞进录像机，一部部挨个儿看。说实话，多数“少儿不宜”的作品我基本是在这一阶段涉猎的，比如大岛渚的《感官世界》就是我上小学那会儿看的。

我得知阿基·马克莱宁是通过《男人的清晨》这部电影。

生活在赫尔辛基的失业男与昔日一起鬼混的痞子老友在酒馆里碰头，谋划着搭伙去干一件坏事，不料总被各种人与事扰乱谈话：酒馆老板和小舅子忽然干起仗来，老婆婆误把马克莱宁认作死去的丈夫，不停地从旁打岔，怀孕的母猫在桌下眼看快要分娩……两人的密谋一再被打断，最终失业男迎来了一个安然无事的清晨。

既不见花哨的打斗，也不见危机感四溢的劫匪戏，画面中只有寂寥的小酒馆、疲惫的男人，以及马克莱宁略显倦怠厌世的面容。一出封闭空间内以对话为主的情景剧，时长足足超过两小时。

从卡司到剧情无不属于小众片中的小众片。不过若干年后，好莱坞导演斯派克·琼斯[①]公开推举这部作品，尤其以“马克莱宁的粉丝”自居，于是，该片也被奉为神作，在影迷圈内拥有了知名度。

在马克莱宁出演的影片中，最重要的代表作当属一九七八年上映的犯罪片《逃离暗冥》。他在片中饰演一名癫狂的恶棍，甚至可以徒手捏碎他人的头颅。遗憾的是，该片未在日本公映。不过，马

---

① 斯派克·琼斯（Spike Jonze，1969— ）：美国著名导演、编剧。2003年，以影片《改编剧本》获得第53届柏林电影节银熊奖评审团大奖；2013年，以影片《她》获得第86届奥斯卡金像奖最佳原创剧本奖；其他代表作有《成为约翰·马尔科维奇》《野兽家园》等。

克莱宁展示出的惊悚气质足以碾压《007》中理查德 · 基尔[①]扮演的反派角色“大钢牙”。据说，连大导演昆汀[②]都对他盛赞有加。但话说回来，依然只有极少数人知晓他的名字，这是不变的事实，况且当时他已经去世，醉酒后睡倒在街头而被冻死了，享年只有四十岁。

至于我，在斯派克 · 琼斯掀起一股“马克莱宁热”之前，此人就在我心中微妙地占据了一席之地。我愿意发誓：当时，看过《逃离暗冥》这部冷门电影，并热心向朋友推荐的高中生，即使在全日本，不，在全世界，哪怕把芬兰也算进来，我也是绝无仅有的。要知道，那时候，斯派克 · 琼斯还没以导演身份出道呢。

“你小子根本就是阿基 · 马克莱宁嘛！”

这是我对阿基说的第一句话。

我不记得自己嘴里吐出过这个句子。但阿基的日记是这样写的，还拿铅笔把它作为重点圈了起来。这家伙应该不会搞错。

你小子根本就是阿基 · 马克莱宁嘛！

话虽如此，但是对一个初次见面的人这样讲也够怪的。换作如今的我，根本无法想象，不仅冒失，还有点蠢了吧唧。但当时我好像真的这么说了。随后又补充道：“这家伙贼有意思，哪怕再丧的事、再惨的人生，被他一演，都会有股惹人发笑的喜感。怎么说呢，你能从马克莱宁身上获得一种活下去的勇气。”

---

① 理查德 · 基尔（Richard Kiel，1939—2014）：美国演员、谐星，以“007”系列中饰演邦德的死对头“大钢牙”而闻名，其他代表作有《魔发奇缘》《最佳拍档3：女皇密令》《苍白骑士》等。

② 昆汀 · 塔伦蒂诺（Quentin Tarantino，1963— ）：美国著名导演、编剧，号称好莱坞“鬼才”，擅长拍犯罪片、黑帮片，其中充斥着暴力色彩，代表作有《低俗小说》《杀死比尔》《无耻混蛋》等。

十五岁的我心中对马克莱宁的印象至今没有丝毫改变，马克莱宁当真是一个有趣的演员。

首先，从外貌来看，他就足够趣怪：梳着一头硬邦邦的板寸，刺喇喇的发丝撑起个把分量不算太重的小玩意儿肯定不成问题（神似出演《洛奇4》的杜夫·龙格尔）；低低的眉毛离眼睛格外近，就算在阳光底下，眼尾也总是染有一片阴影（不妨联想一下《教父》里的马龙·白兰度）；恶狠狠的目光，即使面无表情，看起来也像在瞪人，据说是近视的缘故。不过，就算他视力二点五，估计眼神也改不了吧（他本人拒绝戴任何眼镜或隐形眼镜，声称："我眼中的世界就是如此。"）；形似秃鹫的大鼻子高高地在眉间隆起（与让·雷诺同款）；耷垂的嘴角，两片削薄的唇，说"令人心生怜意"也不过分（参考伊莎贝尔·于佩尔）；肉嘟嘟的下巴颏从当中裂成两瓣（此处提名约翰·特拉沃尔塔应该不会有人表示异议）；拥有一颗如此庄重、威严的头颅，却搭配了一副极其窄小的溜肩膀（我脑子里浮现的是达斯汀·霍夫曼）；此外，还有异样壮硕的手臂与躯体（可以轻易地让人联想到阿诺·施瓦辛格）；下面生着一双有些瘦伶伶的长腿（近似《为所应为》时期的斯派克·李）。所以，从形象上来说，他整个人足以用"乱七八糟"来概括。

总之，马克莱宁是一个赚人眼球的家伙。不管多么严肃的场合，只要他一出场，观众立马就会笑出来——他就是这么神奇的存在。反之，当他默然枯坐在酒馆的椅子里，又会散发出一股惹人泪目的哀愁气质。

他抽烟的样子犹如手中夹着世上最后一支香烟；他痛饮伏特加，仿佛这烈酒是在凭吊某位逝去的故人；他所扮演的每个角色几乎都有醉酒戏，命蹇时乖，总在懊恼自己失意的人生。后来，我共计看过七部由他出演的影片。其中三部，他饰演的人物都酩酊大醉，冻死路边。也就是说，在人生的最后时刻，他选择了一种与自身角色相同的死法。

在美国或法国找不出来像马克莱宁这样的家伙。影星史蒂夫·布西密因为仰慕他，曾宣言："这辈子不会去整牙。"不过，就算以古怪著称的布西密，在滑稽、悲情这方面也远远不及马克莱宁。原因在于，多数时候，布西密看起来太酷了一点。马克莱宁从来不曾酷过，无论何时，他总是悲情，始终滑稽。

有个十五岁的日本人酷似马克莱宁。我猜，此时此刻，你们肯定在搜索马克莱宁的照片吧，而且对我说的话肯定不愿置信吧。

曾经，阿基在入学典礼上大出风头。首先，乍眼一看，他绝对不像高中生。一米九一的个子，比周围人高出整整一头，说他"简直是巨人族"也并不言过其实。马克莱宁身高一米九四，对于相差的三厘米，在日常的一切场合，阿基总会刻意挺直脊背，并在鞋跟上做点小手脚来补足。

当然了，作为高中生，徒有身高并不会使他看起来像个成熟的大人。实际上，阿基长得也足够老气，脸颊上已然刻上了深深的皱纹，兴许是刮不干净吧，鼻子下方、下颌等部位糊着一层黑黢黢的胡楂。最关键的是，十几岁少年该有的标准配置，比如什么活泼好动、撒欢爱闹，这小子身上半点也不具备。他现身开学典礼的那副德行仿佛刚刚杀完并埋尸了三四个人，浑身散发着一丝不合常理的阴郁气息。这就是阿基。不用说，大家没有谁不怵他，我心里也暗自庆幸，好在跟这小子不同班。

不承想，没过多久，阿基就被大家贴上了"没啥了不起""用不着放在眼里"的标签。别看他一副凶神恶煞的模样，其实他这个人胆子贼小，总之主打一个"缩头缩脑"。排球部、篮球部、棒球部、柔道部……邀请他加入的课外社团排成了长队，但他每次都把膀子一缩，那神情仿佛刚遭遇了勒索。

所以入学一个月，大家对阿基的印象已基本定型，"没用的傻大个儿”“空有一副大高个儿”“除了丑，没别的”，在十几岁的少年人眼里，阿基的形象就值一个“丑”字。大家高高在上地俯视着他，而他也总是一副仰人鼻息的态度。

估计自始至终关注阿基的只有我。说关注吧，也不过是在走廊上偶尔碰见，目光会不自觉追着他走。但总的来说，“这小子酷似马克莱宁”的想法一直憋在我心里。我从没见过有谁这么像马克莱宁。不是说“在所有像马克莱宁的人中，阿基占据了第一名”（压根儿不曾存在这种人），而是在“某人酷肖某人”这一领域里，阿基达到了巅峰。要我说，阿基“几乎就是马克莱宁本人”。

但我从未向其他人透露过这个想法。一来实在难以想象同年级还有谁看过《男人的清晨》这部片子；二来班上的同学以及所属田径社团的伙伴之间从没聊起过与阿基有关的话题（我可不是那种不识趣的家伙，非要在大伙儿面前提起一个谁也不了解的人）。

对于大家轻慢的态度，阿基并不放在心上，在“消除自身存在感”这方面，他一向做得挺成功，比如早晨进教室比谁都早，乖乖地坐在位子上，面前摊着一册课本（居然有在课外时间也愿意看课本的高中生），到了课间休息，他就守在饮水机前，一待就是大半天，有谁来喝水，他便赶紧把地方让出来；走在走廊上，为了不挡别人的道，他总会小心翼翼地扭着庞大的身躯躲闪；不参加任何社团活动，一放学便忙不迭地往家赶。

形同一团巨大的空气。

也许这样比喻有点怪，但阿基就是这种人。

我告诉阿基“那件事”是出于一次偶然。

忘了那天是什么缘故，我被班主任喊去了教员办公室。班主任教我们生物，吩咐人高马大的阿基帮忙搬运下一堂课要用的实验器具。

他把我和阿基撇在一旁干等着，自己却跟别的老师没完没了地唠起了闲嗑。我俩被晾在原地，大概是有些局促吧，我一时没憋住，冲阿基搭了句腔："你小子根本就是阿基·马克莱宁嘛！"

也许当时我对阿基心存几分忌惮。虽然理智上知道"这小子没啥了不起"，但阿基壮硕的体格毕竟摆在那儿，周身依然喷薄着杀了三四个人的阴郁气息。当时的我像大多数青春期的男生肯定会做的那样，希望在阿基面前摆出一副"老子没在怕你哟"的态度。而且可能的话，希望阿基把自己当成一个与众不同的家伙。

"你小子根本就是阿基·马克莱宁嘛！"

当然，我心里应该清楚，阿基不会知道马克莱宁是谁，但卖弄学识是我一贯的臭毛病，尤其谁也不知道的冷门知识。冷不丁被我搭腔，阿基吃了一惊。不，与其说是吃惊，不如说是显而易见受到了惊吓。他肩膀一抖，浑身一僵，几乎能听见"咔嗒"一下锁死的声响。身高一米五六的我在他面前明显处于被俯视的下位，但阿基脸上却挂着一副仰视我的表情。

"是……是……是谁？"

除了人傻，阿基还有严重的口吃。望着眼前懵懂的阿基，我大约感受到了一份安心吧。"不认识就算了。我说的这家伙……"没必要继续装了，我老老实实解释，"这家伙贼有意思，哪怕再丧的事、再惨的人生，被他一演，都会有股惹人发笑的喜感。怎么说呢，你能从马克莱宁身上获得一种活下去的勇气。"

令人难以置信的是，据说当天我还向阿基发出了邀请："要不要来我家看《男人的清晨》？" 很难想象我会跟阿基这种人聊得兴起，何况把不三不四、不知根底的家伙随便往家里带也不是我的作风。但当时我的确这么干了。

阿基在日记里写道："他邀请我去他家里玩。我借口要打工而拒绝了。真后悔，其实我心里特别想去。"

次日，阿基在走廊上忽然拦住了我："那……那……那个人，麻……麻烦你……讲一讲。"

阿基那副眼巴巴的样子，除了"如饥似渴"，简直无以形容。他几乎是用一种"乞命"的姿态向我发出哀求，我若拒绝的话，恐怕他能双膝跪地，当场给我来一个土下座[①]啥的。

对于阿基的乞求，我愿意尽量回应。不过，毕竟我的知识储备有限，再说日本也极少传播（大家把互联网当作辞典用是多年以后的事）有关马克莱宁的信息。所以，除了把《男人的清晨》这部录影带借给阿基，也没别的法子了。可光是如此，也让我费了点力气，因为需要在老爸数量庞大的收藏里翻出老早以前看过的某盘录影带。我从日期交界的凌晨开始动手，结果找到落满灰尘的带子时已经天光透亮。

阿基像搂着一件宝贝一样，把录影带抱在怀里回家了。几天后……

"我看……看……看过啦！"

他气喘吁吁地闯进我的教室，脸上挂着仿佛刚杀了几个人的神情，吓得好几个同学貌似以为我真的要被他干掉了。

"简……简……简直……就是我！"

"我就说嘛，已经不是像不像的程度了。"

我记得那一刻阿基满面通红，并非羞涩，而是兴奋所致，要么两者兼有。

"你小子根本就是马克莱宁的翻版！"

像是受到了我这句话的鼓励，从那天起，阿基开始以马克莱宁自称。

---

① 土下座：一种日本礼仪，古代用于向身份高贵的人表达谦恭之意，现代一般用来表示最深切的歉意或者诚心请求之意。（编者注）

“我……我……我是马克莱宁。”

他要求我别再叫他“深泽”，而是以“阿基”称呼，甚至宣言要蓄一脸马克莱宁同款的邋遢络腮胡子，并在人生的尽头，即四十岁那年，冻死街头。

四十岁就死掉，也太年轻了点，更别说还是冻死。作为一个体格健康的高中男生的梦想，未免太过凄惨。

但在当时，对于十五岁的我们来说，这是永远不会降临的“未来之事”。在我们眼中，活了四十年的家伙纯属彻头彻尾的老头子，而我们聊起四十岁中年人的口吻与聊起七老八十快入土的人没多大区别。在高中生看来，整个世界不外乎由“高中生以及其余”所组成。至于未来，在过于遥远的远方，根本无从想象。再说了，还有一种“芬兰是哪儿？”的事不关己的感觉。

对阿基来说，尤为重要的一点是马克莱宁早已离世。在邂逅的当下对方已经死去意味着“不会再死一次”。换言之，等于马克莱宁这个人物永远活在了阿基心里。

阿基每天都来班上找我，不为别的，就是想和我聊聊马克莱宁。

“在……在……脸前面挥……挥手的一幕，帅……帅……帅呆了啊！就是那……那场……抽……抽烟的戏。”

仅仅因为自己长得与某人相像，就痴迷对方到这等程度（再说又不是像威尔·史密斯、布拉德·皮特之类的大帅哥，只是一个芬兰极小众的电影演员），我当真有些费解。阿基追星的热情异乎寻常。不过与他相处的时间里，我倒也蛮开心的。

某些同学原本用一种诧异的眼光从一旁打量着我和阿基的交谈，但随着我们的对话变得越来越日常，大家开始对阿基产生了兴趣。起初，见我跟阿基聊得热火朝天，他们会小心翼翼地插几句嘴，没想到末了，却迷上了阿基。

阿基是一个有意思的家伙。

以马克莱宁自称意味着本该是一个危险人物，但阿基基本属于性情和善的老好人，还有点愣头愣脑的天然呆。对于大家的问题，他总会给出一些不着四六的回答。

“什么鬼啊！”当我们哄堂大笑，他便一脸歉意地垂下头。

“不……不……不好意思……我的眼神不行。”

“不是眼神，是耳朵吧！”

这样的对话成了每回必有的固定节目。但话说回来，虽然阿基的眼神确实不好，却从不戴眼镜或隐形眼镜，这一点也与马克莱宁不谋而合，阿基为此沾沾自喜。

“那，课堂上你怎么抄笔记呢？你坐最后一排不是吗？”

每次班级排座位，既不看学号，也不靠抽签决定，阿基总会以他惊人的身高，自动被安插到教室最后一排的某个位子。

“那……那……那个……看不清黑板，我……我就抄下……老师的每句话。”

“老师的话？”

“老……老师讲课的内容。”

“搞什么啊！”

“根本没屁用好吗?!”

大伙儿让阿基拿来他的课堂笔记，边翻看边笑。阿基写得一手丑字，根本没人能看懂。但不知为什么，我却看得明白。

“这谁看得懂啊！”

“可怕！”

每当众人爆笑，阿基就会一脸迷糊，大概他是搞不清楚到底哪里可笑吧。尽管如此，一个学期下来，阿基也成了全年级男生最受欢迎的人物。他走在走廊上，随时会有同学跟他打招呼。而一些只会用粗暴的方式表达好感的愣头小子还会狠狠踢他的屁股。

“阿基，快来一个模仿秀！”

阿基成功地做到了让所有人都喊他“阿基”。同时，他宣布要“成为马克莱宁”的事也成了尽人皆知的趣闻。

当然，大家并不清楚马克莱宁是何许人。所以，尽管阿基迈着与马克莱宁如出一辙的步子——耷拉着肩膀，微微拖曳着左腿，那位同学还是大喊道：“你小子学的是谁啊？！”

“我上哪儿知道正确答案啊！”

“学得像不像，压根儿判断不了好吗？！”

知道所谓“正确答案”的从头到尾只有我。依我说，阿基的模仿秀完全是“正确答案”本尊。假如脱掉校服，把头发染白，阿基活脱脱就是马克莱宁的复本。短短几个月里，他已越发“马克莱宁化”起来。

当然，大伙儿对此并不在乎。在众人眼里，阿基不过是一个脑筋奇奇怪怪的家伙，外貌酷似某位压根儿没人认识的芬兰演员，还口口声声说要变成人家，只是这一点就足够好笑了。

阿基笑起来状若妖怪，龇牙咧嘴，发出“嘿嘿嘿”的怪声。他从不开口大笑，但你能明白他很开心。阿基像只狗，跟谁都不亲近，却朝所有人都讨好地摇着尾巴。

我把《男人的清晨》那盘录影带送给了阿基。首先，老爸不可能对他收藏的所有作品了如指掌。其次，我觉得今后自己大约不会再看这部电影（而我的预测落了空。若干年后，出于某个理由，我又把这部片子重温了好几遍）。

把录影带交给阿基的那一刻，他露出难以置信的神情，以一种宛如神迹降临的眼神望着我，一遍遍地鞠躬。

“谢……谢……谢谢你，真的非常感谢。谢……谢呀。谢谢。”

说实话，被人如此千恩万谢的感觉挺不赖。只是，阿基的谢意热烈得超出了常情，仿佛巨轮将沉之前，我把救生艇的最后一个席位让给了他。

“真……真……真的非常感谢。我绝，绝对不会忘记。真真……真的感谢。谢谢……谢……谢你。谢谢。”

在阿基心目中，我几乎享受着与救命恩人同等规格的待遇。也就是说，属于他“不惜赔上性命也要守护的人”。

事实上，我的确被阿基救过一命。

期中或期末考试前，社团活动暂时休息的那段日子，一向属于“回家社”的阿基和大伙儿有了同路的时间。

学校位于东京的最西部，我们日常搭乘的电车线可谓恶名远扬，据说“跳轨自杀人数位列全日本第一”。从学校至车站，步行约十分钟。那天阴云密布，天气预报说有雨，我们一帮人走在去车站的路上。不过，直到放学前，雨都没有下来，于是每个人都把折叠伞握在手里。

也不知起因是什么，大家开始嬉闹起来，我们先抢下彼此手里的雨伞，再学着标枪选手的样子远远投掷出去，同时嘴里和选手一样鬼叫着：“噢啦，啊啊啊啊啊！”

越是玩得卖力和投入，这事就越搞笑。大伙儿玩了一局又一局，依旧乐此不疲。跑去将落到远处的雨伞捡回来，交还原主前，虚晃一招再扔出去。杉本君的伞挂在了树梢上，元木君的伞掉了伞把。

当然，我手里这把也在劫难逃。一把平平无奇的塑料雨伞被大伙儿撕扯的瞬间，我扯开喉咙嘶号：“这是我祖宗的传家宝哇！”

“鬼扯吧，还祖宗呢！”

“你祖宗的那个年代根本就没有塑料雨伞好吧！”

当然，一把伞而已，我已放弃了对它的拯救，做好了它在争抢中被剥皮拆骨、抛尸路边的准备。

“求求别抢啦，啊啊啊啊！”

我们男生间往往流行这样的暴力游戏。要怪就怪这副年轻的身板，充斥着急剧增殖以致过剩的雄性荷尔蒙，把我们耍得团团转。

比如在走廊擦肩而过时，会猛然暴击对方的肩头。“哇！”被偷袭的一方一声惊叫，然后会借这股疯劲绕着操场狂奔好几圈，甚至有趁势从二楼跳下，摔折了腿骨的家伙。当然，此类举动纯粹是一些没品的恶搞，但大家演得分外认真，仿佛认定不这么干就会死。

“这小子死活不撒手哇！”

“明明是一把最不值钱的烂伞！”

我死死抱住雨伞，翻身骨碌到地上，俨然一个特技演员，被众人拖行向前，一直拖了好几百米，也决不肯撒手。因为我心里明白，游戏越是无厘头，就越需要全力以赴，如此才会更好笑。在这套搞笑理论下，借橡皮尺子的时候，我们还流行给对方土下座，趴在地上咣咣猛磕响头。

“是我祖宗的传家宝啊啊啊啊啊！”

大伙儿貌似察觉到了我的意图，拼死要把雨伞抢到手。雨伞打着转，被左抡一把，右挥一下。也就是说，我的身体打着转，在地上来回翻滚，状似被疯牛顶翻在地的斗牛士，膝盖蹭破了皮，鞋也踢腾掉了，身上的制服滚得全是泥。

阿基在稍远的地方瞧着我们，那副“从旁观望”的姿态基本一成不变，仅在我们把话头抛给他时，他才嘿嘿地笑着加入谈话，但绝不会参与我们无聊的嬉闹。

在离心力的作用下，我的身体滚动起来。其实如果就这样倒地不起，好笑程度也足够拉满，但我选择朝着车道骨碌碌滚去。耳旁传来众人的爆笑。哟西，干得漂亮。正当我暗自得意时，一辆参议院候选议员的竞选车拐过街角向我驶来。

“危险！”

竞选车这东西在公众心中的印象早已定型——一向聒噪扰民、大呼小叫着各种白痴口号，以龟速在街头迟缓爬行。但眼前这辆却悄无声息，车速快得不像话。

“危险！”

以当时的情形，我本该就此葬身车底。被参议院某候选议员乘坐的丰田HIACE客货两用车从身上轧过，就算不死，也得落个终身伤残。但是不承想，剧情并未这样发展。

我睁开眼望见一片晴空，蔚蓝、辽远。四下无人，我扬扬脸，浑身没有一处疼痛，模糊的视线捕捉到一群咋咋呼呼的伙伴。我爬起身，瞧见路中央居然躺着阿基，手脚摊成一个“大”字。

“阿基！”

“你没事吧？！”

死了。当时我心想。我浑身升起一股寒意，当真如兜头浇了一盆冰水，直打冷战。

横躺在地上的阿基因为倒下体格更显庞大。如此大块头的身躯居然也会“死掉”？叫人难以置信。有那么大的棺材给这小子躺吗？一瞬间，我脑子里甚至冒出了如此无厘头的想法。

谁知阿基居然坐了起来。

“哇！”

后来我才听大家讲，当时阿基伸出大手拦在我与丰田车之间，然后纵身挤了进来。

“跟慢镜头似的，瞧得特别清楚！”

“超有武藏坊弁庆[①]赴死时的派头！开眼界了！”

据大伙儿分析，幸好那一刻司机紧急踩下了刹车，再加上阿基是全身撞上来的，分散掉了冲击力。

---

① 武藏坊弁庆（？—1189年）：日本平安时代末期的武僧，作为武士道精神的传统代表，常被各种神话、民间传说、小说作为刻画的素材，传说是在战斗时身中万箭站立而死。

"阿基！"

从竞选车上七手八脚下来一些大人。而那位候选人老头子却躲在丰田车里，只从车窗往外窥视。若问我为什么知道他是候选人，因为车身贴着竞选海报，上面印有他的大头照。此人名叫安倍田熊。到底哪个字是他的姓啊？！

这帮成年人全都慌了神。有个家伙肩上斜挎着"安倍田熊"字样的绶带，吓得浑身如筛糠，面无血色。想想也是，在竞选活动最重要的关口险些轧死一名无辜高中生啊！真该好好讹他们一下，可惜当时（缺心眼）的我们哪有这种敲竹杠的头脑。

"阿基！"

总之我们兴奋无比，为阿基的所向无敌，为那份过人的勇气。

大伙儿拍打着他的肩膀和手臂，凡是能触摸到的地方，都要上去拍几下。如今想来，其实不该这样对待一个受伤的朋友。但为了表达心中的激动与赞许，我们也不懂别的做法。就像队友们轮番拍打全场表现最佳的相扑力士，我们用自己的体温持续向阿基输送着赞美。

"阿基！"

"阿基！！"

不过，某个家伙的出现打断了我们的欢庆。一个大人鬼鬼祟祟地挤进我们当中，向我们递来一张名片："万一有什么情况，请联络××××。"

随后便逃之夭夭了。我们集体向那帮家伙竖起了中指。杉本君伸着中指嘶吼："安倍田熊！"

大家一阵爆笑。而且，当然，紧跟着便齐声高喊："安倍田熊！安倍田熊！"

不过是某个陌生候选人的名字。可回荡在我们耳中，却有股迷幻药般的魔力。我们发现了正式向阿基致敬的口号。反正对我们这群愣头小子来说，比起言语表达，冲动往往更占上风，越是空洞无意义的音节，越是别具意义。

阿基成了英雄，我们的英雄，尤其我的英雄。当然，就算我曾告诉他马克莱宁的故事，又把《男人的清晨》赠送给他，于他有些许小恩小惠，也无法与他挺身守护我的事迹相提并论。我这条小命是阿基救回来的。

次日，阿基神色如常地来到学校，举止仍如往常一样畏首畏尾。而我们自然用那句口号向他奉上赞美。

“安倍田熊！”

甚至正在上课，也会从不知哪间教室猛然传来一声高喊。明明只有我们这伙人掌握口号的来历，可不知不觉间，竟在整个年级传扬开来，阿基的英雄举动成了众所周知的美谈。

不光男生，就连原本只敢在远处围观，或者内心还存有怯意的女生也对阿基萌生了好感。阿基是一个好心眼的家伙，再也找不出谁比他更友善的了。证据是，从那件事过后，他从不在我面前摆谱，以恩人自居，甚至连暗示都不曾有过。一次，我敢发誓，一次也没有。

“嘿嘿嘿。”

阿基总像个妖怪，咧嘴憨笑。至今，我仍时不时忆起他的笑容。

——生着一口七歪八扭的黑牙，颗粒极小；挤着深邃的小眼睛，犹如两道黑色的疤痕；从膨大的鼻孔中飞出几根粗粗的鼻毛；模样怪异，丑陋得惊人。但阿基总是这样憨憨地笑着。

我出生在一个冬天的早晨。

妈妈说，那是个寒冷彻骨的日子。

我是个大块头的婴儿，哭声却很小，全家人都很担心。我浑身发紫，两条小腿瑟瑟发抖。全身上下长满了密密的汗毛，活像个狼孩。

接生的产婆说，估计汗毛会慢慢褪掉吧。可直到现在，我的毛发依旧很浓密。大家都喊我“胡髭男”，而妈妈管我叫“我的小狼崽”。

狼是一种强悍的动物。

不管天气多么严寒，狼都忍耐得了，它们比人还聪明，生着粗壮的四肢。

我的梦想是可以一直观察狼。

在夜晚的森林里，在漆黑之中，观察狼的出没与活动是我的梦想。

冬日的清晨，阿基出生了。

据说，由于生在破晓时分，才取名为“晓”。

出生地是他母亲娘家所在的北方小镇偏远处的一座小村落。出生日期为一九八二年，中曾根康弘内阁启动的那天。

阿基的妈妈生他那年才十九岁。遇上阿基的爹，怀上了他，在他即将出生之前，这个本来要当爹的男人却不见了踪影。他的妈妈举目无亲，只得回娘家待产，在当地养育了他一段时日。

阿基最早的记忆是厨房的景象。

狭小的厨房虽有窗户，却关不严实，漏风得厉害，成了家里最冷的地方，连老鼠都不肯来做窝。水池上方常年挂着一只紫色网袋，里面装着总也用不完的旧肥皂碎。屋内杂乱无章地摆满了搪瓷盆和空瓶子，是漏雨时搁在地上接雨水用的。

下雨的日子，家里就叮叮咚咚四处乱响，阿基喜欢这种声音。

房间地板上分布着一坨坨圆形的水渍，怎么也擦不掉。阿基管这些印子叫作“小岛”，并给自己设定了一条规则，那就是绝不可踏足小岛以外的地面，否则就意味着丧命。

厨房里的“小岛”要比其他各屋多得多。于是，阿基在家中最冷的厨房里度过了大部分时光。不管在那儿待上多久，阿基从未感冒过。有人说，这是因为他出生在天寒地冻的日子。

这个“有人”要么是他的外祖母，要么是别的女人。“反正不是妈妈。”阿基在日记里注明。而且搞清楚此人是谁是多年以后的事了。女人用一把菜刀豁开鲑鱼肚子的情景是阿基人生最早的记忆。

“危险哦。”

女人制止了打算凑上前观看的阿基，把菜刀攮进那条巨大鲑鱼的肚腹。女人手臂上生着一层金色闪亮的汗毛，肌肉泛起清晰的线条，好似山间流淌的溪水。

噌噌噌，咔咔咔，通过刀下响起的声音，很难想象是在切割某种活物的皮肤。许是生锈了吧，菜刀怎么也切不动。

“根本切不动嘛，这叉巴子，难用死啦！”

女人嘴上埋怨着，却不见一点恼火的样子，反而貌似有点快活。于是，阿基也跟着微微有点兴奋。厨房里弥漫着鲑鱼的腥味，与此人身上某种甜甜的气息混合在一处，令阿基莫名地躁动。

“一！二！三！”女人喊出口的瞬间，菜刀居然平滑地移动起来，宛如幻觉。鲑鱼裂开了肚皮，露出鲜艳的橘红色内里。充斥腹腔的鱼子稠乎乎地向外流淌，腥气更浓了。濡湿的鱼子一粒粒闪着晶光。在大人告诉阿基之前，他便本能地知晓那小小的颗粒里孕育着生命。

“哎呀呀，累死人了。”

女人嘴里吞吐着白雾，漏进厨房的寒风冰冷刺骨。但仔细看会发现，自鲑鱼肚子升腾着袅袅水汽。女人伸手摸了摸鱼腹，感叹道：“真暖和啊！”

阿基说，这段记忆发生在他大约两岁的时候。

我不敢确定人在两岁左右能否拥有记忆，但阿基日记里是这样写的。他还写道，三岁之前搬出了那栋房子。而我选择无条件相信他的每一句话，并非因为他是我的救命恩人。不管多少遍我也要讲，阿基不是那种懂得撒谎的人。或者说，但凡他能掌握点儿撒谎的本领，恐怕他也能活得容易一些。

我人生最早的记忆是刚刚四岁那年的一段画面。

在父亲的带领下，我来到野外举办的某届音乐节，盘腿坐在他的膝头。他身上牛仔裤的粗布纤维已磨得脱了絮，至今，我对用手摸起来的触感都印象鲜明。还记得父亲搂着我的手臂，他的胳膊生着密密的汗毛，以及有怎样卷曲的弧度。

画面中却不见母亲的身影。也许当时她在家中，也许去给我买什么东西了吧。总之，基本很少待在家里的父亲和我共同度过的这段时光，童年里最初的记忆，成了我人生中最宝贵的珍藏。

小号、萨克斯、架子鼓奏出的音符纷纷向天空飞升，它们自我的脚下涌现，随即指向高远的晴空，扶摇而去。我只顾仰望天际，好奇音符们究竟要去往哪里，如同袅袅蒸腾的水汽，悉数融入了天幕。新的音符不断自我们身边诞生，每一个都显现出不同色彩。

那个年纪的我能够清晰地捕捉到音符的姿态。实际上，我也曾一次次伸出手试图去触碰眼前的音符，它们绚丽、闪耀、从容且温柔。

记忆中的父亲脸上挂着欢快的笑容。

升入二年级，阿基继续保持着“全校红人”的身份。

这次我俩分到了同一个班，在校时间，我俩总待在一起。而聊天的话题总是离不开马克莱宁。

不管我怎样大费唇舌地向他推荐有趣的片子和演员，除了马克莱宁，阿基一律不为所动。我给他看了《教父》，看了《无仁义之战》，看了《疤面煞星》。每天近距离注视阿基的长相，我在选片时自然而然会想到黑帮系列。但他只是礼貌性地回一句：“挺有……有……有意思的。谢……谢……谢谢你。”却再未表现出早先我给他看《男人的清晨》时那种异乎寻常的兴奋。

岂止如此，阿基对《男人的清晨》的痴迷甚至到了把剧中马克莱宁的台词完美复述（一字一句原封不动）的地步。仅是如此仍不尽兴，和别人对话时阿基也会随口挑选剧中最匹配的台词来回应。

“阿基，午饭吃点啥呢？”

“风说了算。”

“你小子可真会搞笑啊！”

“谢了老弟。”

“阿基，来帮忙晾一下抹布！”

“可以有。”

问题是马克莱宁在《男人的清晨》里分明沉默寡言得可怕（别看这是一部以会话为主的片子）！况且，剧中的台词仅仅属于那个年代翻译水平的产物。想必诸位对老电影字幕翻译中常见那种拍脑门子的随性表达，以及奇奇怪怪的时代价值观记忆犹新吧？尽管后来阿基通过自学掌握了芬兰语，显示出一种死心塌地的执迷，但在当时，能够凭借的只有这些稀奇古怪的翻译。

“给跪了。”

不过话说回来，阿基在日常会话中随机应变对台词的功力的确一天天见长，且唯有往外蹦台词的时候，绝对不口吃。

“我看行。”

“少烦老子。”

阿基煞有介事的样子逗得大伙儿越发乐不可支。任何时候，他总一本正经，从不瞎开玩笑。所以才更搞笑。

诡异的是，《男人的清晨》作为阿基力求复刻的“原版”，却没有谁愿意找来瞧上几眼，更不见哪个家伙动手查一查马克莱宁的来历。这一点令我十分不爽。《男人的清晨》是一部好片子，马克莱宁是一个妙人。我说的是真的。

“深表赞同。”

可是知晓其中趣味的依然只有我和阿基。

“如此也好。”

阿基对马克莱宁的模仿一日比一日老练。大家见状，来了劲，争相尝试逗他说出台词以外的句子。

“阿基，你是什么血型来着？”

“你最喜欢的食物是？”

“对我这个人，你怎么看？”

最灵活百搭，也最讨人烦的答案是“风说了算”。

“阿基，休息日你都干些啥？”

“风说了算。”

当然，“无所谓”也是万能句式。对于那些心急跳脚的家伙，回一句“得罪了”足以打发。至于不明白的问题，就用“鬼晓得”来应付。饶是如此，阿基也有一不小心卡壳的时候，大抵都是面对女生的发问时。

“阿基有女朋友吗？”

类似这种提问自然包含一点戏弄的意味。阿基是全校的红人没错，但据我所知，找不出一个把他视为“恋爱可发展对象”的女生。

“女……女……女朋友？”

每逢此时，阿基便被彻底打回原形，重新变成了深泽晓，难堪得涨红了丑脸，一味地忸忸怩怩，口吃得叫人于心不忍。阿基将此视为奇耻大辱，毕竟马克莱宁可不会𡤓成这副德行。他痛下决心，下回决不能在这种问题上踩坑。

“走着瞧吧。”

阿基似乎决意要从“深泽晓”逃离。

这种印象一日比一日强烈。他改头换面，封印了言语，放弃了自身的思考。一旦发现什么地方与马克莱宁有出入，便急忙掩饰，仿佛是需要避讳的缺陷，将身上那部分“深泽晓的属性”彻底掩埋。

然而，就算是这样的阿基，也有主动回归（不得不回归）深泽晓的时刻——与我在一起，或者面对老师时。三年间，这一点雷打不动。

阿基在老师面前回归深泽晓自有他的理由。因为全校老师都喊他“深泽”。我从阿基身上领教了名字所蕴含的力量，简直无异于咒语。不论多么坚定地在头脑中假想自己的形象，只要被人点到名字，且一遍遍反复呼唤，顷刻间，之前建立的想象便会被名字的力量抹杀。

那阵子，阿基在老师们心目中同样是需要“高看一眼”的人物。尽管没有哪位老师了解马克莱宁的存在，但对阿基努力模仿他蓄起络腮胡的举动，有人在某种程度上持默许态度，有人嘴上虽然命令“给我剃掉它”，但脸上挂着几分抱歉的神情。不过，只要老师们仍旧以“深泽”相称，阿基就免不了以“深泽晓”的面目去应对，最终，他成了名字的囚徒。

“深泽！”

“到……到！”

实际上，就算老师不这么做，比如课堂上以“阿基”来点名，估计他也做不到端着马克莱宁的架子去解答因式分解；又或者因为没参加修学旅行，被指名道姓批评的时候，单凭一句“鬼晓得”恐怕也很难蒙混过关。阿基以“深泽晓”这个身份考了一些不值一提的烂成绩，在黑板上写着风马牛不相及的答案，在老师的训斥下，窝囊地垂着头……

至于阿基为何在我面前坚持以深泽晓的面目出现，我不清楚其中的缘由，也从未问过他本人。大家也没打听过。只是，不知不觉间，我成了阿基与众人间沟通的媒介。

“帮我问问阿基吧。”

“阿基是怎么说的？”

人人都来向我打听“阿基内心的真实想法”。换言之，并非马克莱宁，而是深泽晓的想法。

确实，我与阿基成天形影不离。在大家眼里，我俩是一对死党。但我不认为阿基会向我袒露什么“内心的真实想法”。倒也不是刻意有所保留。我只是单纯地觉得阿基“内心的真实想法”大概已由那个变身为马克莱宁的阿基之口统统说尽了。

“八成是吧。”

该年度的学校体育祭上，最忙碌的人无疑要属阿基了。

首先，本该从应征者中以抽签方式确定人选的应援团，阿基却被自动指名授予了团员资格。到了二年级，甚至升任了团长。由此可见，阿基也赢得了三年级学长们的认可。

应援团采取战时的军事顾问团形式，以上下级的纵向组织结构来行使话事权。身为团长的阿基穿着我们从毕业生前辈手里借来的长款学兰制服和阔裆裤，梳着马克莱宁式的板寸头，系着白色缠头布，甚至获得了特许，除此之外，什么也不必干。

换句话说，应援团长本该负责为场上队员高呼“加油！加油！”并主持团员的管理工作，但阿基被豁免于承担一切职责。本来他嗓门就小，不会大声吆喝，与马克莱宁一样，有一副低沉嘶哑的声线。何况“管人”这种技术活更是不可能完成的任务。阿基是个充当摆设的“吉祥物团长”。不过，阿基仅仅不吭声杵在那里，就自带一股慑人的气势。还有人为了恶搞，给他身上画满了刺青的花纹，使他越发威风凛凛。

阿基是一个抢手的香饽饽：在接力赛中充当压轴的一棒（这小子倒是一个速度惊人的飞毛腿）；在骑马打仗中担任大将（在胯下扮马支撑他沉重身躯的是柔道部那帮家伙）；在即兴舞蹈中占据中心位，跳着谜之舞步，舞姿看起来如同某种惊恐发作、正在抓狂的神秘动物。

最凸显他存在感的项目当属借物竞走。学生会半带恶搞性质设置的“借物”统统由阿基扮演。比如，眼神昏花的巨人、光膀子的巨人、怪笑的巨人之类的角色。于是，阿基自然成了众人争抢的对象。他眯缝着小眼睛奔跑，赤裸着上身奔跑，丑脸上挂着丑笑奔跑……初秋时节，天气已泛起些许凉意，而阿基却始终大汗淋漓。

阿基的忙碌不仅限于体育祭，体育祭结束后，紧接着迎来了文化祭。

此时的阿基依旧是连轴转模式：不光在班级的话剧节目里扮演脑筋秀逗的老师，还在杉本君策划的小品里、在年级四班举办的鬼屋探险里、在元木君跨社团创办的乐队里，分别充当了便利店店员、弗兰肯斯坦的怪人，以及什么乐器也不必演奏的乐队长。且不管他出现在哪里，都会惹来众人的爆笑。在闭幕的篝火晚会上，他浑身涂满白色颜料疯狂舞蹈，翌日的清扫工作中，他又背起垃圾篓，跑遍了每一处活动地点。

“阿基！”

“阿基！”

每个人都希望与阿基合影，男生、女生甚至老师，可谓人气爆棚，以至于闭幕晚会上，等候与他合影的人排成了一条长龙。

我手中也有一张我们的合照。

两人靠在游廊的栅栏边，我的手臂搭在他的肩头。阿基身穿便利店制服，可以看出大概是小品演出之后拍的。老实说，杉本君排演的小品不怎么样，但在阿基的加持下，最后成了传说中的神剧。

照片里的阿基脸上挂着他经典的妖怪式丑笑。那一年，毫无疑问的人气之王阿基兴奋得满面通红。他那张招牌的丑脸大概留在了全体同学的纪念照里。至今，想必各种形象、各种装扮的他仍继续存在于许多人家中。

不过，谁也不清楚当时的阿基具体过着怎样的生活、走着一条怎样的人生路。

我很小的时候，外祖母就死了。

躺在棺材里的她，脸色像雪一样惨白，好像快融化了，样子有点吓人。

外祖母堆了个雪人。雪人保存了下来，外祖母却不在了。

家里来了好多大人，他们互相都不认识。

妈妈一直在哭，没有出席葬礼，在最里面的房间，从早睡到晚。

我去屋里看她，她也不理我。

我想安慰她几句，又不知道怎么开口，于是一直呆呆地站在门口，听着妈妈的哭声。

阿基两岁那年末，和母亲回到了东京。

阿基喜欢外祖母家。尽管四处漏风，冷得要命，又没有任何娱乐可言，并且家中某处似乎蛰伏着什么未知的生物，荒废的庭院里时不时能见到野生的貂和果子狸光顾。

阿基喜爱野生动物的强韧生命力。开春时出生，脆弱到令人瞠目的小小幼崽，下个春天来临之际便已成年，孤身在住家的附近游逛，染血的口中叼着捕获的猎物。它脱离母兽和伙伴独立生存的姿态令人起敬。

阿基是一个胆小的孩子。素来怯生生的，一有大动静就吓得哭鼻子。对村里几个小孩的粗野游戏从不敢参加，总是孤零零地独自玩耍。幸好体格够高大，未曾遭受什么身体上的霸凌。总之，阿基的存在被大家无声无息地抹杀了。孩子们八成也不懂得怎样与古怪的阿基打交道。

阿基最亲密的朋友是皑皑白雪。

他在院里堆出了与自己等高的雪人，垒起雪的城堡。雪完美地在周遭注满了寂静。阿基尽力使自己与雪融为一体，抹去自己的轮廓，与雪彻底交融，化为雪本身。也许某天，他与雪浑然合一的柔软身躯之上会有小兽们蹑足走过，它们口中滴落的血迹会染红他白色的躯体。阿基幻想着那样的情景。

在东京，母子二人住的是一个廉租单间小公寓。

这里离外祖母家过于遥远，没有院子之类的地方，见不到野生动物的身影，几乎从不下雪。偶尔下雪，也是零星飘几片雪花，在路边化为一摊摊丑陋的污迹。阿基家左邻右舍有不少租户，时而可以听见人们的说话声，但不知为何，却感受不到活人的气息，与曾几何时他所领略的那个鲑鱼卵黏稠流淌的生命世界截然相反。

视线范围内必然有母亲的身影。阿基与她之间没有任何门或墙壁的阻隔。只是这一点，原本足以值得开心，但阿基对这种状况感到不太自在。母亲近在咫尺，而阿基听到的却唯有孤独的声音。

母亲原本就不是什么内心强大的人，与外祖母家那些进进出出把粗壮的根须深扎于土地的女人明显不属于同类。她动不动就躲在房里，整日整日不出门。如果把耳朵贴在房门上仔细听，多数时候，屋里会传来母亲的啜泣声。此时，外祖母或女人们会牵起阿基的小手，叮嘱他："让你妈一个人待着。"

"妈妈病了哟。"

至于生的什么病，阿基不懂。只是曾经听谁说：

"她得心病啦。"

"是在大城市落下的毛病。"

"都怪那个渣男。"

阿基不认识"那个渣男"，也对"大城市"一无所知。总之，在他幼小的认知里，是"那个渣男"存在的"大城市"害得妈妈生了病。

所以，阿基并不理解后来母亲为何又动心思要离开老家。自己是一个胆小鬼，自然不愿离开熟悉的地方，而母亲瘦小的身躯，看来也不适宜与“大城市”里“那个渣男”再有什么瓜葛。她的决定下得突然又决绝。当然，年幼的阿基没办法也没权利提出什么意见。反正母亲带着阿基回到东京，开始了二人生活。

好在如今母亲看上去生气勃勃的。早起便梳妆打扮，踩着噔噔作响的高跟鞋出门。自打阿基出生起，还从未见识过母亲这副开开心心的模样。“我去见个人，他说会帮我介绍工作。”出门前母亲交代。阿基不清楚此人是谁，但母亲的口吻透露出对方是一个值得信赖的人物。

母亲外出期间，阿基一个人在家。因为被严厉叮嘱，千万不可以出门。即便母亲不这么交代，他也没有跑出去的打算。推开窗子，映入眼帘的就是另一栋廉租楼，两栋楼的距离近得吓人一跳。一条城市主干道从旁边经过，来往车辆的噪声从早吵到晚，隔壁房间里时而传来男人暴怒的大骂声：“去他妈的！”

某天，母亲找到了工作，回到家后，她脸上的汗水熠熠闪光。

“人家给我介绍了一份好工作哟。”

原本以为“大城市”净是吓人的玩意儿，谁知也有好心人。母亲咧开嘴角，实实在在地笑了。

“看来妈妈要加把劲儿喽。”

喜形于色的母亲是一个坚强的人。阿基搂住她的手臂，纤细而坚韧。没错，确实坚定有力。想到有了这份坚韧，感觉周遭恼人的噪声、逼仄的房间都可以慢慢忍受。阿基松开捂住耳朵的手，微微睁开眼睛，开始观察眼前的世界。

自翌日起，母亲便开始了一大早出门、傍晚才回家的生活。这段时间，阿基就在家里乖乖等她下班，没有入托幼儿园或保育园。

一来母亲不让，二来阿基不知道世界上还有这样的地方。

他从未跟邻居打过照面。这并不是出于母亲的要求，而是阿基尽量不让左邻右舍的租户察觉自己的存在。他成天一声不响，去厕所也不冲水，有人敲门也不应声。只有母亲下班回到家，才小声打招呼："妈妈回来啦！"开口说话总慢个半拍。

有时，甚至一整天都与母亲碰不到面。早晨，阿基还在睡梦里她便出了门，晚上阿基睡着后她才归来。在这样的日子里，阿基成天一言不发。

只有啃着母亲留下的饭团或面包时，阿基才会想起自己嘴唇存在的触感。舔一舔干燥、开裂、渗血的双唇，在东京最西面一间小小的出租屋里，阿基初次领略到原来自己的血有一股铁锈味。

我从没去过阿基家。

即便周围的人都觉得我俩是要好的朋友，即便我自己也这么认为，也从未动过去他家玩的念头。而阿基也不曾主动向我发出过邀请。

放学后，阿基总是显得特别忙，听他说是在加油站打小时工。他的手指干巴巴的，四处皴裂，指甲里嵌着黑黑的污垢，老实说，这样的阿基令我肃然起敬。光是靠自己的双手挣钱这一点，阿基也算一个够格的汉子。再看看自己柔嫩的双手，我只觉得十分羞惭。

我们年级里还有另一位在加油站打工的同学，是个姓远峰的女生，我的心动对象。

远峰身上有一种外表可见的刚强：薄薄的单眼皮，眼角微微上挑，眉毛也同样倔强地向上飞扬；细长的鼻梁笔直如一道纵线；血色充盈的嘴唇轻易不肯开启，却并不给人脾气生硬不讨喜的印象；对待所有人都散发出温和的包容感，女生们全都亲热地唤她"远峰姐”。

远峰在画画方面十分拿手，总在朋友们的软磨硬泡下给他们画人像速写。她对人物特点的捕捉个个传神到位，不管对方外貌如何，在她的描绘下，都比实际形象可爱很多倍。从中可见远峰心地温柔。

大家的诉求逐步升级，不知不觉中，远峰开始画起了漫画。起初是描绘班主任行为的四格漫画，后来变成了对班级日常趣事的记录，最终发展为连载故事。画在A4报告纸上的作品《日常记趣》被漫画同好们复印，装订成册，最终以每本一百日元的售价买卖起来。不久后被老师得知，交易遭到了禁止，但成为“禁书”反而使它越发升值。《日常记趣》成了大家私底下倒手的对象，某段时期，甚至竞出了八百日元的高价。

远峰颇有搞笑天分。日常被我们忽略的琐碎小事被她细心捡起，升华为温和有趣的笑点。她为人爽朗，才华闪耀。

我对她说：“将来当个漫画家吧！”我是真心相信她有这个能力。事实上，后来我也涉猎过不少漫画，而高中生远峰笔下描绘的《日常记趣》毫不逊色专业作品。但远峰听了我的建议，只是笑着摇了摇头。

“当职业漫画家？怎么可能啊。”

我和远峰共同担任了年级的环境美化委员。

美化委员的职责是每月一次在午休时段清扫校园。从一年级到三年级，总计四十余名，各自打扫各自希望负责的范围。报名时，我总会若无其事地挑选离远峰最近的区域。远峰承担了教职员厕所和炎炎烈日下校门口附近等人人避之不及的地点。于是，我也装出一副不甚耐烦的样子，成功拿下了远峰旁边的位置。

同样的地方打扫了大约三次以后，远峰终于记住了我的名字。后来，有时我们在走廊上遇见，也会互相打个招呼。

“本月这期《日常记趣》也超爆笑！”

“你已经抢早读完啦？”

“嗯，谁让咱月月都买了呢！”

“啊哈哈，我知道。你的钱真好骗。”

“过分！”

远峰一笑起来，原本细长的眼睛就变得更细了。每次看到她的笑脸，我都感觉自己的心仿佛被轻轻地捏了一下。所以，我总也学不会适可而止。原本简单聊上两句便酷酷地离去就好。可我看不够远峰的笑脸，最后总像一个傻子一样喋喋不休。

“说来说去，还是对阿基的刻画最精妙啊！”

“刻画”“精妙”这种文绉绉的词儿，平时我爸才会用。比如看了一部好电影，读了一篇不错的小说，我爸就会这样点评。此刻的他比任何时候都显得更“专业范儿”。

“只要阿基一出场，就让人发笑，结尾还巧妙地爆了个梗，对吧？”

阿基在《日常记趣》里是一个每期都会出场的“好心傻大个儿”。由于身形太高大，总被格子卡掉脑袋，要么飞出纸面之外。也就是说，属于“脸部无法确认”的状态，仅能从人物背影或手部判断画的是阿基。远峰以简洁的线条精准捕捉到阿基身上莫可名状的哀愁气质。

“谢谢夸奖。不过，都是因为阿基君本身太出色。”

“出色？”

“嗯。阿基这个人不要太精彩哦。”

“精彩？”

对阿基萌生妒意，对我来说还是头一回。

换言之，我对阿基敬爱的同时，又有几分俯视，至少在恋爱方面，我断定他“绝不是我的对手”。

虽然我从没谈过女朋友，既不敢向远峰表明心迹，也从未对远峰之外的其他女生表示过好感，但我从不曾把阿基视为恋爱市场上的竞争对手。真的，一次也不。但这一刻，对远峰不吝以“出色”“精彩”来大加赞美的阿基，我却嫉妒得翻肠倒肚。

“无论刻画得多有趣，都绝不会比真实的阿基本人更有趣啊。”

当然，远峰喜爱的只是阿基这个人物，而非恋慕对象。不过，能把对异性的热爱之情大大方方说出口也让我服气。同时，对于她的赞美对象是阿基这件事，我只觉得下半身阵阵躁动。实际上，自那之后，我也时常为阿基的幻影所苦。

老实交代，每晚我都会想着远峰。正因为喜欢，正因为发自真心，才认为想着别的女孩是对远峰的背叛，并非她本人期望我“守贞”。

不过，自从远峰当着我的面夸赞“阿基本人更出色”“阿基不要太精彩”，阿基便总会掠过我的脑海。

阿基那张丑脸的存在感过于强烈，甚至凌驾远峰的美丽之上。无论我怎样驱赶他的幻影，那怪异的音容总会压倒一切，赢得胜利！自那之后的一段日子，我对他的态度冷淡了许多。

“啊，嗯。算是吧。”

“什么算是吧。大家都害怕阿基的时候，你跟他走得最近了嘛。我都看在眼里了呢。”

“哦。”

“你挺有先见之明嘛。比任何人都更早发现阿基是一个很棒的家伙。”

“啊，哪里。也许吧。”

“我的漫画能被你这么有眼光的人称赞，我超开心的！”

此时的我简直有种飘飘欲仙之感。

原来远峰注意过我。确切地说，注意过与阿基形影不离的我。

管他呢，反正远峰的眼里一直有我。就算谈不上好感，至少对我有点兴趣。这是不会有错的。况且当时的我还不认识远峰呢，等于说是远峰先注意到我的。

顿时，我有种未来豁然开朗之感。事实上，我已经能清楚地想象放学和远峰结伴回家、周末同远峰见面约会，甚至与远峰煲电话粥的自己了。好在我不是那种不切实际的人，没幻想到结婚那一步。

自那以后，我也常常与远峰聊天。在委员会里，在游廊下，在清早的鞋柜边。不知从何时起，远峰会拍拍我的肩膀，开玩笑地往我腿上踢一脚。被远峰触碰的地方，不管是什么部位，都热热的，有种发烫的错觉。

“疼死了！”

同时，我对远峰的了解一点点多了起来。

远峰早年丧母，多年来和父亲弟弟一起生活。她包揽了所有家务，一面帮助左手有残疾的父亲，一面打工贴补家用，即加油站那份零工。

“老感觉身上的汽油味洗不掉似的。我的鼻子是不是神经过敏呀？”

远峰这么嘀咕。其实她身上总散发着一股好闻的味道，只是我没好意思讲。靠自己的力量赚钱养家的远峰真的好酷。不过，毕竟她是一个女孩子，我有点担心她的手会不会也像阿基那样长满皴裂的口子。

“不能打一份别的工吗？”

我原本想说，像她这么优秀的女孩，去哪里人家都乐意雇用。

谁知她严肃地甩给我一句：“这里时薪高呀！”

她的语气强硬到让我有点发怵。我一时语塞，答不上话。她随即一笑，仿佛为了缓和气氛：“反正生活好歹过得去啦！”

对自己的境遇，远峰总会这样自嘲，有种希望对方跟着付之一笑的意味。

“是吗？”

我和远峰聊天时经常会感到羞惭，感觉自己像是一个娇生惯养的小屁孩，惹人心烦。

“当职业漫画家什么的，不可能啦！我没有可以自主选择的未来。”

说这种话的远峰让我无言以对，毕竟我没有多嘴多舌的权利。

我当然巴不得远峰当一个漫画家。不，当什么都行。总之，我希望她成为自己梦想成为的人。至少像其他女生那样，“将来我想当模特”，或者“我要去海外留学”之类，有属于自己畅谈梦想的时刻。但远峰相当固执，一副“一切在出生时早已注定”的口吻。

“我高中毕业就去工作。”

远峰的脑子极为聪明。每次考试总排年级前几名。对于她整理的课堂笔记，人人抢着借走抄。可是如此优秀的她不仅没有任何梦想，还声称要放弃考大学。

“虽然老师说过读大学可以申请奖学金……”

说这话时，远峰垂下了眼帘，光线映在她的睫毛上，美丽至极。

“可我查了查，只是类似债务性质的学生贷款。”

我为自己对奖学金一窍不通而感到羞耻。住在东京郊外的公寓里，每天饭来张口地吃着老妈准备的料理，从来不必为学费发愁的我羞愧到难以呼吸。

但二年级临近结束时，我爸死了。

死于一场车祸。他那辆深绿色Mini Cooper狠狠撞在某民居的外墙上，车身瘪得惨不忍睹。在修容师的巧手下，老爸的遗体被重新缝补归位。“我已尽全力修复了……”话虽这么说，可老爸的脸颊却泛着不自然的光泽。

我妈成了未亡人，我成了没爹的孩子。

守灵夜和葬礼是过去与老爸有过合作的出版社编辑代为安排的。我妈的精神受了刺激，终日哭个不停，不是能四处张罗的状态。幸好有人帮忙拿主意。

守灵夜与葬礼办得简素得惊人。生前以“收集素材”为由，三天两头不着家的老爸，是一个兴趣广泛、社交繁忙的四十二岁中年男人，他的葬礼未免太过凄凉。我对零零星星来敬香的几位客人机械地垂头致谢，同时在心里拼命消化着眼前这异常的景象。

平时我和老爸较少打照面，因此对他那套“忙于收集素材”的说辞（确切地讲，是我妈的说辞）深信不疑。老爸房间里堆放的书籍唱片数量多到满坑满谷。偶尔在家里撞见他，一身打扮总是光鲜得体。

“任何时候，设计师这种职业都应当具有洞察事物本质的眼力。”

曾几何时如此宣言的老爸，现实状况却与他的理想相去甚远。他所谓的“收集素材”压根儿不属于工作内容，只是去看场电影、听听演唱会的个人爱好而已。岂止如此，最近，他几乎没接什么工作项目。收入自然锐减，寄到家里的信用卡账单一张接一张，都处于“逾期未还款”状态。

尽管如此，老爸却摆出一副忙于工作的姿态，无论对他人，还是对家人，既不肯撒手那辆二十世纪六十年代生产的 Mini Cooper，也不愿卖掉书房里昂贵的吉他与画作，把一身身做工精良的西装熨烫得笔挺，把品位不俗的名贵皮鞋擦得锃亮，从不懈怠对各种文化资讯的搜集。

为了维持以往的生活方式，老爸四处举债，仅凭信用卡的延期支付已不足以应付。最终，他从好几家公司共计借款将近一千万日元。当中似乎还有黑心高利贷商人。这些都是一位和蔼热心的叔叔透露给我们的。此人姓中岛。

“你小的时候，咱们见过一面哟。”

中岛握住我的手，他的手掌厚实且坚硬。

“好痛！”

我不禁叫出了声。

“啊啊，抱歉。好多年前，我练过柔道呢。”

他说完笑了起来。

中岛是一名律师。据说，他和老爸结识于某小说家的书籍装帧展上。那是一场庆祝小说家出道三十周年的纪念展，展出了他出版的全部作品。其中几册的装帧设计是由老爸设计的。中岛是该小说家的粉丝，恰好当天过去看展，与老爸意气相投，会后还一起参加了庆功宴。

“后来，你父亲还给我介绍过一些著作权维护方面的案子。”

老爸身为自由设计师，工作委托骤减之后，唯一与他保持联系的人似乎只有中岛。

“他的设计非常优秀。只是如今这年头，行业貌似不太景气啊……实在叫人惋惜。”

据说当时出版业正陷入大萧条时期，岂止出版业，老早以前，整个日本经济就已经走上一条连连崩坏的下坡路。

电影《回到未来2》里，男主角马丁的上司是一个名叫富士通的日本人。大概史蒂芬·斯皮尔伯格也认为，不久的未来，日本将会掌握全球霸权吧。不过大导演的预判落了空。一九八九年电影上映，日本的经济已逼近崩盘。俗话中的“泡沫经济破灭”公认为起始于一九九一年。

关于这些，我也是从新闻当中得知的。不过，“泡沫”这个意象轻盈的词暗示的只是一些流于表面的肤浅印象。与这个词一同传播泛滥的是形形色色的视觉影像，例如，身穿强调玲珑曲线的迷你裙、手中挥着花团锦簇的羽毛扇、疯狂舞蹈的性感女子；要么是一身挺括西服的上班族男子，垫肩四四方方高耸，如美式橄榄球护具，好不容易在街边拦到一辆出租车，阔气地随手甩出一张万元大钞……

求职季里，各个公司的录用标准比筛子还要宽松。为了圈人（也就是千方百计招罗新人），企业要么带领拿到内定offer的新员工去迪士尼乐园游玩，要么组织海外旅行，要么不惜免费赠送高级轿车。听说这些当时的八卦还是在我展开求职活动之后。并且多年以后我才得知，我们这拨人经历的时代史称“就业冰河期”，至于我们自身，则号称“迷失的一代”①。

那年我十六岁，并未意识到“社会”“经济”之类的东西将影响自己未来的人生，也没有主动去察觉的意识，还以为今后自己的生活也会如此安然无忧地继续下去。不，我连这样的念头也未有过，因为没必要费这个脑子。

即使听了远峰的话，我也只为自己的养尊处优而感到羞愧，始终觉得它们发生在某个距我遥不可及的地方。何曾料到，忽然间，我身处的环境便天翻地覆。

我不仅是一个丧父的孩子，更是沦落为“背上父债”的孩子。

“要不要拿身故保险金来偿还欠款？”中岛先生如此提议道。

① 迷失的一代：指1971年至1982年间，随着泡沫经济破灭，日本进入经济退行期，企业大幅缩减用人需求，此时大量初入社会的高校毕业生无法找到正式职位，只能拿到契约形式或派遣工作，从而陷入对前途与未来的迷惘之中。日本社会研究将该阶段称为“就业冰河期”，而将当时的年轻人称为“迷失的一代”或“失落的一代”。

“不过，具体赔付金额能批下来多少还取决于生前他购买的险种……”

我妈对中岛言听计从，彻底放弃了自身的思考。

她这个人，平时就是这副脾气。一天到晚待在家里，给我以及几乎不怎么着家的老爸张罗张罗饭菜，维持一下房间的清洁，给桌上摆弄几朵插花，既无交友，也从不出远门，看起来对眼前这种简单的生活挺满足。而如今，远远超出她个人思考能力的重大抉择接二连三地逼上门来。

到头来，大事小情都由中岛帮忙拿主意。所有烦心事，一律都是。

假如老爸的身故赔偿金能申请下来，共有八百五十万日元，加上老妈自己的存款，亲戚那边再接济几笔，好歹能凑足还债的钱吧。

然而，保险公司暂停了赔付，原因是老爸购买的保险，自杀者不属于理赔对象。换句话说，保险公司认为老爸的死具有自杀嫌疑。事故现场看不到刹车痕迹，同时死者背有巨额债务，今后的工作也尚无着落，等等，这都构成了怀疑的理由。老妈拼命咬死是意外不松口，但审核仍然花费了不少时日。等待赔偿金支付期间，我们无力偿还债款，利息越滚越多。

最终是中岛先生从中协调，帮助我们办理了放弃遗产继承的手续。如此一来，虽说丧失了遗产继承权，但相应地也免除了债务。不过，这部分偿还义务会落在几位亲戚头上，给他们增添了不少麻烦。末了，连日里，老妈四处鞠躬哀告，就连打电话的时候，也就是看不到对方的情况下，也点头哈腰，亲戚们才总算放弃了继承权。我的爷爷奶奶早已过世，老爸仅剩一弟一妹，多年来没怎么打过交道，想请他们周济些钱款也得不到理想的答复。岂止如此，他们甚至对这个具有自杀嫌疑的家中长子感到羞耻。

老爸死后的数月里，老妈最气恨的既不是眼前的处境，也不是老爸的弟弟妹妹，而是他本人。一定因为老爸是那个最容易怪罪和嫌弃的对象。

有一次，我听见老妈愤愤地说道："你爸这个骗子。"

那是一个雨天，我放学回到家，即刻察觉到家中气氛的异样。

老爸生前常常不着家，死后却时不时提醒我他那巨大的存在感。每次踏进家门，总使我不情愿地意识到，这家里缺了一个人，真够烦的。

不过，当日老爸的"不在场"却与以往不同。推开家门的瞬间，屋内仿佛被一团暗影笼罩，已远远超出"有位家人不在了"的程度，浓重的暗影几乎散发出某种暴力气息。

老妈瘫坐在客厅的沙发里不发一言，而我也一句话没问。因为我开口之前就已发觉老爸的书房已被彻底搬空，录影带、音箱、吉他、藏画、唱片、书……一切家什物品被搬得一件不剩。

这不是老妈干的。听说是老爸生前的债主找上门来，把所有值钱的东西洗劫一空，统统"没收"了。

"以往我只在电视上见识过这种事！"

老妈的嗓门比她以为的拔高了许多，而她浑然不觉。说起来，那时的她已止住了哭哭啼啼。

"一伙气势汹汹的家伙闯进门来，我还以为要被他们杀掉了。"

老妈嘴上这么说着，但她的眼神却盯着老爸的牌位。

我一直难以想象老爸"栖身"在那块木头牌子里。可话说回来，他生前的照片总让我联想起他躺在棺木里面目全非的模样，同样也使我难以直视。

我对他的感知皆来自那间书房。在那间小屋里，老爸保存了自己的全部：带着灰尘味道的空气、画框与吉他静谧伫立的姿态，以及书本散发的纸墨香……一切无不体现出他的存在。

"吓人死哟，那帮恶匪，手法不要太老练，跟搬家公司没两样。这属于犯罪了吧？”

房间仍在，老爸却已不在。换句话说，他正式从这个家抹去了踪迹。

“可被你爸给骗惨了。”

最终，我没跟任何人商量便退出了社团，稀里糊涂地决定了毕业后的去路。

原本我是准备考大学的。从前我以为这条路顺理成章（所以曾认为远峰的决定属于一种“特例”），并非有什么具体抱负，只是单纯觉得“大学嘛，好歹要读一读”，因为大家都如此。

如今这个选项却成了一副重荷，我被完美地弹出了“大家”的界外。而大家也没料到我会有这样一天。

保险赔偿金还没批下来。老妈说，双方仍在拉锯之中。不管大事小情，她总要呼叫一下中岛，请示对方的指导。不过，她已不再是以往那个遇事只会哭天抹泪的老妈了。她既不再哭，也不再笑，总带着一腔怒气四下走来走去，还时不时钻在厕所里半天不出来。同时，也决不踏入老爸的书房半步。

仿佛为了守护六神无主的老妈，中岛一天不落地往我家跑，替老妈出谋划策，拍拍我的背，给我打气。

“站直啰，别趴下。如今你的日子特别难熬。可难熬的不只有你自己。懂吧？绝对不能认屃。”

中岛的手依旧又厚又大。那天，我被这双大手紧紧揽住，感觉屁股好像被碰了一下，过后一摸，发觉裤兜里塞了一枚信封。信封里面具体装了什么我看也没看就转手给了老妈。老妈攥着一沓钞票，依旧没掉一滴眼泪。

“绝对不能认屃。”

要是没有中岛，恐怕我跟老妈早就崩溃了吧。正如字面之意，他是我们实打实的“救命恩人”，不光免费帮打官司，还给老妈介绍了一份工作。他有位熟人是某公司的社长，专门印制业务流程手册。老妈负责日常行政事务，得来的薪水除去缴房租，紧紧巴巴应付生活支出，再给我交交学费，转眼也就见了底。尽管如此，也是谢天谢地的好事。

老妈劝我继续升学。

“好好考大学吧。”

她高中一毕业就上班了，在一家小型出版社担任事务员，邂逅了常在社里走动的老爸，二十岁便结了婚，二十二岁生下我。所以别看她年纪不算大，却已窝在家里当了近二十年全职主妇，有大段的职业空窗期。

为了回归职场，老妈拼尽了全力。有时下班回到家便扑倒在沙发里趴着睡死过去。别说家务了，连饭也不做了。

当然，我没有责怪她的意思，我会自己去便利店买盒便当随便打发一顿（不久就换成了超市的半价便当，随后又发展为买半价的预制菜，自己在家蒸米饭吃），在力所能及的范围内打扫一下房间。那段时期，我不仅破天荒第一次动手熨烫自己的衬衫，甚至弄懂了公寓楼扔垃圾的规则。

老妈给我解释了上大学的重要性。

当年老爸毕业于设计类专科学校，并未就读过正规大学。用老妈的话说，要是他能有一张大学文凭，后来的人生发展肯定不一样。至于怎么不一样，老妈没有讲，估计连她自己也没有概念。

“总之，你给我上大学去。”

“可是……”

我张口反驳，却无言以对。

就算放弃升学，我有能力工作吗?

恐怕与老早就有心理觉悟的远峰不一样，我任何思想准备都没有。

对于走上社会这件事，我还心存胆怯。过去也从未打过工，只是稀里糊涂地把读大学当作一段人生缓冲期。这样的自己，一个直到最近才刚刚学会熨烫衬衫的人，仓促地步入社会，如果说马上能开始挣钱，实在难以想象。老妈大约识破了我的不安，安慰道："这不是你的错。"

我想憋住眼泪，却没能做到，放声痛哭了一场，内心为自己的娇气而羞愧。一直在家充当全职主妇、成日不与他人接触的老妈，安于闭门过日子的老妈，如今开始出门上班了，这需要多么大的勇气！在沙发里沉沉睡去的她似乎急剧衰老，瘦小干瘪了下去。

然而，在这样的窘迫处境里，我依然对踏足社会忐忑不前。白长了一副大人的身躯，内里实打实还是一个小屁孩。

"所以啊，你好好读大学去。"

老妈的声音依旧干燥且淡漠。不是那种别人，而是向家人宣布重大事项的口吻。我抬起头。

"但前提是你得自己去搞定奖学金。"

老妈的眼睛直直地瞪着我。

"你需要一边打工，一边还助学贷款。"

妈妈再也不哭哭啼啼，在家的时候，就成天埋头大睡。

我连尿尿都得偷偷摸摸的，啃面包也要安安静静的。

我每天没完没了地吃着面包，而妈妈却一口也不碰。

她跟我讲，人太累的时候，会没有胃口吃东西。

我给她留了些面包，塞在她枕头下面。

最后放得硬邦邦的，像石头一样。

妈妈见了，气得要命！

母亲回家的时间越来越晚。有时直至天亮才回来。这期间，阿基就一个人睡觉。睡不着时，就索性不睡。肚子饿了，就找点家里现有的食物垫巴几口。有时会生啃咖喱块，或把过期了的豆腐用手抓碎了直接塞嘴里。母子二人的生活没有确定的时间及轨道。

母亲总是一副筋疲力尽的样子。原本她这人就极度厌恶与人讲话。在外祖母家那段日子也成天默不作声。现在依旧如此，在家时极少开口，也几乎不发出什么动静。不过某些时候，比如迫于生活需要去超市或邮局的路上，她会话多得叫人吃惊，聊聊天气、电视剧或者邻家猫咪。阿基被母亲牵住的手总是汗津津、湿答答的。

这样聊着天回到家后，母亲往往累得无力动弹，松开牵着阿基的手，昏倒似的瘫在被窝里，双目紧闭，脸上的神情仿佛在极力忍受什么。有时母亲这样一睡好几个小时。阿基望着手心里的汗渍，分不清是自己的还是母亲的，总会摊着两手，任由它们自然晾干，似乎觉得擦干它们是对母亲的一种背叛。

外出时，母亲看上去总像怀着必死的觉悟。手握住门把的瞬间，能感觉到她深吸一口气。门把被她攥得摇摇晃晃，脚步声听来踉踉跄跄。阿基很难相信母亲每天在坚持“上班”。

他希望，至少在家时，母亲别那么累，不愿母亲做太过耗神费力的事，只想让她和自己安安静静待着，所以母亲整日昏睡反倒令他安心。不过这样一来，家中就会弹尽粮绝。有时连煤气也掐了。每当这时，阿基和母亲就一连几日不洗澡。但母亲没有因此撒手阿基的身体清洁，丢给他一块不知从哪里买的丝瓜络。

“拿这个洗洗吧。”

阿基用它蘸着自来水在身上来回搓洗，蹭得皮也破了，直往外渗血。

“不洗得干干净净，会招人讨厌的。”

迫于生计，母亲不得不出门和别人开口打交道，可就连这样的“工作”也变得有一天没一天的。在家的日子，几乎所有时间，母亲都在睡觉，偶尔精神不错，就给不知什么地方打电话。有时候貌似“来活了”，就化好妆出门去。这些工作有白班，有夜班，根本没有规律可言，但比起从前，母亲待在家里的时间变多了。

反正最终阿基也不清楚给母亲“介绍工作”的那位“好心人”都干了些什么、究竟是何方神圣。因为从那时起，母亲便对此人绝口不提了。

母亲待在家里的时间多了起来，但她的疲倦感并未消减，有时会不吭声地默默流泪，有时会“啊”地猛然大叫一声蹲坐在地，貌似在为什么而惊恐。

终于有“大人”上门探访，是在母亲开始“喝药”的那段日子。

那些药片的颜色很漂亮，只要服下去，母亲就精神百倍，抱着阿基的手臂也格外有劲，有时还会小声唱起歌来，甚至嘴里絮絮叨叨地说个不停，而随后就躺平无法动弹。家中仿佛有一口幽暗的洞穴，与以往的疲惫感不同，犹如一处凝滞的空间。母亲不是被迫封印于其中，而是化为了洞穴本身。

当“药”停掉的时候，母亲去超市购物或外出就成了难题。若吃了药再出门，她又总会乱买一些平常生活里压根儿用不上的东西，比如工程用延长插线板、男士雨披之类。要么买一大堆水果，搞得冰箱塞都塞不下，放得长毛发霉。所以，最后采买食材成了阿基的任务。

“去，买点吃的回来。”母亲如此吩咐，递过来的三百元零钱便是两人一天的餐费。通常阿基会买些面包，主要图它食用简单方便。再说，对于买怎样的食材能料理出怎样的饭菜，他一窍不通。

食物买了回来，母亲却并不碰。阿基有阵子没见过她吃东西的样子了，整个人消瘦得可怕，却好似感受不到饿意。为此阿基以为，不正常的是总会饿肚子的自己。

一百日元七支装的手指面包成了阿基的日常餐。起初他觉得面包的味道甜丝丝的。不过，渐渐地也嚼之无味起来。看看掌心，泛起了白皮，状如白色的斑点。无聊之时（虽说大部分时间他难免是无聊的），阿基就撕手皮玩。剥下的手皮透过阳光，还能看到上面细细的掌纹。阿基按照喜爱程度，把它们沿着窗棂一字排开。又不知何时，它们被风吹得没了踪影。

忽然，家里来了两个“大人”。敲门后，自称是政府公务人员。

母亲一下子蜷起了身体，阿基也骤然屏住了呼吸。谁知手中紧紧攥着的甜面包、塑料袋却窸窸窣窣响个不停。

“啊，屋里有人吧？”

“哎……”母亲应了一声。注视阿基的眼眸漆黑、幽深，不反射一点光亮。敲门声再度响起，母亲黑色的眼眸骨碌动了一下，仿佛在追逐飞虫的轨迹。

“在！”

这一声是母亲对“外界”的应答。操着平时絮絮聊起天气、电视剧或者邻家猫咪的那种口吻。

“请稍等一下！”

接下来，两位大人进门后，母亲口中仍兀自碎碎念个不停，完全不给对方插话的机会，稍有停顿，随即又高声诵读起目光所及之处商品的标签，或者挂历上的日期，汗水如瀑布般淋漓。当日天气寒峭，阿基裸露的双脚粗糙起皮，脱落着干燥的粉屑。

两名大人沉默不语，听母亲念叨个不停，时不时拿眼尾瞥一眼阿基。其中一位是个秃头男，另一位是个瘦高个女人。两人都戴着眼镜，和阿基目光相遇时，会轻轻点点头。

“哦？您是说这孩子？今年四岁，快四岁了。呃，应该是五岁吧。个头长得高，我也记不清了。是啊，说话不利索，特怕羞。可他是个好孩子，平时老帮我干活。别看他性格腼腆，其实可乖了呢。对，阿晓，名字叫晓。难为情了是吧？这孩子就是脸皮薄，所以不怎么讲话，不擅长表达，这一点像我。不不，不怎么像我。”

母亲刹不住话匣，不知怎的，那副模样让人联想起旧时在外祖母家院子里见过的野鼠误食了不知是谁撒下的灭鼠药，浑身痉挛，口角泛着粉色的涎沫。痉挛时而激烈，时而轻微，但决计停不下来。附近蹲着几只乌鸦，静静地望着垂死的野鼠，却并不上前捕食。比起野鼠的死，阿基更伤心的是乌鸦不去啄食它。野鼠的死尸散发出腐臭，直至某天融入了泥土。

“这孩子个头可不大，甚至可以说过于瘦小。”

男人开了腔。一瞬间，真的是一瞬间，母亲愣住了。但随即忙不迭地摆摆手，讪讪地给自己扇着风：“瘦小……您说阿晓他过于瘦小？是嘛，啊哈哈。”

“况且，这孩子应该有六岁了。”

“不好意思！”

阿基又攥紧了面包袋子，生怕不小心弄出动静。可大人们已然“入侵”了这个家。自己到底在怕什么，阿基也不清楚。

“阿晓君，你吃的是什么呀？”

女人笑吟吟地问。感觉她身上不知哪里与母亲有点类似。不过，不是眼下的母亲，而是阿基头脑中昔日某个时刻的母亲。

“是不是有点怕羞呀，阿晓？你手里拿的是面包吧？”

而眼前的母亲与这个女人毫无相似之处。嘴角一直咧到耳根，目光逡巡，来回打量着阿基和女人，黑色的瞳孔微微颤动，那是她想得到什么时的典型表情。

“咱俩能说说话吗？”

女人声音温柔，俯下身来，歪头瞧着阿基的脸。

“啊哈哈，阿晓会难为情吧。”

“不好意思，请让我和阿晓谈谈。”

“是！很抱歉！”

面包袋子不再窸窣作响，因为它已经被阿基死死攥住，用力到不能再用力。

之后，阿基便过起了往返福利院和家的日子。

“你妈妈她呀，有点太累了。”

大人们这样告诉阿基。男的姓山际，阿基忘记女的叫什么名字了。因为那天以后，他们再未见过面。

“让你妈妈好好休息休息吧。”

阿基久违地尝到了热腾腾的饭菜。放满各种蔬菜的味噌汤烫疼了他，口腔上颚被烫脱了一层皮，用指尖揪下来瞧瞧，与掌心的皮肤不一样，有股黏黏的质地，没法儿透过阳光观察。

一天吃饱三顿饭，这让阿基难以置信。他做好了心理准备，眼前这顿饭可能是最后一餐。而且不知从何时起，他变得战战兢兢。好想再吃一口，再吃一口。他害怕自己这酷烈的食欲，且随着怯意而来的是总会记起母亲一定还什么都没吃。在往返福利院这段时间，阿基的身体迅速发育。在生长痛的碾压下，原本与年龄不符的瘦小身躯吱嘎作响，骨骼仿佛脱离了躯体，他胖了起来。

隔三岔五，母亲会来探视。

“阿晓！”

她喊得很大声，脸上挂着开心的笑容，对福利院的人连连鞠躬。阿基不好意思正视她。母亲搁在他头顶的手依旧汗津津的。没错，那是母亲的汗液。这样的日子，阿基会拒绝洗澡。

等到小房间里只剩下母子二人时，母亲就变了一个人。依旧是那副筋疲力尽的样子，时不时把脸伏在桌上，好似突然想起了什么，打量着阿基，总拿面包给他吃，口中频频叹气：“都是一些可怜孩子呀。”

福利院的孩子形形色色：不停地拿头撞墙的四岁男孩，总薅自己头发的十一岁女孩，坚决不愿在厕所大小便的五岁男孩，咬社工手臂的阿基和与他同龄的女孩。

母亲时常为孩子们流泪。泪水下脱了妆的母亲重新补妆时的样子看上去比以前浮肿了不少。

“面包，你要好好记得吃哦。”

说完，她便挥挥手离去了。下次再见面又不知是何时，间隔或许半年，或许两周，没个固定日子。

不知不觉间，阿基升了小学，生活却没什么两样。有时他会陪母亲外出，结束后直接跟母亲回家。时隔数周或数月，家中的样貌看起来与往日略有异样，要么新添了家具，要么摆了一台昂贵的电视机，要么厨房里放着谁的香烟。

"是老师给我的。"

母亲解释。老师是何许人？阿基不清楚。

生日那天，母亲送给他一个笔记本。简素的灰色封皮，是学生作业本的样式。

"生日快乐。"

母亲涨红了面颊，双手微微打战。

阿基的学习能力不见什么长进，一开口就结巴，还总跟不上课堂进度。为了提高语文表达能力，老师要求他写日记。他拿母亲送的本子开始了日常记录，尽量把字填满页面，不浪费每一处空白。纸上再也写不下的时候，就用自己在路边捡的硬币或母亲偶尔兴之所至塞给他的零钱再买一本一模一样的。笔记本、文具之类的必需品本该是福利院的社工负责购买，但阿基不愿开口提请求。虽然笔记本多了起来，但他的学习始终不见起色。

从福利院回家探亲的日子，阿基总会缺课。母亲不喜欢阿基去学校，时常面带恳求地阻拦，埋怨他会在外面说自己的坏话。

"你老跟外人讲我，人家会拿我当怪物看。"

阿基尽量避免把视线落在她脸上。

"人们都觉得我是一个虐待小孩的坏妈妈。"母亲语带怨怒，"可我明明这么努力地养你！"

阿基的身体持续发育，将近十一岁时，个头已超过了母亲。对他来说，小小的单间公寓过于局促。站在厨房里，或打母亲身边经过时，他会自然而然地屏住呼吸，猫起背。母亲有点惧怕长高后的阿基。

"将来你会狠狠地报复我吧？"

阿基觉得自己的身体好累赘。

"将来肯定会把我揍瘪的。"

自己硕大的身躯成了对母亲的一种威胁。

“瞅瞅你，这眼神！”

那阵子，阿基眨眼的次数频繁起来。而视力开始下滑也是同一时期。世界在他眼前渐次失去了轮廓。他知道，眼睛不好的人可以佩戴眼镜，但他从没考虑过自己也能拥有一副。福利院的社工察觉到他的视力问题，曾提出给他配眼镜，但阿基拒绝了。问他理由，他沉默不语。告诉他不必担心花钱的问题，他也绝不开口。

在视力模糊以前，世界在他眼中呈现的样貌同样一片混沌。他也从无看得分明的意愿。他眼中所见之物正是这副模样。这正是属于阿基的世界，他不愿撒手失去。

母亲时常随性所至地对他表露爱意。摸摸他的头顶，抱抱他。唯有这样的时刻，她才不担心阿基造成威胁，把他当成婴儿一般逗弄，轻轻摇晃着，为他唱歌。

“阿晓，阿晓，你喜欢妈妈吗？”

母亲口中散发出一股甜甜的铁锈味。许久以后，阿基才发觉，那味道和自己流的血气味一模一样。

“阿晓，妈妈很努力对不对？虽说有些时候对你太凶，但妈妈在为阿晓努力哦，努力到不能再努力哦。当初你在妈妈肚子里的时候，别人都劝说我别要你了，但妈妈拼命把你生了下来。因为你是妈妈的宝宝呀，是妈妈最珍惜的宝贝。我瘦骨伶仃的，当初你卡在妈妈肚子里出不来，差点儿就快死了，危险得要命。到最后，妈妈的肚子被切开一个大口子，流了好多血才把你生下来，真的好辛苦啊。但妈妈为了见阿晓，还是选择生下了你。做妈妈的孩子，你开不开心呀？我是只属于你一个人的妈妈哦。阿晓啊，你喜欢妈妈不？”

是从何时起，妈妈开始捶打他的背呢？又是从何时起，开始狠狠掐他的腿呢？

“嗯。”

阿基不记得了。

“真的吗？”

大概在他懂得说“不要”之前。但在他懂得之后，也一次没有用过。

“真的。”

他决不喊停。

“我喜欢妈妈。”

妈妈太累了。

为了我，她才这么拼命，所以筋疲力尽。

别看我被打得很疼，但妈妈的手更疼。

妈妈的心更疼。

诺查丹玛斯的末日预言并没有应验。二〇〇〇年，像之前的无数个年头一样如期而至。翌年，我获得了一笔奖学金，考入了某国立大学。获奖学生半数与我的经历类似，因父母在车祸中丧生，从民间慈善团体领取不设利息的无偿资助，而剩下的半数学生则从学生援助机构领取有息贷款。

第一类奖学金，无息。第二类，有息。我当然申请第一类。不过从高三起才开始奋起直追，成绩到底差得太远，最终从资格审查中落榜。

第二类的话，考虑到万一将来无力偿还，我仔细研究了第三方担保制度，即避免把偿还义务转嫁到家人或亲戚头上，由第三方机构代为充当保证人的制度。老爸死后，就算老妈给亲戚们挨个磕头作揖，到头来也没得到任何帮助，她那副低三下四的模样，至今我仍记忆犹新。可一旦申请第三方担保，每月需支付七千日元保费，连同奖学金的还款额一起从账户自动扣除。未免让人肉疼。最终，我只能安慰自己“好好还款就行了”，放弃了第三方担保这条路。

学费每年约五十万日元，入学金二十八万元。当然，我没有离家独立生活，不存在房租问题，只剩课本费加自己的生活费，我决定靠打工应付。

我从中岛那里得知可以利用政府的学费减免制度。假如每天从自家通学，家庭年收入水平在四百万元以下者，可享受一定额度的学费减免。以我家的条件，恰好符合。但相应地，学习成绩也必须达到一定基准。等于我背上了一项任务：一边干活挣钱，一边拿到好成绩。

远峰找了一份外资酒店的客房服务工作。阿基继续在加油站打工，为时薪涨了二十元小钱而兴高采烈，同时，也开始把梦想挂在嘴边。

“我想成为阿基 · 马克莱宁。”

也就是说，自我们认识起，阿基的梦想就没变过，他只是开始思考得更加具体，不再满足背诵《男人的清晨》的台词，不再单纯止于模仿，而是希望成为马克莱宁本身。该怎么做才好呢?

“我想……想……做个演员。”

关键在于不该“做个马克莱宁那样的演员”，而是“像马克莱宁那样做个演员”。可惜阿基不是身为深泽晓，以当演员为目标，而是为了彻底成为马克莱宁，决意以当演员为目标。

可关于当演员这件事，阿基不懂任何门路或常识。就算是我，对此也谈不上有何了解。电视上那些艺人个个外形俊美，星光熠熠，脸上那副笃定的神情，仿佛在被大家认识之前便已身为明星而存在。

但马克莱宁不一样，他站在俊美闪耀的明星们身后，散发着强烈的异质感，却比任何明星更夺人眼球。

“怎……怎么样，才能当演员？”

不过，仔细看看，会发现日本早有同类型的演员。他们站在主角的身后，在广告片的角角落落，给我们留下难以忽略的印象。

“日本肯定也有马克莱宁那样的演员啊。”

我想起老爸生前常去看传统的舞台剧。他告诉我，这类演员通常隶属于某个剧团。

“日本的电影圈基本靠这些戏剧演员撑起了半边天。”

关于我爸的死，阿基从未提过一言半语，大概不知道该怎么表示安慰吧。毕竟他不是什么心思玲珑的人，会说“节哀顺变”之类的吊唁之词（远峰倒是给我写了一封长信。直到毕业后好一阵子，我也没敢打开读）。但对我来说，这样反倒安心。关于老爸的死，该怎样面对他人的垂询、怎样看待才合理，连我自己也没有一点主意。

阿基每周出勤七天，也就是彻底无休地打工。恰好那阵子他母亲辞去了工作，家计全靠阿基的薪水维持。除了加油站以外，阿基还另找了一份深夜清扫的活计。

我也开启了打工生活。起初只打单份工，不至于对学业产生什么影响。内容要么是搬家、装箱分类，要么是演奏会的会场布置、乐器搬运等。时薪也比较可观。恰好社团活动有一些空档，趁机活动活动筋骨反而舒爽。尤其搬运沉重的大件物品，用不着费什么脑子，肌肉越是酸痛，薪水袋就越鼓。我挺享受这份工作带来的愉悦。

不久后，我发觉某些科目哪怕不出席也可以轻松拿到学分，于是就把搬家转为了长期固定工，这样一来，身体的负荷随之暴增。肩背练出了硬硬的肌肉，手臂上青筋鼓起。当然，打工期间，学业并不能荒废，学校里的人际交友也需要应付。除打工地方的前辈喊我应酬以外，只剩下寥寥无几的空闲，我基本和阿基待在一块儿。

从双方打工的间隙里抽出一点时间来见面，主要在下北泽的小剧场附近逛悠。口袋里掏不出看公演的余钱，剧院入口处摆满了大量宣传小海报，我俩就抽走几张，在公园里细品。

每次，我们都去同一个地点。虽是公园，却幽暗不见阳光，四下也不见孩童玩耍，各种朽坏的玩具设备上总坐着一身疲惫的中年人，时不时有两个年轻女孩会在那里练习漫才，也唯有那时候，空气里会泛起一点活泼的人气。

看到小海报上印有“招募团员”的字样，或即使没有此类信息但瞧上去挺有意思，我们也会打电话过去。负责和剧团通话的一向是我，阿基那口吃的毛病一打电话就更严重了。对方在电话里问到应征的理由，我会说“反正就是感兴趣”，毕竟我们一场也没看过上演的剧目。我的考虑是，只要能设法让对方见一见阿基，总会有点什么进展。就算不提什么马克莱宁这一茬，单靠阿基的相貌，也足够抓人眼球，毕竟他异样到很难见到同类。所以在我的评估里，每个剧团肯定都想要阿基这样的演员。不过，现实却很残酷。

首先，单是没看过公演这一条就让我们吃了闭门羹。这得怪阿基。面试的时候肯定老实到缺心眼，直接承认没看过人家的剧目。这小子不知道“撒谎”二字怎么写。

即使剧团方面不问应征的理由，也没哪家肯接受阿基。在一大群从高中初中或更早年便拥有儿童剧团演出经验的应征者当中，要求全无演技的阿基去参加选角面试属实困难。就算哪位负责人对阿基的相貌略感兴趣，但稍微递给他几页剧本，让他念几句台词，就立马不行了。

“就说再怎么缺乏演技经验……这也太够呛了点啊。”

真有谁看了阿基的表演而发笑倒还算好。当中不乏一些考官，阿基刚开口念台词，他们便连连挥手，仿佛在驱赶飞虫。

最关键的因素还要属阿基严重的口吃。但凡不是作为马克莱宁，而是深泽晓一开口，立马露馅儿。稍一紧张，就口吃得更惨。话虽如此，总不能要求考官“让我以马克莱宁的面目再来一段试试”，就算能这么讲，也没有谁理解这个举动的意思。在这一过程中，甚至遇到过带点诈骗色彩的剧团，提出“想入团就先交钱”。

“马……马……马克莱宁也很辛……辛苦吧。”

那一刻，我俩还不知道当年马克莱宁是如何当上演员的。十七岁那年，他在打工的肉铺里，被某光顾的剧团团长慧眼识珠挖走。可这份幸运从来不曾垂青过阿基。阿基为此有些忧心，但凡有一点和马克莱宁不一致的地方，在他看来便是不吉之兆。

但我俩并没有死心，依旧满怀热情地继续下去，这股劲头连我们自己也非常吃惊。我基本抽不出睡觉的工夫。成天睡意昏昏，饥肠辘辘。当然，想必阿基也一样。有的夜晚，我俩在公园里一面东拉西扯地聊天，一面有一搭没一搭地划船，肚子里叽里咕噜叫得此起彼伏，吵得连说话声都听不见。饶是如此，我们也不死心。尤其我，甚至有一股偏执的狂热。

也许我在阿基身上寄托着什么念想。对我来说，阿基如同一颗投向社会的炸弹。我怀揣一股强烈的执念，哪怕像阿基这样性情和善、相貌砢碜、出身寒酸、人畜无害的家伙……不，应该说，越是像他这样的家伙，社会越是应该给他一份认可。我的生活并不会因此而改变。但对我来说，阿基在世间觅得一个容身的坑位却是实实在在的当务之急。我持之不懈，把阿基推向这个世界。

结果到了夏天，有一家剧团录用了阿基。手头攒了一大摞宣传单，其中数这家看起来门槛最高，我俩本已打算放弃，把它丢到了一边。后来抱着碰碰运气的想法，尝试着联络了一下，果然，对方似乎对阿基的外形挺感兴趣。

“你这个口吃的毛病，人家不介意吗？”

“说是给……给……给我治。”

“哈？给你治？剧团吗？”

“嗯……嗯。”

“剧团还管治口吃呢？”

“嗯……嗯……嗯。”

“厉害了。这玩意儿怎么治啊！”

这个剧团不光接受阿基加入，还包治口吃的毛病。我感觉这运气未免也太玄乎了一点。不过，毕竟人家干的是靠“说话”吃饭的工作，说不定有点什么治口吃的行业秘技。到底是成功的剧团嘛，挺有两把刷子。我在旁边佩服得五体投地，阿基却一脸忐忑。或者说，任何时候，阿基都是一脸忐忑。

“我……我……没问题吧……”

阿基大汗淋漓，我也是。

夏日的公园里，深夜依旧暑热。我俩坐在长椅上，浑身湿淋淋的，与刚从水里出来没两样。

“没事，毕竟你可是马克莱宁呀。”

剧团名叫“布拉的世田谷”，负责人是一位年轻女性，名叫东国伸子，据说有个当广告导演的老爹，她本人也是颇有才华的表演家。个子不高，体态娇小，气质高贵，打眼一看有一股少女感，但能掌管一个十二人规模的剧团，肯定是一个值得信赖的人物。

阿基对她十分感激，说是其他几位剧团骨干都对他的加入流露出为难之色，全凭东国的一句话，这事才敲定下来。

“一般来说，像你这样的是要被刷掉的。”

东国说完，扑哧笑出了声，像一个恶作剧的孩子。

首先，她要求阿基配一部手机。数年前逐渐普及起来的手机早已不是爱赶时髦的轻浮小朋友们拿来耍酷扮靓的道具，如今基本人手一部，成了日常必需品。我坚持认为自己用不上这东西，抵抗到了最后一秒（同样的理由下，早些年我对BB机也一直没有出手），但终究没挨住它的便利，最后入了一款最便宜的。

“今后要保证随时能够联系到你，懂吗？”

剧团的人陪阿基办理了手机的开通手续，但初始的开机费和每月的通话费需由阿基自己负担。据说，剧团里的其他成员也都如此，没办法对阿基搞特殊待遇。为此，阿基又延长了打工的时间。

起初，阿基刚办好的手机里只存了东国和我的号码，他显得格外兴奋。

“听说还能……发……发……发短信呢。”

“可别玩得太起劲，回头通信费一下子爆了。”

那时候，“节约”二字就是我每日生活的主旋律。

对那些沉迷旅行或联谊会的同学，我报以蔑视的白眼，每天把所有精力投入打工之中，甚至可以独立搬运大件的冰箱，只消看一眼雇主的房子，就能瞬间估算出全部搬完需要多少时间。我决不享受一个休息日，对学习也从不偷懒。

之前我也没想到自己会有这份毅力。初高中那会儿，我对田径部的训练一向挺上心的。从小学时代起，我就每天都会到校，从没休过一个周末。不过，当年和现在是两码事。依照自身意愿主动选择的活动，与从天而降的现实，从起因、过程再到必需的技能，没有丝毫可比性。好在我对这场变故应付得还算得心应手，兵来将挡，水来土掩，一步步打了通关。在老妈面前恸哭的一幕也不过发生在稍早以前，但现在回想起来，却仿佛已是遥远的往昔。我甚至想怒斥当时的自己：“真没出息！”

在公司前辈和正式员工眼里，我是一个挺靠谱儿的小子，对待年长的人也能态度坦然地与之打交道。前辈三天两头请我吃午饭，然后拿出照片给我显摆他家刚出生的娃娃。那婴儿的脸蛋黑里透红，小小的身子板，也瞧不出来其眼神在往哪儿瞅。

我没和职场上任何人提过老爸的事。不过，不知为什么，公司上下全知道我“勤工俭学”这件事。

“加油啊！”

一个人吃饭的时候，我必买连锁快餐店的牛肉盖饭，如果到了发工资的日子，会再多加一个鸡蛋；平时用矿泉水瓶灌点自来水，放进冰箱里冻凉，带去工作的地方喝；有时顾客会塞给我一罐咖啡或请我吃雪糕，不过哪怕金额再少，收到现金小费还是最开心。

每当这种时候，我对眼下的生活就也还算满意。同年级那帮人瞧上去清一色冒着孩子气，至于高中时代曾令我暗暗羡慕的阿基和远峰，我感觉与他们的距离似乎拉近了一点。我浑身上下生出了厚实的腱子肉，皮肤晒得黝黑，剪头发的钱断然是拿不出来的，只能用别人给的推子自己剃成寸头。

我偶尔走在校园里，路人会纷纷躲闪，给我让道。到了后来，连运动社团也不再发来邀请。老实说，我感觉那帮人多多少少有点提防着我。我基本上也瞧不上那群同年级的傻帽。同时也憎恨他们。仅仅是能没心没肺地享受大学生活这一点，他们就足够招人恨了。

当然，同学中也有和我一样利用奖学金制度，边打工边兼顾学业的人。当时，在普通的日间制正规院校里，这类学生的占比在百分之三十左右。而之后十年间，这一比例又增加了将近一倍，超过半数之多。

然而，当时我的眼里压根儿看不见这百分之三十的存在，也没打算看见，总觉得自己以外的所有人都富得流油，花着父母的钱在外面租着房子，一个人过得逍遥，昂贵的课本买来后一页都没有翻开过，整天三五成群地在校园里闲晃。

有时，与漂亮的女生擦肩而过，我却不乐意向其打声招呼。不是我胆子小，而是内心认定与对方存在生活层次的鸿沟。在我的成见里，漂亮女生必定会和油滑轻浮的富二代交往。只是想象两人腻腻歪歪的画面，我就打心底里轻视他们。

在我的头脑中始终给远峰留着一个位置。每天无论去哪儿，我都把她写给我的信揣在身上。我生怕将信弄脏，便把它装在一只塑料袋里，时不时拿出来瞅两眼。远峰的信很长。这么长的信，我没办法立刻读完。

远峰当然没有催促我回信，也不曾试图安慰我，只给我一种“随时守候着你”的感觉。在那充满悲伤、不甘，一切都在离我远去的数月里，唯有这份守候始终陪伴在身旁。

时隔几个月，我才打开这封信，总之，字里行间都是一些顾虑我的感受，体贴我心情的话语。不愧是远峰，没有一丝强加于人的打鸡血成分，而是充满了温柔的鼓励。比任何安慰之词都更打动我心的是信末那句：“请不要认输，我为你祈祷。”

远峰的存在恰恰如一份祈祷。即便我对宗教没什么特别的信仰，也知道寄予他人的祈祷之力有多么强大。

“我为你祈祷。”

我时不时会收到远峰发来的短信。我之所以买了手机，很大一部分原因是为了远峰。

“你好吗？此刻我在回家的路上。肚子饿坏了！”

“我挺好。这么晚才下班？！”

“最近被各种事撵着，忙得焦头烂额。”

“是吗，别太逞强啊。还是说，不得不逞强？”

“咱们彼此彼此吧。”

“逞强得不能再逞强，搞得肌肉痛死了。背、脖子、手臂、腿。”

“那不等于浑身都痛？”

两人谁也不提见个面吧。彼此都忙，能时不时这样你来我往地发个短信，聊些有的没的话题，已心满意足。对于寥寥三言两语所带来的力量，两人心里都很清楚。至少对我来说，这是一份巨大的鼓励。与那些轻易见面、轻松交集的家伙不同，我们以这样的方式保持着一份“虽无法见面却心心相印”的感觉，内里的某个地方被一点点擦亮，变得越来越透明。

“尽管累得要命，但我们不能认输，加油哦！”

在酷热得让人几乎气绝的暑日里，扛着死沉的大件家具，恨不能把它们扔出去才解气的时刻；在图书馆里，边和瞌睡交战，边与书本死磕的时刻；并无多少教学热情的教授，为了赚点版税，号令大家花五千多块钱去买他著作的时刻；一帮男生面露猥琐，凑在一起大谈特谈昨晚联谊会“战果”的时刻；瞧见这帮家伙手腕上戴着身为学生压根儿买不起的名贵手表的时刻……

“别认输！”我对自己说，“认输你就输了！”

告诉我“别认输”这句话的还有另一个人，那就是中岛先生，他也始终与我保持着联系。

他这个人顾念我的状况，但决不会过度干涉。说起来，远峰和中岛表达关心的方式有点类似。

所以某天接到中岛发来的短信：“要不要见面喝一杯？”我并不感到惊讶。

“如果你愿意的话。”

我当然没啥不愿意，只是心里隐隐有一丝疑虑。

中岛为何对我和老妈关照得如此无微不至？我一直不太理解。只知道此人和老爸曾有工作方面的交集，除此以外，我对他没有任何了解。本来嘛，对他而言，老爸的去世不过是工作上打过几次交道的人不在了而已，何至于为死者的家属尽心尽力到这个份儿上？

我家搬离老屋的时候，中岛也曾来帮忙。当年老爸选的公寓租金并不便宜，更何况还是一套“出过事”的房子。自从老爸死后，对我们来说，家已不是一个等待我们归来的地方，而是“事发现场”。光是在家里待着，就能感受到老爸书房里游荡着一股不安的气息。空空如也的房间，气氛凝重而压抑，压得我和老妈近乎崩溃。

原本计划等我高中毕业再搬家，但老妈熬不住了，某天出去找了新住处，是一套仅有两间屋子的小公寓。小小的电视机不得已摆在了厨房的料理台上，否则没地方放。洗澡的浴缸旁搁着笨重的老旧箱式燃气热水器。不过，好歹能有一间属于自己的卧室，我就谢天谢地了。

新住处离老房子不远。中岛租了一辆小型面包车，撸起袖子、甩开膀子把纸箱一只只往外搬的样子让人难以想象他比老爸还年长。两人合力搬冰箱的时候，见我脚步趔趄，中岛吆喝："加把劲！"

过后，这几个音节久久在我耳边回荡。

"加把劲！"

就算是考虑到老妈这一层关系，也很难说得通。老妈对中岛自然是发自心底地倚靠，但中岛对老妈的态度却从不见流露出一丝一毫黏糊腻歪的意思。

"他干吗对咱们这么好呢……"

老妈一面拆搬家的行李，一面喃喃自语，声音里固然有纯粹的谢意，但似乎掺杂了几分困惑。毫无疑问，中岛是我家的恩人，但也是一个不明来历、不知根底的陌生人。

"喝酒，我去。"

我没有理由拒绝。再者也打算问问中岛的真实意图。目前我仍是未成年，从法律上说，禁止饮酒。对此我当然并不在意，估计中岛也是。

"下北泽车站南口见。"

较多年轻人聚集在这一带，中岛混在其中肉眼可见属于"高龄人士"。不过，立在车站前的他身子骨却比任何人都更加强壮。

“体格硬朗多了啊！”

中岛对剃了青皮寸头、穿着破烂T恤的我大加赞赏。

“男人就该是这副样子。”

他领我去了一家炭火烤串店，距车站只需步行几分钟，位于一座建筑的二层，是一个不为人知的宝藏小店。来客多数为中年大叔，置身店内会有一种“我在哪儿？”的惊讶感。大叔们有的三三两两，有的形单影只，但大都叼着烟卷吞云吐雾，嘴里撸着肉串，饮着小酒，没有年轻人傻子似的咋咋呼呼。

第一次跟中岛单独见面，我有片刻不好意思直视他的脸。大约是觉察到了我的羞怯吧，他预约了吧台的座位。两人没必要大眼瞪小眼，算是救了我一次。

“喜欢吃什么随便点！”

烤炉边有一位四五十岁的大师傅正在忙碌，正前方的墙面上贴着一溜木牌，上面写着各种菜名。

“我可是饿惨了。待会儿吃得太多别吓着你哈。”

说着，中岛挽起了衬衫袖子，他的手臂晒得黝黑，露出清晰的肌肉线条。乍一看，与我头脑中固有的律师形象不太搭边。

“我一直以为律师这个群体都是一些单薄苍白的弱鸡。”

听我这样说，中岛大笑了几声：“哈哈哈！你说的弱鸡倒也不少，可我不走那种路线。”

据说中岛的事务所位于四谷的律师会馆内，他常会花一个小时跑步下班。

“西服脱下来挂在办公室里，换上便装慢跑回家喽。”

“太厉害了。”

“啊不，每天跑也办不到。再说我也不是天天去事务所。只是从工作的地方跑步回家的时候比较多。”

“工作的地方是法院吗？”

“不不，那还真没有。毕竟庭审结束后有不少后续事务需要处理。不过有一回，我在横滨处理完工作后，是徒步走回东京的。”

“啊？走了多久？”

“足足五个小时。”

“真的假的？！”

“啤酒……你不要紧吧？”

“啊，那我来一杯吧，谢谢您。”

“啤酒两扎！”

“好咧！”老板娘立刻应声从里间端来了两扎啤酒。

“好快……”我不由得嘀咕了一句。

“因为这位先生每次来必点啤酒，从落座到最后，啤酒就没断过。他是真能喝啊。换成我，早就灌饱了。”

老板娘把满头白发在后脑勺挽成一个髻，脸上有些许皱纹，但皮肤细润而光洁。

“来，干杯！”

平生第一次碰杯，我略显拘谨。平生第一杯啤酒，略显苦涩。老实说，丝毫谈不上美味，我真的不觉得哪里好喝。不过，中岛咕咚咕咚灌得挺痛快，听起来似乎很有滋味。于是我也像他那样一饮而尽。

“哎呀呀，这不挺厉害的嘛，两人都真能喝！”

老板娘拊掌而笑。

“哇！”

中岛美滋滋地咂着嘴，然后闭上了眼。上来第一口就干掉了差不多半扎酒，我感觉头晕乎乎的，好在没觉得反胃。

学校里那些同年级的家伙也开始喝酒了吗？肯定在各种联谊会或社团聚会上烂醉到找不着北。但能够出入这种烟雾缭绕、唯有中年大叔才会光顾的小烤串店，而非大众连锁餐馆的，似乎只有我一人。每天汗如雨下地卖着苦力，一边看书，一边与瞌睡大战几百回合，似乎是我独享的特权。

“再来两扎啤酒。然后来一份土豆沙拉、凉拌牛蹄筋和柚子醋汁拌鸡皮，外加洋葱丝和番茄冷盘。烤串待会儿再说。”

我拿出一股不输中岛的劲头拼命灌酒。这在我的个人史上还是破天荒的体验。有一刻，我甚至怀疑，说不定自己真的酒量过人。

“多喝点不要紧，男人嘛，就该练练酒胆。”

我们当真是放开了肚皮胡吃海喝。老板娘在一旁随之鼓掌叫好。烤炉边的大师傅并不往这边瞧上一眼，倒也不是反感这份喧闹，别看我年轻，也明白这是一种舒适且恰当的距离感。大师傅默不作声地翻弄着面前的烤串，仔细看，才发觉他的食指第一关节处少了一截。

“老子就算挺能喝的了，你这小鬼也毫不逊色啊！”

不知不觉间，中岛已经熟稔到开始以“老子”自称，管我叫“这小鬼”。见我傻呵呵吃得尽兴，喝得忘情，他发自心底感到高兴。

“还喝得下不？”

“没问题！接着喝！”

我这才知道，原来醉意上涌后，眨眼的速度会变得迟缓。眼皮眨动的瞬间凝视前方，会发觉周遭比想象中暗了一度，映着店内的灯光，眼皮内侧呈现一片柔和的橙红。有一刹那，老爸的身影浮现在眼帘中。不是坐在身旁的中岛，而是老爸。但这种幻觉太过短暂，转瞬即逝。

“再来一扎。”

忽然，我馋起了橙汁或小时候常把巧克力溶在牛奶里兑出来的混合饮料。再不然，来杯漂着冰块的可乐也行。然而，此刻我面前摆着一扎新端上来的啤酒。这是成年人的专属饮品。

“我也有一个儿子。”

中岛干掉了今天不知第几杯扎啤，不吱声地打了一记响指，示意老板娘继续拿酒过来。

“儿子？”

“对。”

之前我并不知道中岛有儿子。不如说，关于中岛的家人及其他一切，我概无所知。两人喝起来以后，他一直对我关切地问东问西，而很少谈及自身。

“我才知道您有儿子。”

从头到尾三句话不离自己，这让我有些羞愧。本来今天赴约的目的是打算问问中岛的真实意图，却借他接二连三的发问，忘形地大谈特谈自己的事情。平时除了阿基外很少跟他人聊天的我，几杯猫尿下肚，似乎变成了话痨。

“也许应该说，有过。”

闻言，我的喉头涌起一阵热流。

“今年二十岁。前阵子才过生日。”

比我大一岁。而且，活着。我松了口气，但又对“有过”这个时态的使用意图略感不解。

“不不，或许是二十一岁来着？哈哈，记不清了。”

中岛语气里带着几分愠怒，不过，看神情似乎还有话要讲。

“那，您跟儿子一直没见面吗？”

“没见。”

“您离婚了？”

“不，不是。儿子在家呢。”

新端上来的啤酒，中岛又一口气干掉了半扎。不管是今天的第几杯，他始终保持着头一杯的喝法。我二人都已经灌了十杯不止。

“那小子是一个家里蹲。”

“原来如此。”

我只能傻傻回了一句，想不出什么安慰之词，貌似中岛也不需要我提供安慰。

“纯粹是娇气加任性。”

手持啤酒樽的中岛，手臂的肌肉线条清晰如刻。并非成于一朝一夕。我打工地方的前辈也个个拥有同款手臂。它们是在日复一日的剧烈驱使下，肌肉纤维被迫撕裂，充血膨胀，而后才强壮起来的。

“在这世上，想上学却没条件的孩子不计其数，有些家伙哪怕靠自己挣学费，也要豁出命地读书。”

说着，中岛瞅了我一眼，伸手拍拍我的背。

“再说了，咱们都属于运气不错的，是吧？”

一双熟悉的大手。

“放眼瞧瞧这个世界吧。有多少不幸的人和事、多少在贫困饥饿中受苦的孩子、多少靠出卖肉体谋生的女人。最近这一代小屁孩太娇气了。工作上吃点苦头立马辞职；被上司训了几句，二话不说撂挑子走人。过分养尊处优，纯属惯出来的毛病。这帮家伙有一份正经工作本身已经够幸运了。能每天平平安安上学，性命不至于遭受威胁，还有念书的机会，已经够幸运了。饶是如此，有钱也不好好去挣，懒懒散散在家混吃等死。”

拍着我脊背的那只大手攥起了拳头，厚实的、岩石般坚固的拳头。中岛靠着这双手，不知拯救过多少人呢。

“请问……”

“嗯？”

“中岛先生，您为什么对我们母子这么好？”

“怎么突然问这个？”

“又是资助钱款，又是帮忙打保险官司，又是安排葬礼……大事小情，当真是大事小情全靠您在出力张罗。”

“哈哈，这算啥！”

“包括今天，也是您请我喝酒……”

“那是因为我想见你嘛。”

“可您也只是和我爸有过几次工作上的往来。我不过是死者的儿子，您又何至于……”

“见人危难，伸把手也是人之常情嘛。”

“所以，您才当了律师？”

“当然有这个因素。不过呢，身为大丈夫，也理当出手相助。”

我没有勇气直视中岛的双眼。时至今日才郑重其事地道谢似乎略显卑微。身为受人“接济”的一方，我心存不甘。当初若不曾遇上中岛这般襟怀宽广无私的恩人，恐怕我也没能耐撑到今日。我为自己的孱弱而感到不齿。尽管为了讨生活已竭尽全力，以为自己好歹算一个够格的“大人”，可说到底，我依旧是一个乳臭未干的青皮小子，在社会上毫无影响力，属于弱势的存在。

“喂！想什么哪！”

盯着吧台默默愣神的我，肩膀被中岛重重拍了一把，我抬起头来，在酒精的刺激下，中岛的双眼充血泛红。

“我也和你有过相同的经历哟。”

“相同？和我吗？”

“对。”

“您的父亲也去世了？”

“嗯，是我上中学那会儿的事。”

中岛说完，深呼了口气，又或许是深吸。总之，我俩四周的空气微微震荡了一下。

“上吊死了。”

大约一年前，中岛告知我们，保险公司的理赔判决已成定局，无法推翻。他垂头说道：“没能出上力，我深感歉意。”我和老妈连忙深深鞠躬回礼。为了我死去的老爸，为了我们母子，他打了一场毫无胜算的仗。

“即使败诉了，我依然相信他不是故意的。”

当初这样坚持的中岛，如今的话里之意暗示了老爸的死因终究还是自杀。他焦躁地揪了一把自己的领口，发觉没系领带，微微一怔。

“当年父亲是自杀。”

他低声嘟哝了一句，说完，胸口仿佛松快了一点。

原来老爸是自杀。

中岛帮忙打官司那会儿，或者说老爸刚去世那会儿，实际上，我有过这样的念头——老爸丢下我们母子，还留了一屁股债，自己走掉了。

“再来一扎！”

“哦？好的，我也来一扎！”

老板娘一语不发，默默地将我们喝空的啤酒樽收掉，转身离开时，伸手按了按我的肩头。

“也许是从那时候起吧，我就打定主意要做一个顶天立地的男人，守护与我遭遇了同样处境的人。我知道想当律师不容易，读法学部也格外费钱，但我发誓非一口气考上不可。之后，我又开始勤工俭学，早晚送两次报纸，不管什么体力活都干。”

“当时您打的哪份工最辛苦？”

“要属在码头装卸进口货物吧。从早到晚把那些死沉的货箱搬上搬下，连个歇脚的荫凉地儿也没有，浑身那叫汗如雨下啊，大家全都光着脊梁干活。监工的是一群黑道马仔，叫人成天提心吊胆。而那帮家伙又不干活，明明没必要光膀子，纯粹为了亮出一身刺青来耍威风，才个个袒胸露腹，文的净是什么女装恶棍菊之助、巨蛇、天狗、狰狞的女鬼之类的。”

“嚯……”

“在学校也困得要死。那会儿可真是缺觉啊。但也没工夫打瞌睡，把铅笔削尖了往大腿上扎，边扎边念书，任何时候，成绩都名列前茅。”

“厉害……”

“但是身边也不乏那种花着爹娘老子的钱，悠哉游哉享受校园生活的家伙。”

“是不是觉得不甘心？”

我的声音远远高出自己的想象。或者说，我俩的对话早被周围的食客听得一清二楚。酒精让人失去自制力。身体的轮廓渐次模糊，也意识不到自己的举动多么夸张和出格。

“不甘心啊！”

中岛的嗓门也提高了八度，他十有八九也醉了。

“那当然不甘心！”

我眨了眨眼。有意识地缓缓合上眼帘。眼前浮现的并非老爸的身影，取而代之的是素未谋面的中岛儿子的背影。

“不过啊，这种时候可千万不能认屃。”

年轻男孩并不瞧我一眼。他伸开双腿，颓然地坐在自己房间的暗影里，耷拉着头，宛如折断了脖子的脱线人偶，后颈处泛着一层污垢。在这豪华而舒适的家中，恐怕活着已如死去。

“不要向这个社会低头，窝囊地待在家里等于社会淘汰的废品。”

我睁开眼，男孩的身影消失了。活着如同死去的他，有如此成功的父亲，想必从不为钱而发愁，也用不着为考大学或将来的前途而担忧，可惜他居然胆怯得不敢迈出家门。

我拗着发僵的舌头，回道："我绝不会认㞞。"

最终，我俩一直喝到了打烊。趁我去洗手间的工夫，中岛结清了账单。回家的途中，我吐了一摊。在阵阵反胃中，反而体会到一种荣耀感。

用东国的话说，阿基的口吃源于内在精神的孱弱无力。

“首先，要强大你的内心。而排练正能起到这个作用。”

东国命令阿基每天除了锻炼肌肉力量和进行发声练习以外，还要拿抹布擦拭排练场的地板。

“内心强大了，就能随心所欲地发声，也会有更出色的表演。”

为此，据说身体方面的日常训练必不可少。

负责擦拭排练场地板的只有新入团的菜鸟阿基。这是布拉（没有人老老实实用剧团的全名，大家都以“布拉”称呼）定好的规矩。所以阿基必须赶在排练开始两小时前到达排练场。

排练的时间并不固定，使得打工的排班成了难题。阿基辞掉了加油站和清洁公司的短工。作为补偿，东国给他介绍了一份新差事，即深夜在写字楼当值勤保安。历代的剧团成员都在这里干过，因为排练极少会安排在夜间。剧团为了安插成员在此打工，长年与物业方面周旋，颇得对方的信赖，排班一向灵活，方便临时调班，时薪也不错。但代价是阿基的睡眠时间遭到了极端的剥夺。

不是帮其他团员临时顶班，就是跑腿采买排练用的小道具，阿基的时间几乎被布拉占用完了。他的眼睛下面常挂着黑眼圈，面相看起来更有“社会闲杂流窜人员”的嫌疑。路人撞见都自动躲着他，只有东国和剧团的人对阿基的相貌采取夸夸模式。

“不错嘛，看上去更有个性了。”

马克莱宁本人也有严重的黑眼圈，眼窝深陷，所以随着打光角度的变化，眼周会呈现一片浓浓的阴影。阿基时不时会对镜端详，看到自己的样子酷似马克莱宁，他这才放下心来，晚上才睡得踏实。

包括东国在内，布拉的人谁也没看过《男人的清晨》。不过，比起作为马克莱宁的翻版而得到剧团的认可，阿基想得到的是其他一些更为重要的东西，受托保管排练场的钥匙便是证据之一。阿基喜欢空无一人的排练场。

此时布拉正在为一个月后即将公演的剧目进行排练。该剧刻画了一名女子的脑内世界，依照过去的惯例，从剧本到导演皆由东国一手担当。

东国的看家本领是利用“打破第四堵墙”的舞台技法，让台上的演员时不时以其本人而非角色的身份，直接向观众吐露内心想法，或对其他角色的表演进行解说。所有演员手持呼啦圈，将之作为守护自身的某种“边界”，以此表达自己不在此处，或唯有自己置身此处。这样的表演形式有时是个体内在心境的呈现，有时仅充当某个角色的“遗像”。而此时其他演员则成为一种“远景”般的存在，或喻示人物身处混乱的“旋涡”之中。这些呼啦圈时而彼此交错，当它们两两“相会”的瞬间，不知为何，阿基总会胸口一热。

正式演出中，有时也会再现排练过程的某个场景，向观众交代演出是经过怎样的编排设计，最终才得以呈现的。具体上演哪个版本，每日各不相同，故事脉络也越来越复杂难解，甚至允许演员在观众面前流露出紧张不安，有时还会重读念错的台词。这一切大多在表达人物潜意识层面的活动。观众看到的究竟是幻象，是现实，还是演技，抑或什么都不是，其间的界限已暧昧难明。东国的意图是通过这样的形式，引领观众进入一个超越剧场空间的场域，即某女子的脑内世界。

“不要去想自己置身舞台之上。”

她时常这样指导演员。

“不要介意自己呈现出来的样子。”

也不知演员们对她的这些话究竟能理解多少。不过，大家为了实现她希望呈现的舞台效果而竭尽全力的姿态，展现出一种纯粹的美感。事实上最终完成的舞台表演的确真挚而诚恳。

对阿基来说，这是一个极具震撼的过程。一个诞生于东国脑内的小宇宙，在这个原本一无所有的空间内不断孵化、延展，聚合成形，化为一个崭新的世界。原本停留于脑内的思维的粒子，在舞台这个场域内，凝聚成骨，丰满为肉，最终拥有了“躯体”。至于剧团的成员，则是掌管东国身体的细胞，是关节、皮肤与血液。

排练场的角落里尘垢堆集，落了满地。听说那些尘垢都是人体脱落的皮肤碎屑，以及毛发，那些毛发有长有短，有白发，有近乎金色的染发，甚至有蜷曲的阴毛。这些日常排泄的人体残屑令阿基着迷。人类每天都在将身体的一部分丢弃。

阿基用簸箕扫起那些碎屑，装进黑色垃圾袋里丢掉，再用清水淘过的抹布一遍遍擦洗地板。吸尘器被禁止使用，也不准使用拖把，用东国的话说：“最重要的是不去依赖那些单纯图方便的工具。”弯腰驼背一点点扫起尘垢，再撅起屁股匍匐在地，用抹布来回擦拭地板，这样的方式确实让人有一种在给东国的身体细胞逐个清洁抛光的错觉。

“单纯追求效率没有任何意义。我这样要求的目的不是把排练场打扫干净，而是要锤炼你的心智。”

每擦完一排地板，就要把抹布洗净、拧干。整个排练场必须来回擦拭三遍，这是规矩。不过，在阿基加入两周前，了解正确做法的前辈就辞职了。

“我早已打定主意，从不挽留那些选择离开的人。伤心归伤心，但这样的人，我们剧团不需要。”

阿基将东国的每句话谨记在心，并逐一抄进了日记中。

“一切都是缘分的指引。在我看来呢，我和如今的每一位团友都有前世的因缘。我们并非第一次相遇。正因有宿世的羁绊，我们才能携手走到今日。”

“我们都是一家人。”

高中毕业前夕，阿基母亲的状态恶化了。

除非喝了酒，或是服了“药”，否则，她连走出家门的力气也没有，有时甚至一整天不出被窝。尽管如此，每天她依旧会花很长时间仔细地化妆，而后带着妆容睡去，搞得被单沾满污迹。平时那么注重清洁的母亲，对此应该很难忍受。但阿基试图清洗被单，却激怒了母亲，遭到了她的暴打。

“喂！少在这儿多管闲事！咋的？看我洗不了被单，打扫不动屋子，嫌弃我没用是吧？”

面对身躯硕大、足以碾压自己的阿基，母亲总是又抓又挠又掐。她蓄着长而尖的指甲，死死嵌入阿基的皮肉，直至抠出血来。再不然，就是把这里那里拧得片片瘀青。

自从进入福利院后，阿基没有再添新伤，但原来的旧疤却一直留在身上。阿基藏起那些瘀斑，免得被好心的福利院员工眼尖瞧出来。

终于逃出了母亲的暴力。原本阿基有能力按住母亲施暴的手，或把她推倒在地。从体格来说，他远比母亲高大得多，这一向令母亲感到恐惧。可每当母亲一发怒，阿基便浑身僵住，无法动弹。

“瞧不上我是吧？想什么呢！也不看看是谁花钱送你读的高中？要不要给你提个醒啊，法定的义务教育可是只到初中，知道不？明明没这个义务，但老娘还是把你供到了高中，懂吗？”

让阿基读高中确实是母亲的决定。初中毕业会被人瞧不起，没有学历就无法在社会上混下去，当时这种想法盘踞了她的头脑。

“大学也要读一读的呀，阿晓。大学毕业和高中毕业压根儿不在一个档次。有一张大学文凭，将来你想干什么都行，薪水也高得多呢。你用不着担心学费，妈妈会努力想办法。阿晓是妈妈的心肝宝贝呀，妈妈要为阿晓加油。”

母亲说完，抱了抱阿基。想必她早已忘记当时的情景。阿基心想，要是母亲能把他也忘记了该多好。

“又是买课本，又是买体操服，价钱贵得要死，懂吗？你以为这些钱是从哪儿来的？啊？问你呢！你以为这些钱是大风刮来的吗？开什么玩笑！开什么玩笑啊？”

阿基打工的薪水，加上母亲时而到手一点微薄的“报酬”（她总是这样称呼自己的收入），除了支付房租以外，还要给母亲买“药”，买米，缴纳水电费，当然存不下多少。再加上母亲一出门便会心血来潮买一些价格高昂的溜冰鞋、热压吐司机、欧洲出品的桌游等，搞得家里煤气、电表动不动就被掐断。尽管如此，她一直如期支付大学的学费，这一点阿基只能表示感激。校园生活充满乐趣。

“阿晓，你有好好念书吗？”

阿基觉得自己很幸福。

“将来要变成一个成功的大人物，好好报答妈妈哦。”

是山际告诉阿基，可以申请政府的最低生活保障金。

十八岁生日前的某天，山际递给他一张纸，纸的颜色发黑，其中混着一点暗黄，从中间打了一个对折。

福利院规定，年满十八岁就必须办理退院。虽然阿基没有居住在院内，但同样意味着他将要放弃温暖的房间和热气腾腾的饭菜。对于这个消息，阿基不是从山际口中，而是从福利院其他员工那里听说的。

“很遗憾，但这是规定。”

说这话的是一位阿基险些暗恋的女社工。她对阿基格外关照，看到阿基就会飞一样跑上前来，帮他干这干那。自始至终也是她再三提醒阿基：“去配副眼镜吧！”不管阿基如何躲避她的目光，不敢与她对视，她都从未停止对阿基的关爱。阿基记住了她的名字，有时甚至会梦到她。每次，阿基都会极力将她驱逐出脑海，如果办不到的话，就狠命捶自己的大腿。

所有打交道的福利院员工里，唯有山际是阿基主动接近的成人。山际作为“替政府办事的公务员”，决不做任何超出必要限度的热心事；而他对阿基也和其他人一视同仁，从不搞特殊待遇；既不曾流露出任何同情之色，也看不出什么关爱之意。同时，对阿基母亲的问题也从不说一句负面之词。

“和不三不四的男人……”

“干些不三不四的勾当。”

在母亲口中，左邻右舍或擦肩而过的路人都是如此评价她的。这些话，阿基一次也没有听到过，但母亲是这么说的，阿基就这么信了。

“所有人都瞧不起我。”

所有人都瞧不起母亲。

能够上门家访的成人只有山际。有时山际会询问一下母亲的身体状况，除此以外，从不多打听什么。母亲面对他时依旧汗流浃背，嘴上说个不停。不过从某个节点起，她似乎意识到山际并不会伤害自己。每次山际来访，她就会钻出被窝，有力气的时候还会出来倒杯茶。而山际也一如既往地用公事公办的目光注视着她，仿佛注视一张自己日常使用的电车票。山际身上流露出来的某种秩序稳固的、类似洁癖的气质让阿基不惧怕与他的目光对视。

“政府有一项救济制度可以帮到你。”

与初次见面那会儿相比，山际上了年纪，脸颊凹陷，需要戴老花眼镜，手背上的斑点格外显眼。不知从何时起，他开始把阿基当作成人对待，说起了郑重的敬语。

“实际上，我跟您的母亲多次提议过此事。当时，据她反馈并无这方面的必要。但在我看来，您家的经济状况相当困难。高中毕业后，如果您打算就业，就会产生相应的家庭抚养义务。因此，我认为还是由您本人拿主意比较好。当然，申领救济金也是需要具备一些条件的。”

“最低生活保障金”，以前阿基听说过这个词，但从未认真考虑过申领之事。

“光凭这张介绍，我想什么也了解不清楚，上面写得实在太过粗略。最好您本人去政府福利课的窗口做一次个人面谈，确定到底有没有申领的资格，如果有的话，具体能领取多少金额，到时候才能确定。总之……”

山际注视着阿基的双眼。

“请您去一趟福利课。”

阿基把那张纸收进包里，一只去学校、去打工、不管去哪里都随身携带的、边角早已磨破的塑料包，里面常年塞着内衣、刮胡刀和牙具，万一哪天回不了家也能对付。他握着那只塑料包，垂头道了谢。那是他最后一次见到山际。

至于要不要去福利课，阿基一直拿不定主意。

学校下了课，就马上去加油站打工，他早已习惯了这套流程，习惯了汽油的味道和擦洗车窗时自己那双沾满油污的手。生活保障金这种东西不应该是身体丧失了劳动能力的人才会依赖的救济制度吗？黄纸上写着："在以下这些困难时刻，请您前往福利事务所进行咨商。"

- 因患病丧失劳动能力，生活难以为继时
- 退休年金过低，无力承担生活开支时
- 交不起房租时
- 失业后，因手头没有积蓄而难以维持生计时
- 无力承担医疗费用时

阿基觉得自己哪一条都不符合。尽管家里的用电和煤气时不时会被断供，但至少自来水从没停过，三餐好歹也有食物果腹，每个月都能按时缴纳房租。虽然母亲病了，但有没有一个确诊的病名，阿基也说不上来。最关键的是，自己的身体挺健康的，能每日无休地好好上学，身旁还有一群暖心的好伙伴。

如此快乐地享受着生活，自己有资格申领救济金吗？

配接受救济的难道不是那些生活更为困苦的人吗？

尽管从山际手里接过了那张纸，可每天仅仅把它揣在身上，阿基就有一种愧疚感，仿佛因此践踏了谁的权利。

最终，阿基还是跑了一趟福利课。加油站因计量器检修而放假一日，当天放学后不必打工，用不着匆匆忙忙往家赶。这对于阿基

来说，是极为罕有的空闲，他走在回家的路上，竟有一种神思恍惚的感觉。

左手拎着塑料包往右手倒换时，那张纸忽然露出头来。醒目的黄色格外抓人眼球，仿佛在传达某种启示。阿基鬼使神差地掉转脚步，向纸上的地址走去。

一幢老旧但洁净的三层建筑坐落在离自家两站路的某条住宅街里，墙体附有室外楼梯，事务所的入口似乎设在二楼。阿基登上台阶，每一级都比普通楼梯略矮。金属扶手散发出银色的钝光，转角平台处摆放着盆栽，是一株叫不出名字的树，叶子几乎已经掉光了。楼梯还没走到尽头，已经影影绰绰瞧见前方的人影，玻璃门后面站着不少来办事的人。

走进门来，迎面是一排长长的前台。柜台后方，三名职员彼此间隔着少许距离并排站立，口中依次喊着办事者的姓名。被点名的人走上前去，接受职员的若干询问，没有谁看一眼身穿高中制服的阿基。

“最近患病了吗？”

“有没有什么变更事项？”

三名职员中，两人比较年轻，另一人略上年纪，谁也不说敬语。

“有和谁见面吗？”

“最近去过外地吗？”

接受问话的清一色是男性。有的戴着不合头围尺寸的小帽子；有的穿着脏兮兮的夹克，背后破了一个大洞；有的脖子上带着一道大大的伤口。他们各自回答着职员的提问，但声音都含含糊糊，听不分明。

队列里也零星混有几位女性。有的戴着牛仔布的报童帽，帽檐压得很低；有的胖得连喘气都费劲；有的看起来很年轻，从头到尾刷着手机。

“去医院了吗？”

“……去了。”

“具体哪里不舒服？”

阿基瞧着那名年轻女孩，移不开视线。乍一看，她貌似并不需要接受救济，穿着薄薄的粉色外套，弓着背，一门心思地盯着手机。以阿基的近视程度，看不清她在鼓捣什么，大概是在打游戏吧。

“这个月补助六万够了吧？”

“别啊，给我七万吧。”

“为什么？”

问话的职员看起来和那名穿粉色外套的女孩年龄差不多。说不定，后者只是打扮得比较年轻。阿基眯起眼，仔细去瞧女孩的容貌。此时，恰好女孩抬起了头。果真很年轻。阿基急忙垂下眼帘，走到室外，奔下楼梯时险些摔倒。他极力稳住身体，铆足力气狂奔起来。回家的路上，他跑得飞快。此后，他再也没有踏足过福利课。

因此，阿基并不知道当天是救济金的月初发放日，所以人才那么多，也不知道面谈窗口设在福利课的三楼。他扔掉了那张纸。之后，又发生了一桩使他彻底远离福利课的决定性事件——阿基和母亲收到了一笔巨款。

起因是那辆选举车。那辆阿基为了保护我，被撞倒在轮下的选举车。那天从车上跳下一伙人，递给阿基一张名片。

不是阿基主动联系了那帮家伙。主动找对方索要赔款这种事，阿基当然干不出来。而是母亲发现了那张名片。

母亲试图掌控阿基的一切，上学拎的塑料包自不例外，连所有衣服口袋都要挨个搜查一遍，倘若存在一个她所不了解的“阿基的世界”，那么里面的每项东西，她都要逐一摸清楚。听了阿基对校园生活的汇报，有时她会微笑着说：“玩得这么开心啊，真好。”有时她又会责备阿基打算丢下她，自己逍遥快活，但基本以后一种情况居多。

所以，阿基并没有把我送给他的《男人的清晨》录影带拿回家去，而是收进了打工地方的更衣柜里，后来也是在加油站的休息室里看完的（休息室有一台老旧的电视机）。不光是因为情绪暴躁的母亲时常会破坏或乱丢阿基的物品，更因为他家本身没有录像机。

母亲发现那张名片的时候，恰好处于她攻击性最强的躁狂期。她对自己儿子身上发生的事故怒不可遏，对那帮家伙的处理方式怒不可遏，气势汹汹地说：“绝对饶不了他们。”作为“不把事情闹大的酬劳”，母亲收到了一笔阿基从未见过的巨款，而后用它购入了一件与深泽家贫寒的经济状况完全不相匹配的豪华物件。

那便是某天突然送上门来的一辆红色铃木奥拓。起初，母亲把它停放在家门口，后来才在附近的停车场找到车位。

虽然母亲持有驾照，但很久没摸车了，不敢在东京市内驾驶。但她“那股劲上来”的时候，阿基根本阻止不了。母亲一直渴望有一辆红色汽车。

她会定期跑到停车场去洗车，把那辆铃木奥拓擦得铮亮，反射着阳光。哪怕天气预报有雨，甚至正在下雨，她也照旧洗车不误。

她时不时也会自责，哭着求阿基原谅。

“我干吗买那玩意儿……”

“我会赶紧卖掉它的。”

但母亲始终没舍得放手。这辆一次也不曾驾驶过的红色小汽车始终保持着全新的美丽状态，不见一道划痕、一点污迹。每天，母亲会出一趟门，有时在早上，有时在午间或深夜。

“毕竟有车了嘛。”

“不好好保养可不行。”

闻言，每次阿基都会缓缓点点头。因为他觉得，若是马克莱宁，八成也会这么做。

人，并不爱人。

不恨。不祝福。也不去定谁的罪。

人，仅存在于人的体内。

人，却活在人的外部。

人，生而为人，何其寂寥。

求职季到了，大家开始忙于求职活动。

大学的就业辅导办里热闹起来，穿着崭新西服套装走来走去的学生显得尤为醒目。人人都有一点心浮气躁，校园内充斥着一股骚动的气息。

自从上次见面喝酒以后，中岛就一直叮咛我，要做一个对社会有用的人。

“要去帮助那些弱势群体。”

我想成为像中岛那样温柔且强大的人。不过，当律师什么的肯定没戏。一来，我修的是社会学专业；二来，以我的学力和毅力，考律师是一个无望的奢想。尽管学得那么卖命，但还是在竞争中落了下风，从大学二年级起，我就从学费减免的审核中被淘汰了下来。

当然，做医生同样无望。至于当警察，想想老爸车祸去世时与警方的对接，也很难认为那帮人给过我家什么守护。我始终在彷徨。

大学三年级时，作为一项课外调研，我参观了某新闻摄影展，在那里看到了一张照片。

照片拍的是南半球某小国的一座村庄。画面里，一栋破烂飘摇的小屋似乎下一秒就会在狂风中溃散，入口处垂着一条颜色灰败不祥的布帘，大概是充作屋门之用吧，布帘前摆放了一樽状似水桶的容器，里面盛了些水，色泽浑浊，看起来有一股不洁之感。

一个小男孩倚坐在桶边，有六七岁的样子，赤裸的上半身瘦骨嶙峋，蜷起的膝盖上渗着血，左手夹着一截秃头的香烟，皮肉发黑，貌似已腐烂坏死。

我无法自男孩的双眸上移开视线。那双漆黑的瞳眸深邃得犹如两颗小行星，其中氤氲着某种强烈的怒意。定睛细看，眸子深处映照出摄影师的身影。不知拍摄者是何许人，但能窥见想去抓取男孩神态的迫切意愿。同时也让观者赞叹，这个瞬间捕捉得的确生动，一股令成年人胆寒的怒意蕴藏在男孩的双眸之间。

我盯着照片看了一会儿，结果被画面中那股低气压所慑服，掉转视线读了读旁边贴着的解说，合目片刻，再次睁开眼凝视照片。

男孩十一岁，因家境太过贫寒，没有条件上学，小小年纪便开始工作，行当是负责揽客，即招呼观光客，将他们领到小屋来。他推销的“商品”是自己的母亲，为母亲的卖春充当皮条客。

本次摄影展设有奖项，这幅照片并未入选。但我从头到尾只关注这幅作品。

这个世界上有许多不为人知的不幸。

许多人存在于世间，没有条件去质疑自身所处的环境，唯一的选择就是接受现实，怀抱愤怒生存下去，哪怕这愤怒几乎将自己毁灭。

“我们都安然端坐在他人的不幸之上。”

中岛这话没错。

我把求职目标集中在传媒领域。

几乎给所有报社、电视台投了简历，虽然没有什么喜人的结果，但我并不放弃。时不时和中岛碰面，喝喝小酒，听听他的鼓励。

“别认㞞！”

如今，我已学会应付压力型面试咄咄逼人的考问，身上廉价的西服套装穿得下摆脱了线，就自己动手缝补；通宵达旦登录各用人单位网站填写求职申请书，把每天的时事新闻从头到尾逐条浏览一遍，事先为面试可能遇到的问题打好腹稿。

如此这般，在八月的某天，我终于收到了录取通知，是某电视网总台下面的制作公司，也经手几档资讯报道类节目的内容制作。听说报名的求职者近二百人，仅从中聘用六人，而我是其中之一。握着那张录取通知书，我从喉间发出了激动到几不成声的号叫。老妈满心欢喜。连打工地方的前辈也替我高兴。

“你小子行啊！一边卖命打工，一边找到了这么棒的工作！”

其中，中岛的欣喜之情尤为异样。

“今后，要把社会上的腐败现象统统给它曝光出来！”

中岛伸手用力揉了揉我的后脑勺。

“今后，我和你要在各自的领域里去扶助弱小。”

当然，我也把消息告诉了阿基。

“恭……恭……恭喜你啊！”

时隔多日，阿基依旧顶着那张黑不溜秋的丑脸，只是面相显得更凶了。

近一年来，我俩分头忙碌，已经许久未曾碰面。我带阿基去了中岛常约我喝酒的那家烤串店。当然，我打算请他大吃一顿。我俩结伴走进这样的地方，这辈子还是头一次。遗憾的是，也成了这辈子最后一次。

几口啤酒下肚，阿基的眼睛逐渐湿润，眨眼的次数多了起来，此时，原本严重的口吃更加厉害。别看这小子的愿望是成为马克莱宁，可在酒量方面，却是灾难性地低能。

“在电……电……电视台上班，也太厉……厉害了吧。”

“厉害啥啊。再说了，我也没打算在电视圈里长混。”

“这话啥……啥……啥意思？”

“不不，电视圈这个说法有点奇怪。我并不想迎合观众的口味，为了赚点收视率而去制作那种应景的节目。当然，我还是会好好掌握电视领域的业务技能的。但确切来说，我的出发点是利用电视媒体的力量。”

“利……利用？”

“没错。利用电视的影响力去改变世界。是不是太过夸夸其谈了？反正我会拍自己真正想拍的东西，而不是对艺人和观众一味取悦。我要制作的是能震撼人脑髓的节目。”

“震……震撼……脑髓。”

“抱歉，我八成是醉了，说来挺不好意思的。不过，嗯，也许改变世界这种话听起来不知天高地厚，但我希望自己制作的影像能够成为唤醒人们去改变世界的契机。”

阿基目不转睛地望着我的双眼，眼神犹如仰视主人的小狗。

“你瞅啥？”

“你好……好……好酷。”

“说啥呢，少肉麻了！”

当然，我心里可不觉得肉麻，相反还挺受用。酒意上头。我喜欢阿基这个朋友。

“你小子，快拿到角色了吧？”

“哪儿……哪儿啊，角色啥的可不敢想。现……现在，我还在锻炼意志。”

“还锻炼呢！要锻炼到猴年马月啊？”

“东……东国小姐说了，我一点……一点，有进步了。”

一切照旧。看样子，阿基仍是剧团里资历最浅的新人，一手包揽了团里的所有杂活，当牛做马地卖力气。

“话虽这么说，可啥时候你才能不算新人啊？这帮人不是拿你当小工使唤呢吧？”

“能给大家帮……帮把手，也挺……挺……挺好。我心里乐意。”

剧团通常不会积极主动地吸纳新人。而且依照行业惯例，本身也很少有剧团不接受演员客串。东国并不禁止手下成员在外谋求登台机会，大家可以自由走穴，四处活动，但布拉的班底始终十分稳定。采取这种做法的剧团，舞台演出往往会遭遇不少难题，不易行得通，但比起追求规模与广度，东国赌的是在垂直领域里深耕细作，这种策略奇迹般地取得了成功，关键原因在于剧团全员对东国的绝对信赖。

公演将近，排练往往会持续到凌晨。阿基那份深夜值班的保安工作不得不连续告假，房租和水电费、燃气费也迟迟拖欠未缴。于是，阿基忙里偷闲的工夫，给新药研发充当起临床试验的志愿者。这也是团友给他介绍的门路。

“说是新……新……新药，其实也没多危险。只要在医院躺个两三天，就能赚……赚不少的一笔钱。”

阿基有一副健壮的好身体。据说在受试者的初步筛选试验里，一下子就过关了。据说团友之中还有人参加过复杂性骨折的治疗试验，拿到了当时的最高酬劳。

“当……当……当然要先麻醉了。不……不……不过，听说是拿老……老虎钳一样的玩意儿把手……手腕固定起来，试验骨头受力的极……极限。”

给阿基牵线这份差事的是个名叫麻生的家伙，大高个儿，脸上挂着猛禽般敏锐、机警的神情。连我也知道，此人时不时在影视剧里露面。由于那副长相的关系，拿到的多半是一些颇具神秘色彩的角色。

麻生是东国口中评价最高的成员。论演技，有位名叫奈美惠的女演员可谓碾压一众团友，但东国敬佩的是麻生精神层面的强大。

“哎呀，麻生老师的心态太稳了，所以才能拿出精彩的演技。”

麻生这人嗓门也大。但对喜欢低声说话的东国的意图能比任何人都更迅速领会，并代替东国在剧团里发号施令。

排练场里，东国常会要求大家完成一些习作性质的表演。团员们依据给出的设定，来一段即兴演出，其间，东国会静静观察每个人的表现。每当此时，麻生便若无其事地凑到东国身边，东国稍有示意，他便屈身把耳朵附过去听命。

“哟西，各位先坐下来。”

麻生一发话，众人马上聚拢上前，你一言我一语地讨论起来。就算再小的事，团员们都会围坐在一起交换意见。对剧组这个“大家庭”来说，这一点至关重要。每逢此时，麻生就会坐在东国身畔，为东国的想法充当代言人，或补充东国未说出口的意见。

“听你这么说，他俩该不会有一腿吧？”

“才……才……才没有呢！”

我不免嘀咕：“这小子的心思啊，猜起来太简单！”阿基对东国显然另眼相看。

“我们都是一家人。”

在日记里，阿基曾数次这样写道。对待福利院的工作人员向来固执不肯亲近的他，在布拉的团友面前，却轻易地敞开了心扉。究竟是年龄带来的改变，还是特殊环境的催化，我不得而知，总之，阿基对布拉献出了全部热情。

“全都是家人。”

这一点在某种意义上成为现实是在某个秋日。阿基的母亲死了。

清早，阿基作为大厦保安，值完夜班回到家中，发现母亲倒在一摊呕吐物中，身体已经凉透，死因是呕吐物造成的窒息。母亲用酒服下了超剂量的精神镇静类药物，深睡期间发生了呕吐。

我也出席了阿基母亲的葬礼。灵堂设在阿基家所在市区的民政所里，占用了一个小小的房间。会议桌铺上了白布，装饰着纸扎的彩花，棺木是廉价的胶合板制作。据说布拉的团友们帮阿基安排了规格最低档的普通市民葬礼，随后也是他们变卖了那辆红色铃木奥拓帮阿基换钱。

那是我第一次见到阿基的母亲。躺在棺材里的她，身躯惊人地消瘦；在我以往所见过的、号称“母亲”的雌性生物中，她的体格最为娇小；脸上化着滑稽的浓妆，袒露出整个头颅的轮廓，嘴巴咧着，变成和眼窝差不多大小的一个黑洞。

我在灵堂里遇到了东国，体格同样瘦弱娇小，和阿基并排站着个子还不到阿基胸口，一张精致的小脸几乎只有阿基的拳头般大小。当然，活生生的东国比在媒体上浮光掠影的印象要美丽许多倍。

阿基一见到我的身影便咧开了嘴，也许在笑，也许想说些什么。

数年前，我也曾站在阿基身侧。

老爸去世的时候，葬礼也冷冷清清。不过，与今天没法儿比。虽说有剧团的一帮人在场帮衬，好歹还算像样，但阿基母亲的葬礼远远超出了我对葬礼“惨淡”程度的认知。眼前凄凉的景象仿佛在悄无声息地宣言：她的死不为世上任何人知晓，没有她的存在，世界亦不会改变一粒微尘。

阿基目不转睛地凝视着我的双眼，被他这样直勾勾地望着，还是我平生头一回。迫于这股莫名的低气压，我随即离开了现场。走出灵堂时，我转身瞥了一眼，东国和一个男人（应该是麻生，但当时不知为何，我没能认出他来）立在阿基两侧。东国轻轻扶着阿基的手臂，另一侧，麻生的手搭在阿基的肩头。

我为胸中忽然涌起的一股异样情绪感到困惑。我以为是嫉妒，但稍后我才意识到，那其实是落寞与怅惘。但最终，向阿基坦白这份心绪的机会一次也未曾到访。

灯光太耀眼，看不清台下的观众席。

从城里来的男人在寻找一匹马，声称马从家里逃了出来。

可是，农夫压根儿没见过马的影子。再说了，城里也很难买到马。

但男人一口咬定，马绝对逃到了这里。

一匹栗色鬃毛的骏马。

非把它找回来不可。

农夫说，肯定被狼给咬了。这一带的狼，性子勇猛，敢袭击比自己体格大很多的动物。

况且，马与其被男人折磨，还不如被狼咬死更幸福。

可男人哪有说过自己虐待马呀……

母亲死去数月后，阿基拿到了角色。

收到他短信的时候，我情不自禁地欢呼出声来。阿基八成也挺激动吧，极为罕见地在句尾加上了惊叹号。

“我拿到角色了！”

那口吃呢，该咋整？再怎么乐观地想，也不可能任由他模仿马克莱宁那种演法。我自然担心得不得了。但比起担心，更多的还是为他开心。凡是与阿基有关的事，我总能兴高采烈得好似自己捡了宝。

阿基拿到的角色是一个没有台词的高个男子，与其他登场人物之间不存在什么交集。不过，在剧情发展的重要几幕里，他会从大家身后走过，站在舞台边缘一动不动地望着某个人，要么手举一块标语牌，上面写着“尽是谎言”几个大字，类似电影《穆赫兰道》里那名身份如谜的牛仔。

该剧题名为《呼唤》，最后一场戏恰如字面之意，舞台上的每位演员各随己意，在口中呼喊什么人或东西的名字。每天这场戏里，大家都会变换呼喊的对象，但听说唯独阿基照旧默不作声地站在舞台上，谁的名字也不喊。之所以是“听说”，是因为直到公演结束，我也没找到机会去观看演出。此剧上演是在初夏时分，作为刚入职的新人，那阵子，我忙得挤不出一天休假。

“别以为到点就能下班。”

入职第一日，公司的老字辈就给我打了预防针。剪着一头短发的女同事名叫田泽，负责帮带我这名新人。

“还有，千万不可以辞职。”

在我之前，田泽教出来的新人接二连三地离职，闹得她总是摆脱不了“带徒弟”这份苦差。实际上，与我同期入职的六名员工里，有三名干到夏天将至就拍屁股走人了。后来我才听社长说，在招募新人之际，正是老早就看准有一半以上会中途跑路，才录用了这么多人。

社长是一个五十多岁的中年男人，高中毕业就入了行，一路发迹，直到创立自己的制作公司。此人眼光异常敏锐，且拥有极真空手道日本第四名的成绩。他总是振振有词：“我能办到的事，其他人哪有办不到的道理？”因此禁止新员工比他拥有更多的睡眠时间。

“总之，关键在于恒心和毅力。电视圈是一个有毅力的家伙才能站稳脚跟、笑到最后的地方。”

同期入职的其他几人瞧上去还算有几分毅力，但一个月、两个月过去，他们的眼神里逐渐没了生气，眼珠子惶惶不安地骨碌碌打转，到头来，谁也没撑过一年。“老早就对工作忙有心理准备，但没承想会忙到如此地步”，这样的离职理由尚在我的理解范围之内。至于“原以为电视圈是一个纸醉金迷的世界，有机会跟明星艺人打交道，谁知压根儿没这回事”之类的说辞就另当别论了。

毕竟单凭田泽的样貌，已将这份工作的艰苦卓绝讲述得淋漓尽致——脸上常年挂着厚厚的近视镜片，用她的话讲，是没有把隐形眼镜戴上再摘掉的工夫；当然，化妆是不可能的，时不时还能瞧见唇边生着一抹浓浓的“小胡髭”。长胡髭这事本身倒也没什么所谓，让我觉得不舒服的不如说是胡髭不见的时候。一想象起田泽操起刮胡刀剃唇毛的画面，我就郁闷。每次走到她旁边，总能隐隐嗅到一股酸馊之气。不过，她那没有胸罩管束的胸脯昭然宣告着她的女人属性。

“估计那对巨乳贼碍事吧。”

男同事都在背地里取笑她。

我的工作包揽了各种杂七杂八的项目：给外出采访备车，确保用于素材剪辑的“工作厢”落实到位，零零碎碎的采买任务，外加制作各种小道具，有时还要把不慎误丢进碎纸机的文件一片片拼贴回去，或是为了筹备一档娱乐节目，把瓶中的盐粒到底有多少颗挨个数清楚……

我时常累得连洗澡、刷牙都没力气，一个星期不回家也稀松平常。就算有空回家，往往再过个把小时天也快亮了。不出多久人就馊了，泛出和田泽同款的酸臭气。

尽管如此，各种行业术语犹如地下接头暗号，让我有一股互飙黑话的快感；制作现场的紧张气氛也是一种专业性的体现，使我引以为豪。我的工作，哪怕只是物色符合节目策划的取材对象或外景场所，例如整形后也没能如愿实现人生逆袭的倒霉蛋、日本哪个地方还存在被野狗袭击的概率等，单是如此，也让我有一种深受信赖的感觉，心里美滋滋的。

入职几个月后，我获得了一个机会，与某位行业牛人见面。该前辈刚入行时，与我有相同的境遇。

他和我一样，也是从某家小型制作公司起步，最初半年里，担任深夜剧场的导演助理。一部电视剧通常会配有三四名导演助理。但在当时，其他几人统统“飞掉”了（在电视业界，我们常把辞职戏称为“飞掉”。事实也的确如字面之意，好多家伙往往如飞一般消失得无影无踪，用“飞掉”来形容倒也未必算错），而他不得不独自完成所有的助理工作，单凭一个“忙”字，已不足以概括辛苦程度。结果是半年里足足有九十天，他都睡在电视台里。

“熬夜剪片子直到天亮，间歇还要见缝插针，拿纸箱、泡沫塑料之类的材料制作小道具。紧接着，连睡一觉的工夫也没有，随即投入流程彩排。回到家，立马倒头睡得好像昏死过去，才合眼约莫五个小时，就得爬起来去勘景，随后，再马不停蹄地奔赴其他外景地。回到台里，又继续给上周剪辑的视频做后期混音……在我的印象里，一个星期除了那五个小时，几乎找不出睡觉的时候。哈哈哈，亏我能撑得下来。也许全靠年轻吧。另外一位导演助理？早就辞职不干了。记得后来是去泰国还是老挝当了DJ吧……”

此人姓纳土，在电视界小有名气，如今的职衔为艺术总监兼制作人，在我们这些入门菜鸟眼里属于行业大拿级别，但为人姿态却极其谦逊，不管与谁说话，一律操着敬语。

二十九岁便成为自由编导的他，出手制作的第一档节目是邀请搞笑艺人与各行各业的专家进行为时三十分钟的对谈。具体流程是安排诸如脑外科医生、职业寻宝人、佛教上师阿阇梨、数学家等嘉宾与年轻艺人即席展开一番谈话，而从中获得灵感启发的艺人再以谈话内容为素材，创作一段漫才或小品展示给观众。

本来节目前半段由双方的对谈开场，最后以艺人发表的搞笑段子收尾，这样的呈现方式会更为通俗易懂，但纳土这档节目一上来却要求艺人先展示作品。也就是说，观众在不掌握任何背景信息的情况下，先欣赏艺人的表演。

如此一来，谁的表演更浅白易懂、生动传神，且不矫揉造作，自然十分考验艺人的水平。最终，观众就像对答案似的，在看完下半场的嘉宾对谈后，才会明白艺人是基于怎样的内容素材交出的作品，要么钦佩不已，要么发现艺人的表演之所以无趣，原来与专家乏味的谈话脱不开关系。

随着播出时间的推移，这档节目的内容也越来越放飞，有时上来先从两位艺人在编段子的镜头开场，结局却以“抱歉哈，编不出来”而收尾；有时索性直接开天窗，略去了艺人表演的环节。

对谈当中，有时候会把双方尴尬的沉默不加删减地原样呈现；有时候专家看了艺人的表演后，会恼羞成怒地辩解：“压根儿没有理解我讲的内容！”这些画面统统会原封不动地播出；哪怕艺人编段子的过程中有了争执或冷场，摄影机也一镜到底，执拗地继续拍下去，甚至会揭穿专家表达当中的矛盾之处，不放过每一个沉默的瞬间，使之在镜头前无所遁形。

它并非一档普通的搞笑或对谈节目，而是一部专业领域的纪录片。我们作为观众，不仅可以了解每位艺人的个性、从艺背景与经历、在圈内的人缘等（当时电视界还鲜有这种揭秘艺人真实生态的节目类型），而且见识了他们在创作当中付出的努力。此外，对专家群体投入自身工作时的态度，以及他们“不疯魔不成活”的一面也有了认知。

从收视率角度来看，虽然这档节目谈不上大获成功，但至少颇具话题度，关键是其后多年，出演的艺人也纷纷活跃在电视领域，从这一点来讲，节目可谓意义重大。在出场的专业人士中，后来有一位教授还获得了世界性的奖项，也成了公众热议的话题。

“主要在于是深夜节目，才有机会放手一试，使大家的才华恰好有了施展之地……”纳土如此自谦。实际上，业内不少艺人常把节目和纳土的名字挂在嘴边，感谢他给自己的职业生涯带来了转机。

不过，纳土从未把这份信赖视为自己行走业内的担保。节目下档以后，他便淡然而去，离开综艺圈，将精力倾注在学术性节目和纪录片的摄制当中。他不仅邀请各国学者来到演播室举办讲座，更是率先在电视纪录片中应用三十五毫米电影胶片拍下了无数美丽的影像。

我刚入职时观摩的纪录片也是由他制作的。那是一档反映在日难民生存状况的纪实节目，斩获了电视行业专门嘉奖优秀节目的“银河奖”。尤其在当时，全球性的难民问题尚未暴露出来，成为社会关注的焦点。为了赢得难民群体的信赖，纳土曾特意学习了好几门外语。

比如一名叫艾哈迈德的男子，生着低垂的八字眉，笑起来一副哭相，是一位来自中东的库尔德族难民。纳土以手中的镜头锲而不舍地捕捉着他的身影，不放过神情间任何一点微小的变化，纵使是未曾流露于面色的情感，也通过对其手部、背影的抓拍，悉数将之记录了下来。

片中有一幕是艾哈迈德在日语班上朗诵短歌，已经来日生活十二年的他还是第一次吟咏短歌。这首诗题名为《红》，他读道：“一次次，为沾满了红色而苦恼的，我的身体，穿上了白色的迷彩。”

听完他的朗诵，老师与歌咏会的学员们尝试了各种角度的解读。想到艾哈迈德逃离战争与迫害，远赴异乡生活的经历，大家自然而然倾向从这个角度去解释：

“红色代表鲜血吧。”

“迷彩大概指迷彩服吧？”

“也许这首诗是在表达他的反抗意志？”

“不见得，也可能在表达他内心的混乱挣扎呢？”

“白色的意象显然为了和红色形成一种对照。”

“或许象征了歌者少年时期的纯真无邪？”

“依我看，这首诗定是在表达诗人内心某种不可见的反抗情绪。”

“应该是一种暴力之外的反抗意志吧。”

在座者讨论得热火朝天，甚至有人眼泛泪光。

七嘴八舌中，唯有艾哈迈德沉默不语，脸上挂着小狗般茫然无措的神情，他一动不动，仿佛在极力忍耐什么。没有谁来询问他真实的写作意图，毕竟诗歌的解读不存在“标准答案”，大家也不愿勉强他发表意见。在一片祥和融洽的氛围中，歌咏会圆满结束。

当现场只剩两人时，纳土问起了艾哈迈德的感想：“感觉怎么样？”

面对纳土，艾哈迈德依旧是那副落难小狗般的眼神，口中嘟哝着几句客套话：“大家都很亲切呢。”

“是一次难得的体验……”

但纳土不肯就此罢休，继续扛起摄影机，用镜头执意追逐着艾哈迈德的反应。最终艾哈迈德只好认输，坦白道：“我喜欢吃番茄酱，可每次总会不小心沾到白T恤上，挺烦人的。弄脏的T恤要先拿肥皂用力搓洗，再放进洗衣机里漂净。到头来，原本雪白的一件T恤被染得斑斑点点，成了花衣裳。”

毫无疑问，诗里的“红色”指的是番茄酱，至于“白色迷彩”，则是被染成了花衣裳的白T恤。艾哈迈德面带歉意，欠身说道：“真是不好意思。”

此时纳土方才意识到，人人都期待从艾哈迈德身上看到“难民样儿”，唯有他的一举一动、一言一语皆符合其难民身份，大家才感到安心和释然。大概艾哈迈德一向活在这种凝视之下吧，要么对谁唯唯诺诺赔着小心，要么背上了感恩戴德的义务，“谢谢大家愿意接受我”“谢谢各位的友善对待”“谢谢你们让我定居日本”。

“我忘不了那一刻艾哈迈德脸上的神情。”

我是幸运的，有机会在纳土本人面前直抒胸臆，谈论自己观看纪录片后的感想，因为纳土极少现身酒局。

“那家伙啊，听说连自己节目的杀青宴也从不露面。”

“也就是纳土吧，这样干还能得到大家的谅解。”

“说起来，他这种人活着以什么为乐趣呢？”

“你知道不？听说这人连淘汰的摄影机也不舍得扔，足足收藏了一百多台呢。”

“知道知道。人们还说他没事就喝着小酒，把那些摄影机拿出来把玩，真够变态的啊。”

从某种意义上说，纳土是个江湖传说。在我这种行业底部的小字辈眼中，该人物犹如虚构的幻影，连是否真正存在也有人表示质疑。

不过，纳土是活生生的存在，且和刚入行不满一年的我在同一张酒桌上吃过饭。当天在场的某前辈曾和纳土共过事，听到大家聊起他的话题，便借着酒意把他喊了过来。

“纳土先生，当时您心里一定十分清楚吧？艾哈迈德的短歌隐喻的并非战争或纠纷。您之所以能有这种洞察，想必您和他相处了很长时间吧？”

“哪里哪里。”

面对我热情的追问，纳土只是态度含混地垂下了头。

从头到尾，他都是这种反应。我越是兴致勃勃，他越是后撤，缩起身体，脸上挂着些许难堪的神情。就连脾气随和的中岛，他可以说为人相当谦逊，可面对夸赞，有时也会流露出得意之色。而我还是头一回遇见纳土这样抵触赞美的人。不过话说回来，对我的发问，他必定会给出回答。

“对您来说，最重要的是什么？”

连这种笼统又白痴的问题也不例外。

“嗯……若说重要嘛，那就是比起想拍什么，通常我会思考自己没拍什么。”

“没拍？”

“对。就是我主观认为不需要而舍弃的那部分东西。我会想，放弃的依据是什么呢？从何判断不需要呢？虽说拍摄结束后我几乎很少再去回看自己的作品，但我总在反思自己对那部分素材下剪刀的理由。”

我和纳土见面仅此一回。

酒桌上的行业前辈集体大为感动。把纳土邀来酒局的前辈说：“今天他之所以愿意过来，我想也是因为有你在。”真是难以置信。别说一块儿共事了，我和纳土连面都没见过。

“哎，当然啦，也不全是为你而来。恰好这阵子他刚送走一个大项目，估计也想稍稍透口气吧。不过，我在电话里提到了你，说今天的酒局有个小子，他韧劲十足，也很狂傲。”

“我狂吗？”

“那可不，狂啊！”

我没觉得。不过确实，我看人的眼神一直挺冲，也很少对前辈说奉承话。这是我从打工时期便打定主意的事——对待工作本身要比谁都卖命，但决不叫一声苦。因而，人也变得过分刚强，从不搞溜须拍马那一套，轻易不肯对谁低头服软。总之在做人方面，我不愿输掉气节。前辈们见我是这种硬骨头，便会刻意与我保持距离，但也有人乐意罩着我。比如眼前这位就是其中之一。

“我告诉他，有你在场，纳土就说：‘行，那我过去。’”

“真的吗？”

“纳土也是，往上走到行业头部以后，恐怕很少再有机会密切接触你这样的底部新人了吧。话说回来，他年轻的时候和你一样，也是从底子薄弱的小制作公司一路拼杀过来，所以怎么说呢，也许他想跟你聊聊，重温一下当年的回忆吧。”

从那天以后，纳土就成了我要看齐的目标。哪怕是出身小公司，但只要能坚持，有眼光，有洞察，得到业内的认可，同样会有工作找上门来。如果我能当上自由编导，就可以依照自己的意愿去制作节目。唯有这份执念，我始终不曾丢弃。

在公司里，有时田泽被领导或客户当出气筒，受了什么委屈，也会对我吆五喝六：“去替老娘买包卫生巾来！”我买的牌子不对，又是被狗血淋头一顿骂。但想到纳土，我便忍了。

“你小子不要太舒服好吧，还有互联网可以用。当初，姐姐我可是全凭小道消息和两条腿出去找素材，你知道不？”

对田泽这番数落，我只能点头赞同。确实，如果干我们这个行当不能网络检索，简直无法想象。就算命令我靠两条腿去跑素材，单从物理意义来讲，我能驱使双腿的时间也寥寥无几。一想到当年纳土和田泽正是这样艰苦过来的，单凭这一点，就值得尊敬。

互联网，属实是划时代的发明，使我们不必四处奔波，也能尽览天下大事。也是托它的福，我没空跑剧院看戏，也有途径了解阿基的演出口碑如何。

在搜索引擎输入关键词“布拉的世田谷，呼唤”，不论是职业还是业余，总有一堆热心人士书写的影评或观后感。那阵子，有个论坛名叫“2ch”，在网络空间里热度正高，有人还专门给“布拉的世田谷”创建了一个贴吧。

其中有相当一部分吧友提到了阿基的表演，称其为“古怪”“疯狂”“难忘”“如坠梦中”，甚至有人形容，“存在感过于强烈，对观者构成了打扰”。

可见阿基这个人物给观众留下了深刻印象，我也不由得替他开心。

我总有一种错觉，仿佛自己是阿基的制作人。当年人人都害怕他，对他退避三舍，是我率先发现了这家伙身上的可爱之处，把他推荐到大家面前。换句话讲，在我的极力促使之下，阿基才成了众人眼里的“红人”。

将来，等我有能力拍摄属于自己的纪录片时，我准备以阿基为主角。

打小由于丑陋的外貌，导致性格内向，交不到朋友，对社会紧闭心门的男子，有一天，下定决心要成为阿基·马克莱宁。而改变他的是一部老电影。

为了同时追溯马克莱宁的人生轨迹，估计将来我得跑一趟芬兰。冬日的芬兰寒冷彻骨。身为演员而获盛誉的他，行事却一贯低调，最终，醉倒在冰天雪地，在睡梦里被冻死。假如这个孤独男人的一生拍成纪录片，或许比阿基的故事更有魅力。至于标题，当然了，就叫《男人的清晨》。

黎明之际，躺在公司的地板上，脑子里把这些计划反复盘来盘去，精神疲累至极。但是，我的心中充满希望。

后篇

我打算丢掉手中的便当盒，掀开垃圾桶盖的瞬间，一股有机物的酸腐臭味直冲面门。一旦咳起来就无法停歇。最近总是这样，停不下来的咳嗽勒紧了喉咙，严重时，甚至发展出哮喘症状，一日里不知要喝多少回止咳糖浆。

我等着咳喘平息，把空饭盒往下摁了摁，勉强扎紧垃圾袋，然后走到阳台，那里堆满了同样的垃圾袋。我把手里的垃圾袋丢到小山的最顶上，一面用脚把它往下踹，一面关上窗子。可燃垃圾的回收日会定期更换，我总也记不住。压在最下面那袋垃圾到底放了多少天来着？

我会把节目组发剩下的便当带回家来，用它打发晚饭。倒是一进家门就打开洗衣机让它转上了，可我既没有晾衣服的地方，也没有那份气力。再说了，鬼知道家里这台洗衣机究竟是在“清洁”衣物，还是在给它们培养霉菌？听说有专门的水槽清洗剂，可我总是忘记买。到头来，今天的湿衣服也是老样子，照旧丢在洗衣机里，估计会待在那儿慢慢长满霉菌吧。

我想泡个热水澡，又挤不出兴致给浴缸注水。整体浴室配置的迷你小浴缸已经好几个月没有打扫了，到处是水垢和脱落的碎发。浴帘黑黢黢的，沾满霉斑，早被我扔了。淋浴时飞沫四溅，弄得卫生间里到处都是，连手纸也被打湿。每次上完大号，擦屁股这事超乎想象地费劲。

我脱掉衣服，发了一会儿呆。左手拨弄着手机，表面上刷着网络新闻，实际上漫无目的。

我知道这样无所事事最消磨时间。其实痛快地定好闹钟，冲个淋浴，如果可以的话，顺便清理一下浴缸，把洗好的湿衣服晾出去，爬上床睡觉就完了。改天再找个合适的机会，确认好可燃垃圾的回收日，把阳台收拾干净，让阳光照进室内。做完这些，感觉总也止不住的咳嗽和慢性的倦怠乏力就能痊愈。

可惜把待办事项在脑子里一件件数过去，总会涌起一股自暴自弃的情绪，禁不住哀号："这怎么可能办得到啊！"整洁的房间、光线明亮的阳台……对如今的我来说，这些事物都在最遥不可及的远方。

眼睛一刻也离不开手机。陌生人的炽热絮语、匿名者的吐槽或口不择言的胡话，犹如无机物漠然流过眼底，在心中留不下半点痕迹。"没准儿工作中能派点用场"，就算想出这样的借口，过眼的东西也存不进脑子，毫无意义。等回过神来，三十分钟已经过去，再过两小时就该起床了。

二十五岁，我开始了独居生活。

住在家里这事一直让我挺有自卑感。但考虑到每月奖学金的还款，还有老妈那点可怜的薪水，起码住在家里，给老妈上交点家用才是最划算的做法。最重要的是，哪怕在外面累得东倒西歪，回到家总有现成的热饭吃，有提前放好的干净洗澡水，这份舒适的环境很难有替代选项。

可话说回来，往返两个小时以上的通勤时间对体力是一个不小的考验。万一在电车上睡过头，不小心坐到琦玉方向去，那份绝望简直无以形容。尤其受不了的是，田泽总拿我住在家里这事来取笑我。

“真舒坦呢，多大的人了还住在妈妈家里！”

不管工作表排得多满、如何连轴转地干活，也不管搬运的物件比谁都重，但在大家眼里，只要住在家里，你就是一个“离不开奶嘴的娇气妈宝”。

我向老妈宣布决定自己一个人生活，保证按时上交家用。随后搬了出来。

新居是一套单间小公寓，从附近搭电车到公司，算上换乘时间，有三十分钟左右。周边有一条长长的商店街，是个年轻人热衷聚集的社区。自车站徒步十分钟，在一楼，我找到了便宜的空房。建筑年龄已逾四十年，外观如古早漫画里常见的老式旧楼。洗衣机摆在走廊里，狭小的整体浴室似乎是后来改装的，只有一个单孔炉灶。但不知为何，居然有个阳台，面向一座小公园，阳光射入室内。有生以来，这是我入手的第一座属于自己的城堡。有了它，从今往后，我不必再被任何人取笑了。

我决定每天骑自行车通勤。这样凌晨下班，不必等第一班始发电车就可以回家，并且能捎带锻炼身体。不过从外景地直接回家是办不到的，坦白说，好多个夜晚，我也累得直抱怨，哪还有蹬车的那份力气。可就算如此，对我而言，这点短暂的、使身体微微冒汗的时间还是必要的。深夜，车辆稀少的道路上，我一面扯开喉咙大叫，一面用力踩着脚蹬，原本沉重的后脑勺会微微放松。

可惜这份轻松也只能维持到家门口。从拧钥匙那一刻起，我就开始心烦意乱。肮脏的房间，沉闷的空气，除了腐败变质的东西，便只有空空如也的冰箱。我在这间屋子里已独居了九个年头。

在这期间，我经历了各种破事。尤其工作方面，随便一条新闻就能把我折腾得团团转。豁出命录制的VCR被突然插播的紧急新闻彻底搞砸，这种事已是家常便饭；遇上重大紧急的特别节目，通宵赶工的日子更是数不胜数。

某天，一名男子驾驶着两吨的载货卡车暴走秋叶原，无差别冲撞行人后，又跳下车手持匕首连续刺向过路者，致使七人身亡，十人受伤。

某年，某在野党从执政党手中夺取政权，以绝对优势赢得了历史性的胜利。[①]

“三·一一”东日本大地震爆发时，我一连几天没有回家。时隔数日回到家中，发现东西掉了一地。走廊里，不知哪来的一堆腐烂的洋葱，和雨伞乱七八糟地滚落在一起。

二〇二〇年奥林匹克运动会确定于东京召开，日本列岛一片沸腾。申奥演讲会上，由著名女播音员泷川雅美提出的“挚心款待，无微不至”成了风靡一时的金句。

虽然政权重归某大党手中[②]，但政绩却使人大失所望。《特定秘密保护法》[③]出台实施之日，持反对意见的民众大举杀往国会议

---

① 此处应指2009年8月，日本第一大在野党民主党以压倒之势在众议院选举中获胜，从自民党手中夺取执政权。

② 此处应指2012年12月，日本自民党在众议院选举中获胜，重新成为执政党。

③ 《特定秘密保护法》：2014年，日本内阁推行出台的一项政令，允许政府将国防、外交和其他相关敏感信息指定为“特殊机密”，不再对大众公开披露。各界舆论认为，该法侵犯了日本国民的知情权和新闻自由，并且可能推动日本再次走向战争。

事堂门前，年轻人以“保卫自由与民主主义”之名掀起了紧急示威行动，且声势逐渐浩大，发展为举国上下的抗议运动。

不过电视媒体鲜少报道这类政治事件。

收视者，尤其我经手较多的综艺节目的观众，喜闻乐见的永远是各种逸闻八卦。当中也有号称“诺贝尔量级的创新大发现”“万能细胞STAP”的学术造假丑闻，一连数日热热闹闹地霸屏不下。

上个月，我录制了一条视频：有一位宝妈在社交网站上发帖，怒称“申请保育园落选！日本去死！”，引发了网民轰轰烈烈的讨论。在日本，特别是大城市的都心地带，幼儿园数量严重不足，为了有利于将来孩子入托，年轻夫妇甚至掐算好出生的日子来“规划”备孕。还有些父母甚至不惜故意假离婚来提高入园申请的“积分”。

以上事件发生之时，我都栖身在这间小屋里，明明已在此蜗居了好多年头，但我至今未能习惯。

至于职业生涯要经历漫长的“导演助理时代”，我早有心理准备。

像我们这样的基层“韭菜”，想混到拥有自己主导的节目当然要熬过几个阶段。首先，以助理身份起步，给现场的执行导演打杂。所谓执行导演，就是负责拍摄综艺演播间里播放的各类VCR影像，内容涉及广泛，比如动物分娩的场面，或海外的街头采访与街拍等。等到执行导演这一堆业务都上手摸熟，便进入了称为“综合化”编导的阶段，有资格独立承制某一集节目。制作水准获得认可后，接着会晋升艺术指导，最终摇身成为总导演，同时有制作总监的头衔在前方恭候。

当导演这一步，某些资质优秀的家伙在二字头后半段，或孝刚过三十岁就已实现，有人甚至二十五岁就有了“综合编导”的头衔。假如电视台那帮正式员工提案的选题通过，再加上能力出类拔萃，也不乏二十六七岁便成功当上总导演的例子。不过，像我这种在小型制作公司里的人很少遇到这么侥幸的美事。眼下我已年过三十，依旧时不时作为导演助理被派遣到电视台打杂。

刚开始独居生活那阵子，我被委派制作一些业内俗称“番宣”的节目宣发物料，或剪辑用以进行节目回顾的“总集篇”，这在编导的业务内容当中属于“入门的入门级”，主要为了分担编导的工作量，才摊派到我头上。尽管如此，我也视其为自己的一份责任，每当剪好一档片子，总是满心欢喜。在领导的命令下，通宵不合眼地一遍遍反复修改，直到节目播出当日的最后一秒。从那时候起，黑咖啡以及各种功能饮料的咖啡因成分对我便彻底失去了提神作用。

二十八岁时，我总算当上了深夜节目的初级编导。各类流行商品的“好物推荐榜”，寻访城市里“垂死店铺”的探店之旅，或电视台新人主播的脱口秀等，我经手制作的节目五花八门，不计其数。既然身居末位，我便没有任何拍板权，但只要看到自己的名字挂着“导演”的标签出现在片尾字幕里，我便感觉一切努力获得了报偿。

然而，自那之后五年过去，我依然看不到未来顺利晋升“主任编导”的希望。虽然姑且也能以“第一导演助理”的身份参与黄金时段节目的制作，但总归未能摆脱“助理”这个头衔。

业界往往把这一阶段视为最难熬的坎。换句话说，就是像我这样，卡在“初级编导”兼“首席助理”的状态。各种乱七八糟的地方会有各种乱七八糟的工作分派到我头上，忙得人想死。这时候的“想死”可不是一句比喻。事实上，在这一时期，许多人由于心理方面的毛病而辞职，丧失了作为导演在行业里继续发展的自信，甚至有人宁可只接助理业务，以求混下去。这是一个人被全面剥夺而失去“人样”的时期。

前几天还闹出了一场助理暴力攻击导演的乱子。本来应当是独立完成的剪辑作业，导演却勒令助理站在背后“好好学着点”，彻底剥夺他本已少到可怜的睡眠时间；同时还见缝插针，深夜三四点，没完没了地使唤助理处理各种剪辑房和电视台之间的杂活。最后，导演又把初次交给助理剪辑的预览小样拿出来一边播放，一边大力扇着助理的脑瓜子出言挖苦：“这儿不能这么剪！”“看你剪的这堆玩意儿，这是屎吗？”脑袋上一连挨了好多下之后，怒气值充满的助理终于暴起，抓起剪刀向导演刺去。

所幸最终没捅出什么大娄子。这名助理懂得把愤怒向外宣泄，说明心理尚且健全。而大部分基层从业者在表达愤怒之前，已被先行洗脑“全是我的错”“我是一坨屎，根本没才华，什么也搞不定”。

听说那位被捅的导演确实有问题，后来被上面开掉了。其实他和此刻的我处于相同的境况。到头来，他抑郁了，甚至彻底放弃了这个行当。抑郁，触手可及，其潜伏在每个人身边。稍有刺激，心便会停摆。听到这个八卦，我的内心毫无波澜，只觉得“什么嘛，咋没捅死呢”。

我新近接的一个活是给某综艺节目制作素材，把某位控诉职场性骚扰的女性市议员从前的泳装镜头搜集起来剪成片子。她从政之前做过写真爱豆，留下了不少搔首弄姿、性感撩人的影像。关于这一点，全看主持人和受邀嘉宾们如何评判。不过，届时，一向擅长揣度制作方圣意的主持人八成会说：“有这种过往的女人提出的指控似乎缺少点信服力呢。”同时还要摆出一副“这并非他个人的看法，而是替电视机前的观众道明心声”的姿态，一副“专业人士皆如是”的做派。

“咦？是不是又‘爆杯’啦？”年轻时的女议员望向镜头问，她穿着明显小一号的泳衣，把那对巨乳展示给画外的观众。由于她身穿迷你裙出席议会，被年长的男议员开了黄色笑话，而对此公开表明了愤慨。

我在脑子里播放着她的画面，不知这种颓废状态要持续到什么时候。

起初那段日子，我喜欢把自己和纳土搁在一块儿类比。纳土什么年纪在做这个、什么年纪在做那个……把他视为自己看齐的目标。但不知从何时起，这种比较成了困住我的枷锁。一想到自己和纳土的差距，只会有扎心之感。时代不同了。心里这样自我开脱的同时，当然也痛苦地意识到这不过只是借口。

“喀喀喀喀，喀！”

房子墙壁太薄，邻居的动静听得一清二楚。这间公寓最讨厌的地方正是这一点，简直像跟病友同住一间病房。再加上隔壁的老家伙总这样惊天动地地咳痰。此翁一天到晚在家，让人纳闷儿他到底以何谋生，后来听说是靠领救济金度日。问了房东，得知他天天窝在屋里喝酒。

“好像是个孤老，没有亲人呢。”

房东名叫咲口，是个七十来岁的老太太，从早年起，在这一带就拥有好几栋筒子楼；也不知是离婚、丧偶，还是原本一直独身，反正没有老公；大大的眼睛，身段纤瘦，也许有几分外国人的血统吧，看起来像老年的“奥黛丽”·赫本，性格挺和蔼。

人人都称呼此翁为“老檀”，也不知是他的姓还是名。老檀把那点仨瓜俩枣的救济金统统拿去买了酒，以致交不起房租的时候，咲口总会耐心等候。他昏倒在买酒的路上不省人事，被人拉到医院去，也是咲口去接他出院。

“我看他这人孤苦伶仃的嘛。”

仿佛一个人只要孤独，就什么都可以被谅解了。

几年前，有一位搞笑艺人的母亲曾因申领救济金的问题而上过新闻。该艺人小有名气，时常在电视节目上露脸，换言之，大家都认为他手头应该相当宽裕，媒体还爆出了对他年收入额的预测。公众纷纷高声谴责，对这位母亲长期领政府救济表示质疑。谁知从法律层面来看，调查的结果并无漏洞。不如说，更属于道德层面的议题。不过，这种事又有什么所谓。

该艺人召开了记者见面会，面向公众痛哭流涕地谢罪："只怪我的想法过于天真，给广大纳税人增添了负担，深感歉意！"随后，他将以往领取的救济金如数归还。可惜公众并未因此饶过他。媒体对此事的报道也各种煽风点火。换句话说，就像此时我正在剪的这条女议员泳装集锦，每家电视台都制作过类似的玩意儿。从那之后，该艺人就从电视上销声匿迹了。

"喀！啊啊啊，喀！"

老檀咯痰的声音吵得人心烦，就连刷手机也连连走神。我豁出力气砸了一下墙。"咚"一声巨响，震得房间似乎也在打战。老檀那边没了动静。我这才微微、当真是微微舒坦了一点，总算丢开手机，去冲了个澡。接着，又趁势浅睡了个把小时。

导演对我的不耐与日俱增。

每次摄影机一喊停，他要么咋舌，要么叹气，显而易见地在向我表达不满。不是冲团队其他人，而是单单冲我。我早已领会了他的嫌弃之意，可他仍要客气地赏我一个白眼。

此刻，节目组正在外景地给一档午间的资讯节目拍摄供演播室使用的VCR。两名年轻艺人漫步在市内某条小型商店街，一人是活跃于各种综艺节目的前爱豆，另一人原本以读者模特身份出道，蹿红后，转型做了通告艺人。两人都二十来岁，都走无脑卖萌的"傻白甜"路线。本期的内容策划是二人"勇闯商店街"的冲突戏码。

一周前，我来这条老街踩过点。属于电视台正规编制的林导一向不亲临考察，倒也不是出于对我的信任，而是忙于台里的工作。虽然话是这么说，可业内却流传着他和女艺人喝酒逛街的绯闻。三年前，据说此人二十七岁便荣任综合编导。虽比我年轻，却是外景现场的大人物。也就是说，我被一个年下仔甩脸子、咋舌、叹气、翻白眼。

手持摄影机，开发一条节目录制当天供艺人行走的路线属于我的工作，主要为了事先物色一些足够具有话题性的地点，以及有趣的登场人物。可前一晚，我给某深夜节目剪完片子后，又为另一档策划编好通告表，整夜没能合眼。将身体压榨到崩溃是这一行的默认配置。

我走在商店街里，撞见一位老妇，她坐在一家老棉被店门口的椅子上，衣着破旧寒酸，浑身有股地道的“下町阿婆”气质。我走上前去搭话，她嘴里颠三倒四，也听不懂在念叨什么。这个能用，我心里盘算。那两个年轻的傻白甜说话一样没头没脑，没准儿能拍一段“鸡同鸭讲”的好戏。

近来的电视观众有一种倾向，比起努力做到口齿清晰、言之有理的艺人，他们更喜欢讲话不着四六、凡事脑子空空的憨憨。有一次在拍摄现场，某前辈说：“大家不就是渴求一点心理安慰嘛。看到比自己聪明、人生方方面面平衡得很好的家伙，肯定特别心塞吧。发现对方不光脑子好使、外表风光、谈吐风趣，到头来还比自己有钱，那不得郁闷得要死啊。可看到呆瓜时，感受就不一样了，哪怕对方比自己富有，也不会和对方攀比，可以心安理得地继续摆烂下去。”

关西人说话属实毒辣啊，我心想。事实上，节目当中也频频出现“废物”“脑残”“丑爆了”之类的咒骂，而且每每会配上一把罐头笑声。不免让人觉得，如今，比起“受尊敬”，成为艺人的首要条件是必须“受喜爱”。

在商店街，我还遇到了一位过分话痨的点心店老板，他谈起自己的事可谓滔滔江水无绝期，并且向我显摆了一番他年轻时当暴走族的照片。我跟他商量，尽量把照片摆在显眼的地方。

此外我又物色到一间鱼铺，铺子里养了一只讨厌吃鱼的虎斑猫，它体格肥墩墩的，任人怎么逗弄也没反应，但只要把小鱼凑到它鼻子前，它便皱皱鼻子，一脸嫌弃。肥猫脖子上套了一只项圈，拴着一根牵引绳，只是绳子太短，看起来使它几乎动弹不得。考虑到也许观众会投诉“虐待动物”，我征求老板节目录制当日可否摘掉牵引绳，最后得到了他的应允。

我估摸，准备好这几个话题，节目基本就没问题了吧？商店街的一伙人听说要上电视，个个欢欣鼓舞。林导看了我拍的素材图片和视频，也表示“行吧，感觉还成”，我把这话理解为得到了肯定。

哪知拍摄当天，计划赶不上变化。下町阿婆对上电视格外起劲，特意跑去美容店做了发型，又换上一身干净衣裳，不仅失去了原来吸人眼球的形象，而且由于过度紧张，她始终绷着嘴不发一言。

点心店老板结石病突然恶化，由他平平无奇的儿子顶替他杵在店中。年轻时候的拉风照片虽然按照头天说好的方式摆在了醒目的位置，可店主本人不在场，话题自然聊不热乎。两名女艺人伸手摸了摸相框，冷不防发出一声嗔呼：“噫，黏糊糊的好恶心。”

鱼铺的那只肥猫解掉牵引绳的瞬间，便头也不回地蹿得不见须尾。两名女艺人皱了皱眉：“猫不见了呀。”林导关掉了摄影机。

一组人坐在外景巴士里喝着冰镇饮料。在这期间，我却趴在自动售货机前，喊着蜷在机器下面不肯挪窝的肥猫。汗水自额角淌了下来，许是盐分摄入过多吧，流进眼里蜇得人生疼。肥猫浑身奓毛，嗓子里时而发出呜呜的低吼。我刚一伸手，就沾了一坨黑乎乎状似烂泥的污物，又找不到地方可以清洗，没法子，只好拿抹布胡乱擦了擦。

也不知是脾气本就阴晴不定，还是紧张导致的慌乱，踩点时一脸和蔼的鱼铺老板对猫的逃走表现得异常愤慨。

“这足够起诉你们节目组了吧？”

他自己明明用短到不能再短的牵引绳把猫勒得无法动弹，见我抄起扫帚试图把猫从售货机下面撵出来，却大呼小叫：“这是虐待！我家胖儿太可怜了！”同时越说越来劲，冲着不明就里围上来吃瓜的路人激昂陈词：“一开始，我就对这帮人有不好的预感！”

原本这位店主对本期节目的嘉宾艺人之一（转型的读者模特）就心存反感，斥其“格调恶俗”，因此从本次外景拍摄一开局，他就不爽得很。头天踩点的时候，我分明向他告知过嘉宾的姓名，貌似他自己搞混了，误以为是另一位名字相近的女星要来录节目。如果是这样，哪怕在镜头前咒骂一句“老子还以为××要来呢！”说不定也能给节目搞搞气氛，可他老人家偏不，只是一味地在镜头前丧着脸不言不语。当然，这种时候，林导少不了款待我一套咋舌、叹气加白眼。

到最后，那肥猫啃了一条摄影助理投喂的沙丁鱼，才使我躲过一劫。可见此猫并非不爱吃鱼，而是纯属不上台面。抱猫的我，手臂被挠了一些血口子，也顾不上清洗，只好在那条糊满烂泥的破抹布上找了块干净地方先摁住伤口。想到万一感染什么乱七八糟的病菌，我不免有些悬心，同时又觉得索性生一场怪病，躺倒休息休息也行。实际上，田泽就为了她所负责的节目，被猴子咬伤而发了高烧，这几天正病休在家。

或许得益于我没提离职坚持干了下来，田泽名正言顺地升了首席助理。当时她三十三岁，与现在的我同龄，手里负责一档上星频道的宠物节目，但她本人对动物皮毛过敏，每天都两眼通红、皮肤溃烂地出现在片场。为此，还遭到了某艺人的投诉。

“那女的该不会得了什么传染病吧？”

据说得这个病后，关节部位和耳朵后面会奇痒难忍，让人禁不住“噌噌”抓挠，直抓得皮肤开裂脱屑。每次田泽从旁边走过，一眼即知。遭到投诉后，她开始涂一些强效的激素类药膏，同时内服抗过敏药物。不知是副作用所致，还是酒喝得太多，她常年面孔浮肿，白发也丝丝缕缕，看起来比实际年龄衰老好多。

此刻，我身上也出现了与田泽相同的症状，脖子通红，浑身刺挠。做了这份工作我才知道，原来自己也对猫毛过敏，再不然是得了荨麻疹？

“猫被逮住了。”

拉开外景巴士的门，我向林导汇报。林导跟那两名女艺人不知为了什么话题而谈笑正欢，并不理睬我。

“实在抱歉。”

业界有个术语叫“出片量”，是指经评估之后，足够拿到电视上播放的、有趣画面与影像的数量。而本次拍摄，怎么考虑也凑不够数。从片场氛围来看，毫无疑问，这个后果得由我来负责。而营造这种氛围的是林导。林导低头瞪着我，摆出一脸愁容：“所以呢，你说咋办吧？”

难道这是我的错？我要不要趁早打点后路？这次外景拍摄的负责人不是你这孙子吗？我一肚子问号。当然，我并没有把这些话说出口。

“不好意思。我再去物色能用的场景。”

“哈？那也太费事了吧。”

车内传来谁的抱怨声，是那两名女艺人当中的一个。

“啥时候才能收工呀？”

这二人在电视界资历尚浅，却频频拿到节目通告，每次都惹得观众爆笑不止，因此浑身散发着全能自恋的气息，并不是会操心出片量的靠脸吃饭的人。实际上，二人似乎真的不懂，为何我非得继续物色新场景。本来嘛，只要她俩能随机应变，表现得活泛一点，说不定本次拍摄早已圆满收工。我心里这么想，但忍住了没吭声。作为幕后人员，把过错怪罪到艺人头上是最没品的做法。这是我从纳土身上学到的道理。

不过，从前在其他片场也发生过类似情况，当时艺人却对导演连连鞠躬："发挥得不好，对不住各位。" 而当时的导演一定会亲自来外景踩点，就算拍摄进展不佳，也绝不会把责任推给助理。

"截止时间要到了，还不抓紧！"林导推开巴士窗子朝我呼喝，随即又对女艺人换了副肉麻的嗓子赔礼，"不好意思哈，真心抱歉。"

从某种意义来说，林导这人的节操值得佩服。不管对方是什么人物，但凡有点小名气，他一律跪捧。被两个比自己小十来岁的年轻女孩唤作"小林子"，用没大没小的口吻跟他讲话，他也不急不恼，相反，还面露几分喜色。

"咱们的工作就是要调动演员的情绪。"

如此公开宣称的他，或许是因为这个吧，在艺人圈里口碑挺好。

说实话，我不大认识这次的两名嘉宾，连名字也没多少印象，更不打算记住。这与我的未来没任何关系。不过，对林导来说，也许两人是重要的"可用之器"吧。

数年前，在一次酒局上，我与林导相邻而坐。当时他刚升任综合编导，出手颇为豪爽。那会儿电视行业还比较多金，包括我在内，林导会隔三岔五请节目组的工作人员喝酒打打牙祭。

成为综艺节目的总导演是他的梦想。他总会详细勾画自己将来希望制作的节目。而每回他口中"准备邀请出场"的艺人名字都不一样。因为他列举的总是当时当季的当红人物。我老老实实告诉他，这堆艺人里有几个我不认识，谁知他态度陡然一变：“世上真有你这号人啊？”

被什么人如此满含憎恶地睨视，对于我来说还是平生头一次。

自那之后，他便毫不掩饰地把我视作了眼中钉，常对我颐指气使，说话也夹枪带棒，只要我面露丁点为难之色，他便煽风点火：“哦，你干不来这种活是吧？不适合你高贵的身段是吧？”

如果他真的这么恨我，直接把我踢出片场就行，可偏偏无论事情大小，他总喜欢点名我接手，连社长也看出点苗头：“你小子很遭林导的嫌弃嘛。”

但是对公司来说，这未必不是好事。

“要抱紧林导的大腿哟，跟他多学点东西，毕竟能替代你的人要多少有多少。”

到了电视节目的录制现场，以往电视剧里才有的台词却听得人耳朵起茧。

有时，头天还在片场碰面的、别家公司的节目组员，次日一早便已不见人影。近几年，大家甚至不再打听当初离开的人后来去了哪里、混得怎样。不声不响走掉的人太多，也算本行业的特色之一。人人终究免不了一“飞”。

“要说哈，最搞笑的辞职方式还属烹饪节目的首席助理。早上组员们到了演播室，瞧见南瓜上刻着几个大字：‘给老子滚！’”

“滚？”

“好笑不？要辞职的明明是他自己。”

“吓人呢。在南瓜上？”

“并且不是写在南瓜上，而是刻出来的，拿刻刀还是啥玩意儿。”

“你别说，还挺下功夫。”

“就是说嘛！反过来想，说明这老兄挺有钻劲。”

“确实。要说凭这股钻劲，还怕混不下去吗？”

我们在居酒屋里嘬着小酒，聊着此人的趣事，开怀大笑。

记得分享这些行业八卦的前辈当时已年近三十。几个月后，他也从电视圈匿去了身影。听说剪辑房里放了一封用红笔写就的辞职信，犹如诀别的遗书。这回谁也没笑。一位才华过人的前辈人走茶凉，转眼便被遗忘在脑后了。

此刻就算飞跑起来，也难以物色到合适的录制场景，对此我心知肚明。可我做不到慢条斯理地走。商店街的人个个瞪着我。来踩点时，他们和和气气，此时看来却好似对我憋着一肚子气，集体向我发出声讨：“都怪你！你到底想干吗？”我不敢与任何人对视，不敢东张西望，在小小的商店街里茫然奔走。

在我未曾留意的日子里，阿基对布拉的无偿效命越发变本加厉。

排练场的清扫，以及各种杂务，他从不懈怠。总之，但凡有什么力所能及的事，哪怕挤榨睡眠时间，他也要尽力去干。某团友搬家的时候，从打包到运送，甚至厕所下水口的清理，他全盘包办；另一位团友养的宠物猫从家里蹿了出去，他从早到晚趴在附近，撅着屁股帮忙找猫；得知女团友走夜路遇见了痴汉，他每每护送到家不说，还在人家门外站岗放哨，直至天明。

“我们都是一家人。”

阿基的母亲去世前，也就是体力极度衰微的状态下，仍在咒骂他。以仅剩的一丝力气朝阿基扔东西，掐他的皮肉，捶打他的后背，同时惊恐于阿基的接近。

“干吗？别瞪着我！”

阿基母亲的身体散发出难闻的馊味，被子上的污垢黑到反光。

如今，那只“处刑”用的丝瓜络只有阿基在用。他尽己所能地替母亲仔细擦洗身体，尽管如此，除了挨打挨骂，其他时候，母亲一概不许他靠近。

“你肯定会找我报仇吧！我就知道。等你长大成人那天，绝对会想方设法欺负我。人人都一样。”

可阿基的母亲却没留意，阿基早已长大成人，虽然有了足够复仇的气力，却依旧对她战战兢兢。

“人人都一样。”

阿基的母亲不再像从前那样，心血来潮地拥抱阿基。有时，她嘴里似乎在嘟哝什么，但过于微弱的声音却并非在呼喊阿基，而是别人的名字。到底是谁呢？直到最后，阿基也没搞清楚。

阿基的母亲死后，阿基搬出了那间旧屋。房东计划把早已朽坏的老楼推倒重建，不仅给阿基退还了押金，还补偿了新居的一个月房租，外加一笔搬家费。除此以外，阿基手头还有一笔款子，是团友张罗卖掉母亲那辆红色铃木奥拓的钱。给租赁担保和物业公司交完费以后，阿基拥有了一间自己做主、自己居住的新家。

阿基对自己的侥幸感到难以置信。这是以往从未有过的好运，但是在他看来，自己置身“不正当的幸福”之中。阿基的母亲生前为了养活阿基，拼尽全力辛苦劳作，死于痛苦，可他却用以此得来的钱财过上了宽松的日子——他觉得自己不可饶恕。

他极力削减了打工的时间，把多出来的空闲悉数投入了剧团的杂务。对于手里的钱，仅拿出极少一份用于自己的生活开销，其余全部大方地接济了手头有困难的团友。起初团友过意不去，忸怩着不肯收，可最终没能拗过阿基的盛情。

东国那边开始接到更多大型舞台剧的制作邀请，而她对此却并不积极。

“人家会社恐的呀……”

说这话的东国受到了大家的群嘲。

“亏你还率领着一个剧团，咋这么怕见人呢？”

“这是两码事的呀。又不是我乐意当什么剧团主管，我不过想把脑袋里的想法表达出来。”

东国这份身为创作者的纯粹受到了团友们的敬爱。阿基也不例外。

“我当然巴望能不见人就不见人。不过……”

有时东国也会频频眨眼。

“阿基已经顺利得到了观众的认可呀。”

说服东国属于麻生的职责。麻生劝告说，挑战大型舞台剧项目的意义在于，从结果来看，有利于团友们演艺事业的发展。最重要的是，东国所描绘的世界应当被更多人看到和了解。

“阿基的前途不可估量，绝不该止步于此呀。”

从阿基的个人心情来说，总之，是不希望东国为他劳心费力。如果把脑子里的想法付诸艺术形态，以此便能获得满足，那么安于现状也未尝不可。不去奢求更多，自己和团友就可以作为“一家人”安然无忧地相处下去。但与此同时，他又被麻生的发言强烈打动。

“我认为就算从团友的角度考虑，能拥有大型的舞台演出经验也必定会成为今后事业发展的助力。”

确实，未来的某一天，自己站立于更宽广的舞台，届时会看到怎样的风景呢？会成为怎样的人呢？哪怕仅出演过一部戏，且根本没拿到台词，但阿基也已深深领略到身为演员站立于舞台的那份喜悦。

登上舞台的刹那，“深泽晓”便大步向后退去（之前哪料到他居然仍逗留在体内），原本归属于自己的身体仿佛忽然被陌生的他者夺舍。自己终归是自己，这话固然不假。但置身舞台的当下，自己并未作为自己而活着。眼睛的眨动，一呼一吸，关节的咬合与摩擦……这一切都属于某个陌生的外来者。此时此刻，连马克莱宁也远远遁走。

从自己逃离。单凭如此，身体的构造竟变得惊人地明晰。眼睛的眨动，一呼一吸，关节的咬合与摩擦，仿佛皆可透过显微镜进行具体而微的观察。化身为他者的那一刻正是阿基最贴近自身的时刻。同时，现场所有人，多数人，都会成为这种“变身”的见证者。

最终，东国接下的这部大戏成了布拉史上最难啃的一块骨头。

剧名《替罪羊》，阿基在其中饰演一个对主角施虐的角色，名叫“过去”。此外，施虐者还有“现在”与“未来”，轮番在舞台上对主角穷追不舍。

三个人物都没有台词。“过去”出现时，主角会显得拙嘴笨舌；“未来”登场时，主角会变得动作迟缓。换言之，观众可以经由主演的谈吐举止，获知剧情发生于过去、现在或未来。

扮演主角“奉献”的是一位年轻帅哥，名叫小西来尊，颜值有几分偶像明星的意思，以此博得了不少人气，为人认真好学，在戏剧界口碑颇高。

之前阿基不认识他，在给我的短信里对其赞不绝口：“这辈子从没见过这么英俊的男人！”

而且，据说，“待人比谁都和善热情”。

“鬼扯吧，世上哪有这等好人。”

见我反驳，阿基发来一个苦笑的表情。世上是否存在这样的人不是关键，以这样的眼光去认识世界的阿基才令我惊讶。阿基终于成了“人”，成为一个足以与社会对峙的人。

遇见个卖红花的女人，我买了一枝。

家里没花瓶，我把它插在茶杯里。

那女人瘦瘦小小。

却一点也不怕我。

往后大概不会再遇见了吧。

但为了她，今天我要好好努力。

发薪日在每月二十七号。原本应该是二十五号，不过奖学金的自动还款设在二十七号，所以实际可供我支配的收入是二十七号扣款后的账户余额。大学毕业半年后，还贷程序便启动了。每月一万五千日元，预计持续偿还十三年之久。

其实原本我想一次还清。我贷款的奖学金带利息的部分利率为百分之二，偿还期限设置得越久，利息就越多。整整十三年连续不停地还债，这份压力太过沉重，犹如被一根绳索缓缓地勒住了脖子。

大学时代，我成天没日没夜地打工，干得越多，时薪便赚得越多，于是以为哪怕每月的还款额设得高一些，自己也还得起。但是当我和中岛商量打算提高还款上限时，他却劝阻说："打工收入和正式职员是两码事。就算现在你的身体还结实，可今后很可能要负担母亲的生活开销。总之，不如做好打算，眼下先把每月还款额设得低一些，等手头有了大笔闲钱，再考虑一次性还清。”

幸亏我听从了中岛的劝告。实际上，正式工作以后，每月我的经济负担超乎想象地沉重。

看工资单的时候，我养成了先扣除还款额的自觉性，接下来付掉房租、水电费、燃气费，再给老妈汇上一笔生活费。工作以外，我不跟任何人来往，明明没多少花钱的地方，日子仍旧过得紧巴巴的。我们基层小卒没啥加班费。把自己的工资换算成时薪的话，大概相当于多少呢？我常常产生这个念头。但也很清楚这么做只会更生无可恋，算了，省省吧。

每次中岛发来联络总在我发薪日之前。八成是操心我干瘪的钱包吧。但口头上他从不提这茬儿，这点非常“中岛特色”。

这几年，我俩见面的次数屈指可数。我几乎很少能赶在末班电车停运前下班，就算匆匆见上一面，也总急忙赶着回家，进门倒头睡得如死猪烂狗。不过，极其偶然地，时间仿佛被拉开一个口子，会忽然冒出片刻空档。一段剪辑素材尚未到位，下一轮节目策划还未落定的空白时间。

那一刻，人们下班后正赶去喝几杯小酒放松一下，忽然我被流放到街头，比起兴奋，不知所措的感觉更占上风。虽已入夜，但满街华灯却亮得耀眼，路上行人个个脚步匆匆，似乎正奔向某个明确的目标，貌似只有我漫无目的地四处晃荡。

我推着车子在街上瞎逛，跟在某个满脸幸福的女人身后溜达了一会儿，又买了一罐咖啡坐在马路牙子上喝光。想去吃点什么好的，却想不出什么好吃。末了，在连锁的牛肉盖饭快餐店里胡乱打发了一餐，便草草回家。回到家中继续无所事事，话虽如此，却没心思打扫卫生或处理家中杂务，心不在焉地刷着手机，懒懒散散地打发着时间。其实麻利地滚去睡觉就完了，可又没多少困意。

那天时隔许久，当真是许久许久，我在还未到交接日期的一刻走出了公司。而且是二十八号，发薪日的第二天。我第一次尝试主动约了中岛。

“好久没这么早下班了，要不要一起撮顿饭？”

消息发出去后，我才意识到，对我来说时间尚早，但对正常的上班族来说已是深夜，说不定中岛早回家了，没准儿已经睡下了。更何况晚饭什么的，估计早吃过了吧。正在后悔时，他的回复马上到了。

“走起！”

如果是勉强凑我的时间，那真过意不去。但我心里更多的是欣喜。有些日子没见，我猜八成还是去之前的那家烤串店吧，便踩上了自行车，甚至没考虑人家早已打烊，也没料到中岛指定了一间位于港区麻布的红酒吧。

“这家的菜品也美味！”

点开他发来的餐厅主页，一眼便知格调高档，我不由得头皮发麻，再加上离公司也太近了。

今天这顿我原本是打算请中岛的。一直以来蒙受他不少关照，我总盼望能好好表示一下谢意，也曾三番五次提出要埋单，但每回都被他温和地推辞了。

今日我打定主意要请客，可目测这家店的消费怎么也得万元以上。我一腿跨在单车上，手里刷着店面的图片。红色的墙饰、暗色的木纹餐桌、柔和的烛光……如果是带姑娘去约会，估计对方会心花怒放。

近几年，除了风俗业的小姐，我从没睡过别的姑娘。最近更是惜财惜命。要是逮到机会，花大价钱带姑娘上高档餐厅吃顿大餐，再顺道去气氛浪漫的酒吧给对方灌个微醺……想到这儿，我不由得神思恍惚。随后，想象着那些从来泡不到的女人，我又一阵窝火。在我的性幻想中，每回登场的净是些工作上打过交道的女优、爱豆或通告艺人。而此刻则是那名女议员。

一路踩着单车，两股间渐渐胀痛。每逢此时，我总会尽量去想一些数字：节目的收视率、到手的工资，以及今后不得不偿还的贷款额与年数。这招效果显著，两腿间的蠢动旋即平复。

到达时，中岛已经在座位上等我，他没打领带，但一身西服。我身上的T恤皱皱巴巴，有点担心在这种高档场合自己是否着装不当，好在店员对我倒也和气。

“又晒黑啦！”

目光相遇的瞬间，中岛绽放出了笑容。

“哪儿啊，身体虚得快散架了。”

落座后，服务生拿来两只郁金香杯、一支香槟。香槟的牌子过于高级，连我也如雷贯耳。当然，我从没尝过。老实跟中岛承认，他大笑起来：“特装是吧？我懂。我也有同感。装什么派头啊，还香槟呢。但咱话说回来，作为一个成年人，有点这方面的体验也挺好，对吧？”

坦白地说，我更想咕咚咕咚来几口冰镇啤酒。不过，我抿了口斟好的香槟，那滋味美妙得让人想大声叫好。

“好喝……”

中岛满意地拍拍我的肩膀。

“我就说嘛！这东西，别看不能痛痛快快一饮而尽。”

“哦，这样吗？不过，美味是真心美味。原本我以为香槟的口味会更甜一些。”

“有时候便宜货确实偏甜。别看我这人对红酒一窍不通，可关于香槟，哪个是高档货，基本一喝一个准儿。”

“哦，所以今天这支也很贵咯？”

“噢。咋的，挤对我呢？”

“当我没问行不行？”

“哈哈！”

香槟之后，随即上来的是清凉的白葡萄酒。白葡萄酒的口味通常略带橡胶气，我喝不惯。不过，今天这款和我想象的截然不同。

“咦，这款酒还挺好喝。”

“打刚才起，你这句词就没换过。”

“不不，高档白酒果真不同凡响。”

“这支倒也没多贵。”

“啊？不贵吗？”

“哈哈哈哈！”

懂了，保证价格不便宜。中岛不给我瞧菜单的机会，但刚才我在美食网站扫了一眼该店的预估人均消费。环视四下，有股来客非富即贵的感觉。当中还有男客领着在电视圈才能一睹芳容的美女。

菜品陆陆续续端上桌来。生火腿好认，一看即知。其他几盘都是些什么料理，我全无头绪。总之道道可口。

“这盘叫啥？也太赞了吧！”

“那盘？酸橘汁生腌海鲜。”

“生腌？不懂。味道真绝！”

中岛乐不可支。见他高兴，我也有些忘形，开始说话口无遮拦。我知道这会使中岛开怀。

“这盘是蒜香橄榄油焗螺肉。”

“螺肉？随便吧，反正好吃就完了！”

“哈哈，小心烫着。”

对我细心叮咛的中岛明明是一位大律师。之前，我只见过他在下北泽的烤串店里大口灌啤酒的样子、挥着大汗帮忙搬家的样子，每每忘记中岛在社会上其实地位远超一般人，拥有“出入此等尊贵场所”的优越身份。

“中岛先生，您是律师对吧？”

“冷不丁地提这干啥？”

“没啥，就是看您坐在这样的店里，忽然意识到的。”

“胡说啥呢，这孩子！”

“最近您在做哪方面的案子？”

中岛向服务生点了一杯红酒，也不瞧价格，只说：“来款重口的。”兴许将来没机会派上什么用场，不过我姑且把中岛点单的方式存在了脑子里。

“接些讨厌的案子。”

“讨厌的？”

“对。嗯……虐待案。”

“虐待？对儿童吗？”

中岛把剩下的白葡萄酒一饮而尽。

“也就两岁幼儿吧。施虐者是母亲。”

“刑事案件吗？”

“孩子没死。”

中岛话里的意思是，“孩子没死，便不构成刑事案”。

“原告是孩子父亲。我负责辩诉的也是父亲。孩子由母亲单独养育。抚养权在女方手里。”

“于是还虐待？”

“是。约定每周见一次。见面时，父亲发觉孩子身上有瘀伤。母亲不承认。这个嘛，肯定不会认账的。之后还单方面毁约，拒绝父亲探视。”

“于是，父亲就……”

“是。提讼了，要求女方归还抚养权。我在帮他争取。女方那边完全不予回应。”

“然后呢？”

“差劲不？”

中岛猛呷了几口酒，一边喝，一边连连摇头。

“说是女方本身就有精神方面的问题。孩子出生后略有好转，后来渐渐变得歇斯底里，开始向我的当事人发泄情绪，除了育儿以外，家务事全盘撒手不管，还单方面抛出了离婚的要求。”

“男方答应了？”

“我的当事人貌似被折腾累了。离婚当时和现在，他都在一家建筑公司任职，早出晚归忙于工作，一身疲惫回到家，还要被妻子疯狂地大呼小叫，那还不身心交瘁嘛。考虑到对孩子恐怕也有负面影响，这才同意了。”

“所以抚养权也放弃了？”

“据说女方在育儿方面还挺尽职尽责。在离婚时，孩子也更依恋女方。毕竟是母亲嘛。世上哪有不黏妈妈的小孩。”

“目前您的当事人还在干同一份工作吗？”

“嗯。”

“这样的话，他还有精力接手小孩的抚养吗？”

“已经再婚了。听说如今这个妻子性情稳定，也喜欢小孩。再加上搬到了女方娘家附近，说是丈母娘也会帮忙照看孩子。”

中岛每点一次酒都交代服务生：“来款更重口的。”味道越来越浓郁，最后会是什么口感？结果我根本喝不出其中的区别，反正稀里糊涂灌得很醉。

“那啥，孩子是怎么说的？”

“还发表不了意见呢。才两岁。还不是母亲的一面之词。就算拳打脚踢，也都打着母爱的名义。这种当妈的，唉……”

“这种当妈的，唉……”

手一滑，好险，我差点儿把杯子泼翻。

“最可怜的还是孩子啊。”

中岛最后一句话使我思绪纷飞。

醒来时，我正窝身在公司的小沙发上。

刚欲起身，脑袋便天旋地转。硬撑着来到洗手间，吐了一场。大概昨晚也吐得很凶吧，此刻胃里只呕出点酸水。

我瞧了眼手机，有一条中岛的消息，发送时刻是凌晨四点四十分。原来我俩一直喝到那么晚？

“没事吧？你吵着回公司睡，我就把你送过去了。自行车锁在楼门口，也不知地方对不对，你起来后自己去瞧一眼。钥匙在你右前裤口袋里。”

手伸进牛仔裤口袋一摸，钥匙果然在。

红酒属实美味。服务生一杯杯端上来，我当水一样驴饮。既然中岛接二连三地点，我便以为红酒是这种喝法。结果呢，我灌得烂醉如泥，还要中岛给我善后，连那么好吃的料理也被我吐干净了。

我按下回复键，遂又取消了。因为一股强烈的反胃感再度汹涌袭来。再过四十分钟，就该赶往外景现场了。

“呕！”

一口痰卡在嗓子眼。想吐，又难为情。刚才这一声呕叫人联想到老痰的浓稠。我钻进洗手间，再次把指头掏进了喉咙深处。

阿基活在“过去”这个角色里。

从踏进排练场那一刻，也就是独自洒扫场地的一刻，他就化身成了虐待主角、不停地折磨“奉献”的“过去”，一个凶狠、丑陋的大块头男人。

扮演“未来”一角的是麻生，也是大高个儿。东国发话，不管过去或未来，要虐待主角小西，“体格非得高高大大的不可”。

如果麻生和阿基并排站着，会形成一股逼人的压迫感。起初团友还开开他俩的玩笑，没多久，团友就真的忌惮起来。

“吓人哟。”

也有人提出异见：虐待和折磨“奉献”的两个家伙都是男性，这有点不合情理。

“很多时候，母亲也会虐待孩子。我认为，女性同样会实施霸凌。”

针对这一点，大家展开了多轮讨论。不过，东国没接受这一派意见。

“这部戏里，施虐者绝对是男人。”

说此话时，东国的眼皮神经质地抽搐，没能逃过团友们的察言观色，为何呢？因为东国眼皮的指示意义至关重大。

“必须是体格如怪物般庞大，能对他人构成威慑的男性。”

也有人提议，要不要在剧中对施虐者的过往做一番交代，怪物也并非生来就是怪物，背后必然有一些缘故，才会变得性情残酷不是吗？

“一些关于虐待的社会新闻，总把做父母的描述得特别妖魔化。但其实呢，好多父母过去也有过类似的创伤体验。霸凌也同样。那些孩子并非天生喜欢欺负人，也是出于某些理由才作恶的。”

“关于这点，讨论到此为止吧。什么恶人也有苦衷，什么本性其实良善，这些说法统统打住吧。我知道，应该从加害者的过往经历、从心理根源、从社会构造等方面深刻思考这一问题，否则虐待将永不消失。不过，这部戏不需要这些东西。这些东西交给其他创作者去表达好了。”

东国的眼皮不停地颤动，发出神经麻痹式的痉挛。

“这部剧要对施虐一方的加害者面目进行彻头彻尾的刻画，要展示毫无因由的恶。而非让观众去解思考题。什么社会意义之类的，去它的吧。”

没人再争辩什么。

“我对这个决定负全责。”

避开直白露骨的暴力描写。实际上，“过去”和“未来”并未直接对“奉献”拳打脚踢，反而每当快要发展为肢体暴力的瞬间，便立即停止动作。要么是一束紫色的灯光打在“奉献”头顶，要么是团员折断舞台上摆放的一把小树枝。此时，“奉献”会扭曲身体，痛苦地挣扎、嘶喊，或陷入完全的静止。

对饰演“奉献”的小西君来说，也是一场前所未有的酷烈体验。表演的难度系数自不必说，对于他而言，每日置身的环境也是“非常态”的。

每天碰面的时候，试装的时候，台本朗读会的时候，东国从不瞧小西一眼。小西的经纪人，同时也是他亲姐表示：“我会敦促他做好每件事。”

小西本人也积极表态：“我会全力做好每件事。”

如此积极主动，东国依旧不拿正眼瞧他，只低低头，略微牵动一下嘴角。

对东国来说，这是布拉的首场客演，情绪紧张可以理解。况且该剧的主题比较敏感，甚至面向业界的宣传也主打“东国导演首度将视线抽离了个体自身的恶，直面社会之恶予以描摹”的口号。可不管怎么说，东国对小西的戒备太过分了，到了让大家为之悬心的地步。

小西自然察觉到了导演的冷漠。他本来就对东国尊敬有加，观摩过布拉的每部舞台作品。盼望有机会站在布拉的舞台上是小西自身的意愿。作为布拉的首位客座演员，他也深感庆幸，为此不惜竭尽全力。

初次听说此剧的主题，他便着手进行饮食的热量管理，只为大幅削减体重。他不要“瘦得健康”，而要“瘦得病态”。此外，刚开始排练那阵子，为了外表呈现出孩童的幼态感，他甚至全身做了脱毛处理，体毛长出来就再剃，还蓄起了指甲，太长了就拿牙啃一啃。整个排练期，见他热情满满，经纪人老姐也善解人意，几乎不给他安排别的工作。对小型个人事务所来说，这不难办到。小西常去公园里过夜，把身体缩进小纸箱里半天不出来。

他的努力不止于角色塑造，甚至对剧组全体工作人员也虚心求教，倾听意见；对每一位团友，哪怕是阿基这样的底层打杂，也倍加关照；对其他成员的表演，他全神贯注地观察，生怕注意力有片刻溜号。

震惊的可不止阿基一人，布拉所有人都被他的温和性情所打动，喜欢上了他。

“待人比谁都和善热情！”

“鬼扯吧，世上哪有这等好人！”

那阵子，我和阿基恰好在短信里来来回回地议论此事。

唯有东国不曾解除对小西的戒备。她不正眼瞧小西，不问小西的意见，时不时从排练场消失，半天不见返回。大家都有点躲着东国。同时暗暗期待东国能对小西卸下心防。

东国态度改变发生在排演进展到半程那段日子。徐徐地，当真是一点一滴的，东国的视线不再回避小西。导演注视手下的演员本是合情合理。不如说，之前总不拿正眼瞧人才叫怪异。身为一名导演，原不应有此举动。但她似乎谈不上“认可”小西。当然，也并非对小西一番冷落后，便从此接纳了他。东国体内有什么东西正静静绽放。

一旦目光开始碰撞，便自此一发不可收拾。东国的视线日复一日变得饱含深意。不管排练之中，或排练的间隙，东国总在注视小西。而小西也全然接受，并回以注视。从二人意味深长的对视中，有什么已然开启。

两人开始双双玩起消失。起初，仅限休息时间。渐渐地，在东国期望的时段，即排练当中，也会不见人影。

对整个布拉的世田谷来说，那是一段“非常”时光。以往凡有任何事务，团员们总会集体席地而坐，凑在一起有商有量。如此实行的目的在于哪怕是与个体无关的难题，在成员你一言我一语的出谋划策下，相互间也可以加深理解，合力找出新的解决途径。并且这种属于“家庭成员的交流时光”正是布拉最大的特点，也是东国一向推崇的。

“大伙儿共同合计一下。”

可如今，即使是表演方面的切磋，主演小西和导演东国也喜欢背着大伙儿私下进行。

“我俩去商量一下。”

团员们对二人的关系心知肚明，却默契地不去戳破，彼此心里已经达成共识，“若是对演出有好处，就随二位去吧”。再者小西并没有忘记顾虑团友的感受，从不曾主动提出与东国单独相处。但最关键的理由在于渴望被小西接纳的不是别人，而是团友自己。

总而言之，东国又恢复了“人味”。在一众人等为之惊讶、困惑、害臊之际，小西的演技却磨炼得日渐出色，东国也越发膨胀起来，是物理意义的膨胀，食量大增，体重一日日见长。

两人玩消失，去进行漫长“讨论”的期间，剧团成员就各自活动身体、背台词。有时麻生会把大家召集在一处等待东国归来，那副模样活脱脱像一群忠犬，而其中体格最硕大、最忠心耿耿的当属阿基。

东国和小西刚一走出排练场，阿基就引颈目送两人离去的方向。即使两人返回，即使在排练中或排练后，人人都忙着收拾东西回家，他依旧眼巴巴地望着东国，任何时候都唯东国马首是瞻。既不上前搭话，看样子也不像有什么请示，但眼神自始至终追随东国，片刻不离。

而另一方，东国却瞧也不瞧阿基。

看了阿基的表演，好多次她都眉头紧蹙。凶狠的阿基，残酷的阿基。对阿基笨拙的演技，有时她大发雷霆，有时无动于衷。总体以无动于衷的时候居多。不予任何指导或评价，即使大家团团围坐，她对阿基的演技也不置一词。

阿基费尽心思，仍无法讨得东国欢心。哪怕剃须时故意割伤面颊，或在表演半途薅自己的头发，甚至暗暗寻思过，要不要抓只鸟或老鼠来宰杀。但他怎么做也换不来东国的垂青。阿基如此卖力，在他看来，连一点自艾自怜的念头都是多余的。

团友们于心不忍，对阿基报以同情。只是在安慰他之前，恐惧先占了上风。阿基自身也氤氲着一股暴力气息，远远凌驾“过去”这一角色。好在他未曾伤害过任何人，也从不渴望任何人的好意，只除了东国。大家干脆缄口不语。团里之事，桩桩件件皆不对劲。但人人心里拎得清，这台戏切切实实会给布拉的发展带来转机。

公演首日，东国命令卸去了所有幕布。而且除了舞台布景人员，事先未通知任何团友。台上的演员有几个一下慌了神，有几个吓得愣了神。

幕布撤下，后台一览无余，悉数袒露在观众面前。在观众的注视下，团员们换衣、喝水。在灯光的照射下，身穿私服的舞台人员搬运道具，满场走动。撤掉的幕布并未收拾起来，全体演员对此视而不见，当其不存在般照常表演。只有小西一人以幕布为道具，时而披上身，作为躲藏的遮掩物，时而踩在脚下，时而塞进嘴里，持续做着演出计划之外的举动。

背景会时不时播放一些排练过程的录影。东国以手持摄像机拍下的画面，镜头无时无刻不在锁定小西，且清一色是小西的笑脸。

小西的笑令观众有一种安心感。但是，这些影像也在痛斥看客的“安心”。小西一身随意的运动服，被众团友围在中央，风神俊美。仿佛在向每位观客宣告，他的存在越是熠熠闪光，那光芒就越是凌驾某些人残酷的庸常之上。

《替罪羊》在商业上大获成功。但承受了比以往多得多的恶评。

“东国终究未能跳脱于过剩的自我意识。对演员的调遣，散漫全无重点。假若摆布演员如棋子，那何不索性做得更淋漓尽致？”从此类专业点评到主要由小西的粉丝发布的各色谩骂，如“少对男声答录机卖弄风情了，老阿姨”，等等，可谓五花八门。每日东国要把这些臭骂挨个浏览一遍。昔日，此类言论大多出现在2ch论坛，如今战场已被推特取代。只需在检索栏里输入名字，就能一览所有人的“碎碎念”。东国不仅检索了“布拉”，还查找了自己的名字，为防遗漏，甚至考虑到了错别字的可能性。

阿基再度成了热议的话题。他的演出固然比《呼喊》给观众留下了更为深刻的印象，但大家的评价却多数是吐槽他的表演不够细腻。

“太过依赖外貌条件了。”

“凭他那压迫感十足的体格，光是随便动几下，就有一定的说服力。这属于老天爷喂饭吃，不代表演技方面的实力。”

“东国是不是特别瞧不上深泽君啊？感觉怪可悲的。”

东国连这些评论也没漏过，一一过目。但对阿基的表演未做任何调整。阿基的演出风格越来越酝酿着一股狂暴气息，也越见笨拙。迎来终场演出的那一天，口吃的幽灵再度复活。返场谢幕时，他甚至翻起了白眼，险些在台上当场晕倒。

如果要占领我的身体，就麻烦占领得彻彻底底。

把我的心，驱逐得片甲不留。

消灭我，杀掉我。

令我从此完美（*不明何意*）。

我寄宿在我的体内。

这使我时时感到冰冷无依。

真希望像猫，一旦意识到死期来临，就从此隐去踪影。

让我从我的身体里，完美地销声匿迹。

嘉宾艺人因非法持有大麻而遭警方逮捕。

是之前“装疯卖傻二人组”当中的一员，和某女星撞名的那一位。读了新闻报道的一般民众误以为该大牌女星染指毒品，一时间，网络上流言四起，乱成了一锅粥。

谁干了什么不要紧。管它是大麻还是可卡因，或者谁要杀了谁，随便吧，关我屁事。可是，换作在我经手的节目里露过脸的艺人，则另当别论。况且，外景录制的VCR还没来得及播出。

在日本有一条不成文的规定：凡是有犯罪污点的人出演的节目，不允许在上星频道播出。并非法律上有此约束。当然，也有人主张“作品无罪”。但基本上不允许就是不允许。若问不被谁允许，自然是观众。若电视台假疏忽大意，误播了此类节目，从“玩忽职守”到“看了罪犯的嘴脸，导致本人身体不适，老子要告你们！”各种各样的投诉会一股脑儿杀到。大体而言，多是网络上的口诛笔伐，但当中不乏办事格外周到的、往电视台打电话的主，多半属于被称作“团块世代”的那一批老年观众。

据称，年轻人“抛弃电视”的趋势正愈演愈烈。比起频频插入广告、节奏慢吞吞令人心焦不耐的电视，自己想看什么便能随意收看的短视频网站YouTube更贴合日常生活的需求。

话虽如此，电视的影响力依然尚存。为此提供支撑的是高龄观众，即不具备网络技能的群体。这些人多数已经退休，首先时间充裕（而目前的职场主力，平日里很难在晚上七八点准时打开电视，倒不如冷清的午间档对他们来说更便于收看）。虽说各时间段情况有别，但核心收视人群基本要属老年组，制作方自然必须对该群体的喜好有所洞察。

礼赞日本、抒发爱国情怀的节目数量大增，可以说与高龄人士的偏好有极大关系。经历过经济高度成长期，一辈子信仰“努力必能出人头地”的这代人无法接受不管如何努力，日本的经济仍不断倾颓，国力日益衰败的事实。也正是这个缘故吧，看到日本的工匠手艺或行业技术在世界范围内受到赞许也会倍觉安心。他们渴望日本被夸赞“不愧是先进国家”。

然而，经济的滑坡体现在生活的方方面面，无论如何难以视而不见。曾经奉为圭臬的终身雇用制度风雨飘摇，国民年金制度风雨飘摇，以往（如今想必依然）认为“位居下位”的他国经济却一路扶摇直上。即使不情不愿，也必须直面一个扎心的事实：在国际社会中，日本正逐渐沦为不足为道的存在。

如此一来，紧随其后，赞美日本人“高贵精神”的节目粉墨登场。确实，在经济方面，吾国输掉了交椅，但这恰是吾国民众“不贪婪”的证明。岂止不贪，我们更懂得知足常乐，有一等一的审美，深知做人应有的气概与尊严。换句话说，我们日本人啊，比任何民族都更品性高洁，这便是此类节目的主旨。

“如今日本的经济虽深陷危机，但贵在精神高洁”的说辞和“看见傻子我就放心了”的心态有一脉相通之处。这种时候，对“傻子也是日本同胞”，他们倒能视而不见。千万不可动摇他们的内核不可否定他们的人生，尤其不可破坏他们的好心情。

在电视业界，赢得收视率是第一要义。收视数据不同，赞助商的数量与质量也不是同一水准。换言之，赚取的广告费会拉开差距。有时甚至是位数的区别。在资金难筹的业内，这是一个万分现实的问题。

不在乎收视率的纳士成功制作了自己喜欢的节目，他对此的解释是“借了时代的便利”。之前我总认为，“这是多么谦虚的人哪”。但近来，我对他的这个说法开始变得不再抗拒。

刷一刷早年的电视节目，会发现当中有大量如今难以设想的过激内容。当时那帮二十来岁的艺人要么在节目里贬损他人长相，施以外貌羞辱；要么乱搞咸猪手黄段子；要么肆意糟蹋食物。当然，他们中的大多数后来已湮没无闻，但也有几人至今仍活跃在电视圈内。托这帮老司机的福，如今三十好几的艺人仍被当作“新生代”看待。演出者的高龄化也算近年来电视界的特色之一。“这玩意儿也真敢播啊！”我固然感到三观震碎，但伴随投诉而来的也有收视率的高涨，只要不是太出格的内容，猜想制作方会睁一只眼，闭一只眼，糊弄过去就算完。

电视业也有过油水肥厚、坐数钞票的红火年代。那时还没有YouTube和Netflix来争天下，基本就是一家通吃的局面。当然，估计从业者的报酬也很滋润，所以耐得住超额工作的蹂躏。与我们现在既没钞票又没人手的状况根本不可同日而语。

起用大麻艺人必定会遭到投诉。再者，我们制作的是一档午间资讯节目内播放的VCR，还算拥有一定程度的收视率，基本不可能得到观念保守的主妇圈层的谅解。替换艺人是理所当然的选择。

若是节目播出当日实施逮捕就好了。果真那样，我们也只能摊手望天。届时局里应该会有谁出面想办法托底。当然，播出之后什么日子再把人逮起来也无关紧要。但现实情况是，临近播出的三天前，那女的被抓了。

我被迫在三日内赶制出替换的VCR。依照林导的指示，在出于其他理由而遭雪藏的素材堆里淘一段能用的视频。最后虽选了几段品质比较出挑的，但要么季节与现在不符，要么从节目调性来说，内容过于严肃。午间档的资讯节目不能戳任何人的痛点，也不能捅谁的肺管子。尤其最近，稍微放入点过激的内容，顷刻间，投诉便蜂拥而至。例如，国会议事堂前抗议集会的视频算不算“过激”，我虽不好拿捏，却也不记得何时直接禁播过。但话说回来，即使没有上面的吩咐，制作现场也存在一种“不需诉诸口头，全凭心领神会的默契”。我应当拎得清楚：这种内容？估计观众不会喜欢！

应时应季的服装穿搭；看起来显年轻，却又不刻意扮嫩的化妆法；便于提前预制存放的食材；简单易上手的收纳术；高效的卫生清洁方式，以及让所有人安心、开心的话题……这些才是我们制作VCR所需承担的功能。

最快速有效的解决办法是带上别的艺人再跑一趟商店街。然而，重新提出预约后，家家户户仿佛在背后密谋过似的，口径一致地拒绝了。商店街的人对我们剧组普遍抱有不信任感。虽然大麻艺人遭到逮捕与节目组无关，但对方似乎认定此锅非我们莫属。

当然，为此事，林导也没忘记对我阴阳一番。

“当初你小子要是能给点力，何至于闹这一出。”

所以怪我咯？我的内心活动和那日如出一辙。

这是我一个小助理惹的祸？

不过，当然，没有时间来琢磨这些了。

最终，替换方案是借了一间演播室，录了一期料理节目。又召集了几名装疯卖傻的艺人，做了一堆乱七八糟的菜色。当然，不能忘记配上“全体幕后人员美美饱餐一顿”的字幕。

通常来说，犯事的艺人所属的事务所会为节目制作方提供新人选。这次也一样。不过，对方派来的净是缺乏知名度的小艺人，“派不上用场！”林导下达了判令。对他来说，总之一条原则：希望尽量起用当红的艺人。

我把林导拍脑门子列举的艺人名字一一记在纸上，从头至尾挨个打电话沟通。同时还得预约演播厅。台里自有的演播厅早已排满档期，只能在东京都内找一找别的美食摄影棚。

打完几十个电话，有几间艺人事务所答应考虑之后再给答复。而我却得知总算敲定参演的艺人彼此之间拒绝搭档。美食摄影棚比较容易便找到了，但工作人员不乐意早早起来录影。我一路点头哈腰，各种说好话。

编好台本，做好小道具，以及俗称“小抄”的流程提示卡，又趁间隙打车赶往剪辑房，剪完了自己负责的一档深夜节目。三天下来，总共睡了十五分钟左右。上厕所的时候，屁股一沾马桶便立刻昏睡过去犹如气绝，但也仅仅十五分钟。

饶是如此，还被田中轻描淡写，“算你走运”。用她的说法，在电视行业，一天工夫把内容全盘推翻重拍不是什么不可能的任务。

“一天之内赶完情景再现剧的选角工作，配好字幕，找好录影棚，完成拍摄是轻轻松松的事。”

背后意思是：比起你小子，我才更拼命；比起你小子，我才更辛苦。

遭遇的麻烦、克服的困难规模越大，你的“英勇事迹”越是在业内广为传颂，你也越是能树立威信，塑成金身。三天的制作时间，其间不允许有任何叫苦的声音。

采买食材之类的杂务本该交给链条最末端的小助理去办，一个比我年轻五岁、身强力壮的小哥。和我情况一样，与他同期入职的伙伴也陆续离职，最后只剩他仍在苦撑。我本以为这小子无论毅力还是体力都挺扛造。哪知昨天，他也飞了，毫不拖泥带水，消失得利落干净。我拨通他的手机，录了好几通留言，时而恫吓，时而说软话，但也只留下了一堆来电记录。我很清楚，这小子不会再回头了。

结局是食材只能由我自己准备。岂止如此，还要把其他节目录好的母带从电视台送往剪辑房。这本来是导演助理最紧要的工作。

被称为“工作厢”的剪辑房不止设在电视台的协作公司，还分散于都内各处。年轻那会儿，总会被前辈们吩咐，“搞定一下工作厢”。常规节目的话，基本每周都有落实好的工作厢。至于制作特辑，或临时插入的剪辑任务，总之，若有非常态的急活，就必须抓紧时间寻觅工作厢。这次也一样。

本次节目的母带仅包含棚内录制的谈话部分，即三号机与四号机拍摄的画面。尽管如此，数量也有四盘之多。我把它们塞进纸箱，与其他用途的小道具、各色杂物等一同堆放在出租车后座上，而后带往剪辑房，把素材拷贝到名为DVCAM的金属磁带上，再进行剪辑作业。母带属于重要物品，通常保管在剪辑房里。

先去剪辑房是最为安全的路线，但公司离得近，我决定先拐去公司一趟，想尽量提高效率。

出租车司机说了几句日语。我扫了一眼副驾驶座背后贴的名牌，“李”字之后印了几个读不上来的汉字。单看驾驶人照片，比我年轻。脸蛋胖乎乎、红扑扑，看上去甚至有几分幼态。这位李君究竟经历了什么，才做了今天这份工作？我神思飞走了一瞬，又立刻拉了回来，几分钟后，便陷入了昏睡。

发觉装母带的纸箱不见了是在到达剪辑房之后。翻遍所有携带的物品，又跑回下车地点找了一圈，仍无所获。我翻出打车小票，给上面记载的热线拨通了电话，里面传出一阵电子语音，告诉我客服时间从早八点开始，我愤然将手机掼到地上。“这下废了。”我心说。谁知手机只裂了一道口子。我抓起手机准备再摔一次，但憋住了冲动。万一把联络方式掐断，就更没辙了。取而代之，我冲墙壁猛捶了一顿。拳头蹭破了皮，流出血来，我却全无痛感。

明知没戏，但我还是再度拨通了电话。电子语音是一个轻快高亢的女声，仿佛在嘲弄我的愚蠢。我又朝墙壁输出了一顿拳脚。离早八的客服时间还需等待三个小时。在这期间，我意识到母带丢失没有任何补救的办法，必死无疑。

对我们这行的人来说，遗失母带是最可怕的噩梦。搞丢摄影素材，并且在剪辑之前，损失最为巨大。这回的母带内容是新生代艺人和地下爱豆的谈话类综艺。如果重新录制的话，势必要从头邀请嘉宾，凑好大家的时间表，召集工作人员，所造成的经济损失基本会由公司承担。社长那张脸浮现在我眼前。光是想想，我的眼球便一阵火辣，犹如遭烈火炙烤。

但更为恐怖的是母带中的影像流布到社会上。有些艺人禁止未剪辑的画面在电视上播出，此外还涉及肖像权问题。总之，母带一丢，我的职业生涯就彻底画上了句号。

我浑身似筛糠，朝二十四小时营业的超市奔去。

助理飞了。助理飞了。助理飞了。

要是那浑蛋还在，也不至于出这种破事。我又一次拨通了那小子的电话。对方已关机。我早知道。既然没打算回头，估计手机也换号了。当语音切换至答录模式的瞬间，我脱口而出：“老子要弄死你！”

明日的录影从上午十点开始。最低限度，早八点半以前必须赶往影棚做好一切准备。食材的采购单我也给了助理。愣愣地站在生鲜卖场，我才猛然记起，清单是用手机发给那小子的。这么简单的一点屁事，我怎么就一直想不到呢？真想照准自己的死脑子猛磕一记。实际上也的确磕了。我一下下拿脑门撞着购物车。眼前的景物摇晃了摇晃，脑瓜子一阵眩晕，眼皮随之剧烈抽搐。怎么能蠢成这样！我在心中咒骂自己。怎么能蠢成这样！滑动手机屏，搜寻采购单。手也在打战。必买的食材清单以附件形式添加在邮件里。但我读不进脑子。

把各色食材胡乱丢进购物车。收银后分装至七个塑料袋里。步行至打车地点的距离，袋子已破了一只。洋葱滚了一地。牛奶盒烂掉了，在马路上留下一摊白色液体。我望着白萝卜，它在袋子里耸得老高。能望见白色柔软的切口。真想一头钻进去。钻进去？怎么钻？但偏偏就是想。不顾一切地，从整张脸开始，一猛子扎进去。但还是拉倒吧。

一辆出租车打我身旁驶过，稍微减了减速。我心里不免有些小小期待，当然并不是李君的那辆。我回想了一下隔着驾驶座望见的李君的背影。深蓝色西服，肩头落满了白色头皮屑。下车之际，李君只说了一句：“感谢乘车。”

回到事务所，离客服热线开始营业仍有一段时间。不趁这工夫抓紧眯一觉，恐怕接下来三天难有合眼的空闲。我有一堆事要干。我有一堆事要干——这句话要大写加粗。整张脸蒙着一层薄薄的黑气，不知是不是睡魔笼罩。我冲进洗手间吐了一下。几小时前吃下的桶装炒面，此刻从嗓子眼直往外冒。口腔里残留着拌面酱的味道。泪流了满脸，我顺便哭了一场。结果就那样趴在马桶上，睡死了过去。

醒来后，奇迹般恰好是八点。我拨通客服电话，电子语音告知：“为了提高服务质量，本次通话将被录音。”为了提高鬼的服务质量，不过是提防脑子有病的乘客打电话扯皮闹事，预先把通话内容保留存档而已。一旦发生纠纷，有利于查证，有利于把对方干翻在地，有利于把找事的家伙从社会上抹杀。人工客服接起了电话。我说明了事由。把小票上打印的车号、乘车时间、下车时间，以及司机姓李、车资多少等一一告诉客服。又尽可能轻声细语，把母带的形状、放在何种模样的纸箱里、大致有多重等统统描述了一遍，不能让对方误认为我是一个脑子有病的家伙。

当值的客服说，公司未收到此类失物。这不可能，绝对不可能。我表示抗议，换了副腔调：“你去问问李先生！”客服查了查，告知我李君仍在出车中。“这我不管，东西给我弄丢，老子告你们！”我转而威胁道。不知自己的声音听起来什么德行，但想必都录了音。

“请稍等。”客服话音刚落，听筒里放了一段音乐，是贝多芬第九交响曲——欢乐颂。不是大清早八点档适合收听的曲目。机械且廉价的乐音却听得我不可自抑地悲从中来，喉头呜咽着，差点儿哭出声。

“经确认，十分遗憾，本公司未找到您描述的失物。”

一股恶气绷不住了，我扯开嗓子叫：“骗他妈鬼呢！老子知道你们这帮玩意儿在扯淡。李！就是姓李的那家伙偷的！知道那东西紧要才故意下的黑手呗！转手一倒卖，挣俩黑心钱！不知廉耻的卑鄙小人……”再多的，我已记不住了。

反正结局是有人把母带送到了电视台的失物招领处。我一直以为，当天把所有物品堆在了出租车后座，实际上并不是。请求电视台调出监控录像一看，画面里是我的身影。透过屏幕看到的自己陌生得像个路人，面无表情地、懒散淡漠地把物品塞进车内。最后，却落掉了最重要的东西——装母带的纸箱被我忘在了原地。

得赶紧从事务所动身了。装食材的袋子里，一群蔬菜正贼溜溜地瞅着我。萝卜不在采购单里。我用膝盖把它碾了。OK，萝卜已干掉。此刻，它置身垃圾桶内，大卸八块，碎成了渣渣和泥泥。剩余的蔬菜看起来好似谁的面孔，一个个意味深长，仿佛憋着话要讲。其中气焰尤为嚣张的当属南瓜君。我想起拿刻刀在南瓜上刻字“给老子滚蛋！”的那位兄台，莫非不是在表达辞职的渴望，而是在对南瓜实施灭口？

桌上搁着一把裁纸刀。我坦然自若地把它拿在手上，推出刀刃。没有刺向南瓜，而是顺势划向了手腕。自然而然，若无其事，只微微用了一点力气。我对自己的举动吃了一惊。

“阿基太可怕了。”某天，东国这样讲。

她说话的同时闭上了眼睛，好一会儿才睁开，但不看任何人，单纯只是睁着眼。在她面前，恰好立着全体剧团成员，除了阿基。大家纷纷望着东国的双眼。确切地说，是望着她的眼皮。人人都觉得从某个时刻起，那对眼皮会神经麻痹式地开始抽搐。然而它们并没有，只是眨动得比平日迟缓了少许，仅此而已。

负责向阿基传达意思是麻生的职责。他谨慎地挑选着措辞，尽量避免伤害阿基，尽量易于阿基理解。字斟句酌扯了一大堆，但在阿基心里留下痕迹的仅一点，那就是“东国害怕阿基”。

并非“今后别死盯着东国就行”，毕竟这不可能。也并非“身为演员无法不去瞧导演”，而是“阿基的视线怎可能不追随东国？”以远胜于东国对小西的热情，阿基渴望把东国的身影烙印在视网膜上。

"阿基太可怕了。"

我猜，单凭这句话，已经让阿基萌生了去意。不过，当麻生告诉他，东国常常怕到流泪时，他才彻底下定决心。无须假任何人之手三催四请，他就主动告别了剧团。才出演过一两个角色，便惊人地、淡然地、悄无声息地离去。

问题是团友们身为"一家人"，并未对此做过任何商讨。

以往，哪怕鸡毛蒜皮的小事，大家也会一块儿拿主意，团团围坐，互相交换意见。当家庭的一员脱离了家族的庇护，全体家人居然对此不置一词，这种情况太不寻常，并且对"布拉的世田谷"来说，这本是不允许的。

几年后，我去见了一位布拉早年的团友。剧团早已解散，只剩一人尚能取得联系。她就是友原由纪，目前仍在另一家小剧团里继续演戏。

接到一位来历不明的男人打来电话，对方自称是"阿基的好友"，友原自然会满腹疑虑。不过，听我讲明事由以后，她还是拨出了时间。是个好人。不止友原，估计布拉的成员都心地不错。就算谈不上是善男信女，至少心思单纯。对东国这个人，以及她的才华，能够盲目地信任且爱戴。

东国已经移居德国。据说同小西分手后，她便终止了舞台剧事业，如今谁也不清楚她的联络方式。我不是十分确定具体情况，但之后小西依然活跃于演艺圈内，并与几任女友传出过绯闻。

据说剧团的解散相当突然。不过，面对哭哭啼啼说要遣散剧团、要退出戏剧界的东国，大家谁也未加责备。友原也从未怨恨过东国。

"毕竟从早年起，导演的心理状态就不太稳定。最后那段日子尤其挣扎，我猜大家都看得出来。好像说是整夜整夜地失眠。"

话虽这么说，可似乎也构不成理由，轻易把我的好友"抛弃”。听了我的质疑，友原一脸有口难言之色，但最终仍坦言：“其实我能理解东国害怕阿基这事。”

对阿基的好友说这种话属实难以开口。友原先把话铺垫在前，又一再道歉，但始终坚持自己的看法。

“阿基的眼神太古怪了。”

起初，她以为是近视所致。听说眼神不好的人用力想把看不清的东西看清楚时，样子瞧上去好像在窥探性地打量对方。不过，阿基不同。

他的目光谈不上锐利。倒不如说，还带点怯意。不过，阿基的眼光里有股“异样的专注力”。况且，“它从不锁定东国以外的其他人”。在那痴痴聚焦东国的双眼里暗藏一股狠劲，“仿佛不只是望着东国，而是要将她整个吞噬”。

“成天被那种眼神笼罩，尤其阿基那样体格硕大的男人，直勾勾地死盯着……”

“这种情形发生在东国和小西好上以后吗？”听过我这么问，友原陷入了片刻沉默，大概是在回忆当时的情形吧。

“不太清楚……不过，我估计是的。但嫉妒小西之类的情绪应该不存在。总的来说，这一类平常人的世俗情感似乎离阿基非常远。反正，他只爱盯着看。看……啊，说起来……”

友原似乎一点点记起了什么。那阵子，听友原的描述，倒也没发生什么扭转阿基人生的大事，但只要与阿基相关，就算再小的琐事，我都得了解一下。

“有一次，阿基送我回家，在我家门外守了一整夜。哦，因为我被痴汉骚扰了嘛，当时有点害怕。阿基这人一向如此，但凡团友遇到什么困难，他高低坐不住，不管什么事，绝对要出手相助。用他的话讲，毕竟大伙儿是一家人嘛。说是这么说，可感觉不是那么回事。他对所有人的关心似乎达到了一种……异样的程度。该说是关心呢，还是什么，他那种超乎寻常的热情……”

友原陷入了沉思。我耐住性子等了一会儿，但看得出来，她似乎没能找到合适的答案。

“对了，嗯，总之自那以后，有一次东国问我：‘你不觉得阿基这人挺可怕吗？一直守在你家门口，这种行为，不吓人吗？’”

友原眼神清澈，但是流露出一抹复杂的意味。应该是一个挺出色的演员吧，外行如我也懂得分辨。尽管如此，在各种主流媒体从没听过她的名字。无疑，演艺圈是一个竞争残酷的世界。

“当时我回答，没觉得可怕呀，有阿基这样的人在身边，心里别提多踏实了。东国听了我的话，神情看起来有点受伤。记得……她嘴里好像念叨了一句，‘看来怕的人只有我’。”

友原的说法留有一线余白，感觉像在暗示我什么，希望我自己破解。于是我问：“以前，东国是不是曾被虐待过？”

友原却一脸惊讶不解地望向我：“怎么会！这种事……我从没听说过。”

能看见一点她嘴里的虎牙。

“不过，东国体格弱小，大概有不少恐惧的体验吧。这种感受真的很普遍。”

红不起来一定是牙齿的缘故吧。望着友原说话的样子，不知为何，我胸中一阵苦闷。

“说来，东国导演有没有要求剧团成员观看《男人的清晨》？”

阿基的日记对这段日子只留有一些碎片化的字句。他只写道：辞掉了剧团。

“呃？《男人的清晨》？”

“是什么啊？”

麻生把阿基推荐给了其他相熟的剧团，为了显示最后一点“家庭温暖”。虽说只出演过两部戏，但对阿基有印象的观众为数不少。有几位负责人表示了把阿基收在麾下的兴趣。然而，阿基的精神状态却受不起这番好意。

首先，原本有好转迹象的口吃又复活了，阿基几乎丧失了说话的能力。原本他的声音就小，现在更是梦游一般，微弱得如蚊子哼哼，连表达自己的意思都要费尽气力。他不敢直视他人的双眼，也畏惧他人的视线，彻底从世界隐去了身影。

最关键的理由是，阿基不愿再吓到东国。在他看来，只要自己发出一点动静，肯定会给东国造成恐惧，结果各剧团不得不相继放弃了阿基。麻生不必说也一样。但阿基的人生仍在继续，他必须活下去。

不得不寻觅新工作。参与临床药物实验，或给大厦当保安之类的选择会让他联想起布拉，只能排除掉。高中时代长期打工的加油站需要高声招呼客人，他也干不来。把便利店门前摆放的免费招聘杂志信手翻了一遍，但阿基最终所做的只是像条流浪犬，在街头四下徘徊。

他选择的游荡地点既非下北泽，也不在昔日和母亲蜗居的老公寓附近，更不在高中或此刻自己的住所周围，而是黑帮痞子和牛郎哥四处出没的风俗娱乐街。一个与他以往的人生不发生任何交集的场所，他既没有探究的好奇，也不觉畏怯，只是漫无目的地向那里走去。

初次迈入这条街的夜晚，阿基以为此处正在举办什么欢乐祭。数不清的路人一个个高声谈笑着，奔自己的目的地而去。小巷里，身穿窄西装的男人站在店门口拉客，音乐放得震天响，一个女声聒噪得好似在厉声尖叫。女郎们踩着高跟鞋步履匆急，鞋跟细得叫人怀疑眼睛。牛郎店外的看板上，帅哥的照片一溜排开，个个梳着同款发型。

来不及胆怯，已迈开脚步。阿基虽相貌怪异，但没有谁多瞅他一眼。人人沉醉于自己的快乐中，对不相干且形貌丑陋的男子没有打量的兴趣。

白日里的街道却是另一番面貌。欲望的色彩大幅度减弱，取而代之的是目光里写满好奇的外国游客的身影充斥四下。配送酒水与食材的业者忙碌地奔走，提醒路面临时停车的指示灯频频闪灭。寂静的街道只余粉色的霓虹灯牌兀自熠熠闪烁，仿佛仍在用力一呼一吸。

阿基最喜欢这里的清晨。

跪在地上大吐特吐的男人；拎着高跟鞋、光脚赶路的女人；等待早间始发电车的年轻人，顾不上挑地方，当街睡得乱七八糟；揽客的西服小哥弯腰弓背地在等出租车……人人身上散发出与动物相近的气息。但此时此刻，本条街最强悍、最霸气的角色还要数真正的动物。蟑螂军团比平时家中出没的品种个头儿巨大了许多，浑身闪着七彩的炫光；老鼠纷纷从背街里巷探出身来，无拘无束地四下踱步，仔细搜寻着头一夜的残羹剩饭；猫窥伺老鼠的动静，狩猎到手后，玩弄一番，再将之优雅地杀死；而老鼠的死尸最终被乌鸦夷平，啄食得干干净净。

阿基走到跟前，乌鸦们也不惊慌逃窜，黑色的眼睛一眨不眨地望着阿基。连死鼠也不例外，一面被乌鸦啄食，一面瞪着阿基。像早年在外祖母家见到的獾或狐狸，凶悍得叫人不敢近前。如今，阿基在都市里又见到了它们的模样。

阿基的徘徊并未结束。每日黄昏，他搭乘电车，有时也会走路前来，一直在街上游荡到天光放亮。

有一种似曾相识的感觉。类似小时候，母亲一发疯，或是对阿基感到惊恐时，阿基便会走出家门，在附近晃悠。彼时的记忆复苏了。但与彼时不同，现在阿基有可以回去的住处，只是住处里没有家人，既没有暴力、痛苦、悲伤，也没有谁的体温。

阿基为什么不联络我呢？

站在人生的岔路口，背负着无以排遣的痛苦，此时应该求助的不正是最好的朋友吗？难道我不算阿基的好友？

但同时，我心里也能理解，阿基大概率不会联络我吧。

他当真是如小狗一般嗅觉敏锐的家伙。或许他早已察觉到我过着与他相差无几的惨淡人生；又或许抛弃了对马克莱宁的追随使他内心有一份罪疚感，毕竟当年是我给他启的蒙；或许阿基原本就不具备“向人求救”的本能。

实际上，那阵子阿基已经丢掉了手机。他支付不起每月的话费，再者，手机本身也会令他回忆起剧团。

反正阿基没有联络我。此为事实。他独自一人徘徊在街头，独自回家，独自睡去。手里的钱当然一日日变少，饥饿的恐惧再度袭来。

凭过去的经验，他懂得，只要能克服这份恐惧，世界就会安静下来。起初，饿肚子的感觉会缓慢地折磨躯体，而后逐渐深刻、锐利，最终变成直贯内里的痛楚。不过，待这股痛感过后，就只剩昏沉的睡意。视野开始狭小，连此刻自己是否饥饿，意识也不再分明。小时候，每当这一刻降临，阿基甚至会感到安心。终于不必再渴望食物了。

不过现在，身为一名成人，他懂得，饥饿的终点会直抵死亡。阿基惧怕死。就算失去了家人，孤零零如野狗一般四处流浪的人生里，死亡依旧可怕。但他也为自己的怕而感到羞耻。对自己“活下去”的欲求感到难为情的同时，阿基发足向着“生”的方向走去。与意志无关，身体向前栽倒下去时，人会自然而然地迈出双腿。这便是属于阿基的“生存轨迹”。

要么在家附近的面包店里讨些准备丢弃的吐司；要么专拣超市临近关门时，去买贴了半价标签的商品；有时他也会在美食广场里到处踅摸客人留下的剩饭菜。有一次，得知餐盘需要自己送至回收处的两名女客拐回座席时，正撞见阿基捧着她们吃剩的拉面猛灌残汤，同时大口嚼着春卷，两人当即发出一声低微的惊叫。阿基抓起春卷夺路而逃，躲进厕所里吃完了最后几口。

家里没有洗衣机。以前他总和团友结伴去投币式公共洗衣房。现在只能在厨房水池，就着细小的水流，凑合着把衣服洗净，再搭在屋里晾干。此外阿基还学会了缝纫，这也缘于剧团里的锻炼。早先制服破了他也不会补，只能拿订书机钉几下算完事。但至少他保持了身体的清洁，像小时候那样，用丝瓜络把皮肤用力搓得通红，有时甚至破皮流血，他也不知停手。

最适合在街头乱晃的日子是下雨天。所有行人全打着伞，视野有限。在雨中，阿基的心情才轻松自在，几乎如一个透明人。他不打伞，只把连帽衫的风帽压到遮住眼睛，敛眉低头行走。

那天也是无数个流浪日子当中的一天。

傍晚时分，天空飘起了小雨，待街头渐次喧闹时，雨势开始转急，时而狂风横冲直撞，将路人手里的伞刮得稀烂。但街上的行人并未减少。不愿被雨淋湿的人努力变换着伞的角度，使得街道比平时更混乱拥挤。

阿基尽量躲着人多的地方走。当然，比起宽阔的主路，窄街、小路或深入背街的里巷更使他感到放松、平和。也就是说，老鼠野猫宜居的地段，阿基也喜欢出入。

如今，比起老鼠野猫之类的“原住民”，阿基自负对这片街区更熟悉。他知道哪条小路里有高矮适中的台阶，可以坐下来歇歇腿脚；哪台自动售货机旁能捡到更多掉落的硬币；想暖暖身子的话，就找个有空调外机的地方待一会儿；想听音乐的时候，就在漏音的酒吧背后来回溜达。

不过那天，阿基头一次发现有块小小的招牌。

招牌位于他往来多次的小路上。不过它高高地挂在楼顶，仅从下方经过的阿基没能留意到它的存在。那天，红色的灯泡恰好不规则地忽闪了几下，引起他的注意，抬头望了一眼。

起初，与阿基四目相觑的是迈克尔·杰克逊。接下来，是查理·卓别林、玛丽莲·梦露、猫王……但仔细打量，每一位又与人物本身存在微妙的差别。尽管如此，阿基还是过了好一会儿才意识到这是一间表演模仿秀的夜店。类似这种店，繁华街上有好几家，但大多立着更巨幅的招牌，以日本名人的模仿秀为看点，什么棒球明星铃木一郎、塔摩利、美空云雀……

他步上楼梯，既没有畏缩，也不觉得有何稀奇。阿基摘下头上湿淋淋的风帽，推开了三楼的俱乐部，“FAKE”的大门。

有一次我划破了手。

血流下来，染红了纸页。

听到动静，我抬头望去，窗外的树梢上，站着只乌鸦。

脸上挂着的神情，好似生来第一次见到血。

有点可爱，但我怀疑它的身份。

连血都没见过，你呀，一定是假扮的吧。

自那以后，我又割过几次手腕。

我自己也明白这么干挺俗套。我瞧不起割腕的人。为了求得他人的关注与同情，给自己整点死不了的小伤是一种卑劣的举动，当中夹杂着几许自我陶醉与自我表演的味道。但实际一操作，我才知道这事和自己以为的在体会上有出入，应该说大相径庭。

我总感觉呼吸困难，好似有什么东西紧紧压迫在喉咙附近。工作的时候，还能勉强忽略。但回到家，一倒在被褥里，立刻难受起来。吸气没问题，可吐出来有些费劲。有时憋得我直流眼泪，剧烈地咳嗽，停也停不下来，甚至怀疑小命会不会就此交待。

每当此时，我就把手伸向裁纸刀。

推出一截刀刃，对准手腕，稍许用力，仅此而已。从刀刃切入的地方，皮肤依序浮出一条细细的红线。这个瞬间，几乎没有痛感。因为刀锋极为锐利。

不过，稍等片刻，手腕开始发热，酥酥麻麻，从皮肉内侧涌起一股搔抓似的热意。会发觉有什么成分正从身体每一片区域输送至手臂。微小的、无数的不明物质，既非我的友伴，亦非敌人，单纯是某种具有生命的活物在体内高速流动。

接下来，我才总算得以呼吸。肺部清空，尽情地喘出一口粗气。吐气，呼气，吐气。原本极为简单的本能，一番折腾终于恢复如常。之后，既没有拍手庆幸如释重负，也没有抽抽噎噎恸哭一场的冲动，只剩寂静。在寂静降临的一刻，我在那寂静中打了个昏沉的小盹儿。

工作时，我会戴一只护腕去公司。起绒面料的护腕是某档节目的官方物料。据说是斩获高收视率后制作的纪念品。去往电视台，所到之处贴满了给该节目"打Call"的彩纸条幅，有一次我听谁说，林导自入职以来，把所有这一类条幅统统拍照留了记录。

手腕的伤口姑且保持在护腕能够遮挡的长度。不知从何时起，左手的腕部有了一股奇异的体感。幅宽三厘米，绕手臂一周的护腕之下，仿佛有什么东西藏匿在那里。如一口深邃的洞穴，广阔漆黑的空间，换言之，几乎好似一个隐秘宇宙。在那里不存在什么答案。即使投以质问，也得不到任何回应。彻彻底底的无益无害，无声无息。也唯其如此，时不时摸摸它，我会感到一阵安心。因为把手伸向它，只是把手伸向它而已。

起初，那伤口简简单单，只是一条皮肤的裂痕。日子久了，徐徐开始隆起，好似从内向外鼓胀出来。终于，演变成一道疮疤。接着，随之袭来的是剧烈的瘙痒。在人前无法摘下护腕，我只能把手指伸进去抠一抠，结果干掉的血痂沾满了护腕。下班回家之前，只能当作没看见。几小时后，抓起护腕猛地抖搂几下，窸窸窣窣掉出一些血痂的碎屑。原来血痂比想象中的有分量，它们不会在空气中飘浮，而是相对垂直地落下。望着它们掉落，我只是望着而已。呼气，吐气，平静无感地望着而已。

这种把戏如是重复了几回后，我见到了远峰。

大学即将毕业那阵子，我便与她断了联系。平日里，随便找个妞玩一玩，或是偶尔与打工地方的前辈出入夜总会等风俗场所，渐渐地，与她联络的次数越来越少。大学时代的生活比起现在还算多姿多彩。打工收入按照时薪计算，但凡加班，必有相应的酬劳进账。

公司里，日常多有快递送来，会有年轻的男子或女子手脚麻利地三下两下拆开纸箱。皮肤裹着一层透明的细汗，闪闪发亮，但绝无汗臭，恍惚一个瞬间，能望见手臂上肌肉如山峦般隆起的线条。我猜，或许这当中也有勤工俭学的实习生，和曾经的我一样。

从前，我接手过几次给此类制作公司搬家的活。当时，我并不清楚这帮人具体干些什么。不过，电脑、剪片设备、摄影机等全是些死沉的器材，我最讨厌接这种项目。负责监督搬家流程的事务所男职员浑身散发着异臭，双眼浑浊赤红，见我动作利落地抱起大件物品，来了句：“小哥，平时没少吃肉吧？”

此人肚皮上肉眼可见层层的赘肉，牙齿沾了烟渍，脏兮兮的。嘴角翘起，大约是在笑吧。但看起来全无笑意。

我时常会对身体来一番自检。平日里自行车通勤，外加从事一些搬进搬出的工作，拜各种体力劳动所赐，双腿手臂还算略有肌肉。不过，腹肌线条早已消失，总感到腰痛便是证据。靠小腹仅存的一点肌肉实难支撑。试着狠狠收腹，太累了，立马放弃。光是这样已差点儿断气。

当年的我体格精壮、健美，轻易便可搬运无数货物，狠狠碾压那些神疲体乏的成年人。兜里虽没几个钱，却也不缺女伴。在这样的混沌生活中，我对远峰渐渐有了一份罪恶感。

当然，我和她之间并没有承诺过什么未来，甚至我从未向她表白过心迹。但我始终认为，自己与远峰心心相通。在彼此内心深处有一份默契。同时也相信，哪怕多年未见，留在我们之间的仍然只有真切美好的回忆。

我不愿自己肮脏颓废的姿态被远峰看在眼里。即使浑身裹满欲望的泥垢，我对她也持有一份禁欲式的情愫。这个将远峰逐日淡忘的我决计不能被远峰知晓。自然而然，我开始躲避与她碰面。从一切与她有关的事情上逃开。

如今，再度与她取得联系当然也有我的理由。

某天，我在剪辑房剪片子时，有个导演前辈走了进来。剪辑房有不少隔间，大家各自分头作业。有时，会与其他制作公司的人见个面，聊聊工作上的话题，或在茶话间里开一些简单的碰头会。

“抱歉，想借你这儿预览一下片子，其他隔间都满了。真不好意思，可以吧？”

说是想检查一遍自己经手的节目内容有无错漏。

“行啊。”

我让出位置，正准备走出隔间，被前辈喊住：“马上就好，你在这儿稍等一下。” 我恰好打算去个洗手间，听到这话也不好往外走，便在前辈身后坐了下来。

前辈播放的画面是我们负责的一栏资讯类节目插入的VCR特辑，话题是关于家庭主妇利用闲暇时间在社交网站发表自己创作的漫画，人气急升。节目一共采访了三名主妇。前辈点开快进，跳过了第一位。该作者貌似采用二十世纪五十年代至七十年代流行的黑白写实“剧画”笔法，描绘了日常育儿生活的种种体验。轮到第二位时，前辈暂停了画面，似乎打算确认字幕中受访者的名字。

“这名字真难念啊。”前辈嘟囔了一句。确实，几个汉字本身并没有难度，但不标注假名的话，会读不上来。这人名叫天屯阿津佐。

“感觉……是个家世显赫的姓名啊。”

“我说是吧？她家那房子才叫深宅大院呢。谁看了也会嘀咕，啥豪门贵胄啊，能在东京置得起这等豪宅。这样的出身门第，平时随便玩玩，画几笔漫画，谁知还在网上爆火了，恐怕画不长吧。”

“这人的漫画有意思吗？”

“啊，嗯，还蛮有意思的。呃……TAKAMICHINA，OK，注音对着呢。”

前辈刚要切换画面，我想也没想就拦住了他。

“嗯？”

“啊，不好意思，莫非她……”

“你认识？”

“不，这人……”

我不认识。不过，我认识她的漫画。

是远峰的手笔。那部全学年人气超高的，远峰的作品《日常记趣》。

不过，此人并非远峰，而是一个名叫天屯阿津佐的主妇。就算结婚随了夫姓，也断不可能是远峰。

“不好意思，看错人了。”

“还说呢，瞅你一脸憔悴的。唉，不过这也是咱们这一行的常态。”

前辈离开以后，我把片子偷偷回放了一遍。而后，找到天屯阿津佐的漫画部分，拿手机拍了下来。确认视频存档完毕，开始在网上检索天屯阿津佐这个名字。搜不到人脸的图片。估计刚才播放的VCR是此人在公共平台的首次露面。

浏览了一下用图片检索功能搜出的漫画，内容描绘的多是她日常邂逅的有趣人物，以及与家人共度的碎片时光。但不管怎么看，全部是远峰的笔触。决定性的证据是她在刻画自己老公时，习惯使人物超出格子之外，时不时还会飞出纸面。许是体型硕大的缘故？但毫无疑问，这种技法正是远峰笔下对阿基的表现形式。

突如其来且久违的联络使远峰大感惊讶。

“哇！好久不见，你还好吗？”

从回复的速度以及措辞来看，远峰似乎并不反感我的冒昧，我心中涌起一阵激动。考虑到准备跟她聊的内容，这份雀跃虽显得不合时宜，但我实在难以按捺。

互相寒暄了几句近况之后，我鼓起勇气发出邀请：“能否见个面？”假如远峰拒绝，只要解释清楚本次的事由，我猜，她多半就能理解我约她出来的意图了吧。

她几乎是秒回了消息。

“当然可以！”

旁边正用电脑检索资料的田泽往我这边瞟了一眼。

“怪叫啥呢？”

看来不知不觉间，我发出了激动的声音。

见面约在三天以后，是节目播出的前日。远峰选了一个下午出勤的日子，早九点，在涩谷喝茶。我本打算在公司的沙发上小睡一觉再赴约，可翻来覆去也没半点困意。担心自己体臭熏人，我找了一间二十四小时营业的咖啡网吧，在淋浴房里洗了洗头发和身体。捯饬清爽以后，又开始操心衣服会不会有汗味，再次找了一个二十四小时营业的量贩店，买了身内衣裤和休闲长袖衫换上。鞋子虽也邋里邋遢，但也能凑合。最终我一眼未合，朝着约好的地方赶去。

远峰选定的见面地点在涩谷东急百货总店附近的星巴克。虽然已经过了早高峰时段，但店内依然拥挤，坐满了上班族打扮的男子和年轻学生。

我看见远峰坐在最深处的位子，正专心读一册文库本小书，并没留意到我的出现。趁这工夫，我先点了一杯冰咖啡。在等待取咖啡时，我刻意没去看远峰。

“好久不见。”

远峰昔日的长发剪短到了下颌线位置，越发乌黑明亮。脸上没有艳丽的浓妆，指甲也干干净净，未涂任何颜色，身着一件V字领浅灰色针织衫。

“好久不见。”

远峰面前放了一只马克杯，不知是咖啡拿铁还是红茶拿铁，总之里面盛满褐色中泛着乳白色的浓浊饮料。

“你真的一点没变。”

听了我脱口而出的这句话，远峰绽放出笑脸。

“那你呢，变了？”

这话是在挤对我呢还是怎样？我摸不清她的意思，有点慌神，努力回忆和远峰最后一次碰面时自己的模样。但远峰抢先回答了我的疑问。

“以前你不是挺瘦高挑的嘛。”

“什么话，意思是我胖了吗？”

“哪儿啊，是说现在你变强壮了。”

“嗨呀。”

我的喉咙发出一记怪声。说起来，远峰没见过我当年白天黑夜干体力活，锻炼出一身腱子肉的模样。在她的记忆中，只有高中毕业前夕，那个丧父后无依无靠的脆弱男孩形象。

“能进电视行业，你很厉害嘛！”

“厉害啥啊，都三十三岁的人了，到现在还没独立制作过一档节目呢。”

“快别提了，我可是跟你同龄呢。”

之前在短信里，我们已了解了彼此的工作。远峰离开之前的公司，跳槽去了另一家连锁酒店，不再干客房服务，而是升职到了前台。如今外国游客日增，据说她正在学习中文。

“把英语甩了，开始学中文啦？”

“虽说酒店也有英语圈的客人，但中国游客占大多数，所以咯。”

“说一句听听呗。”

“才不呢，难为情死了。”

“求求你了。”

“那好吧……‘有什么我可以帮你的吗？’意思是，需不需要我的帮助？”

一个悦耳的声音。远峰口中吐出的中文音节何其动听，令我想把它们永远珍藏在耳中。

“说得挺棒嘛！”

“哪儿啊，你又听不出来对不对！”

远峰仍像从前那样爱笑，认真地望着我的眼睛，听我讲话。

我与她只隔着一张圆几。而我的身体却阵阵发烫，是这些年来从未有过的暖意。被远峰碰触过的部位不断涌起热流，虽说她只是不小心踢了我一脚。回想起高中时代自己的身体，我只觉得不可思议：彼时青春的肉体，多年来，居然仍毗连着、牵动着此刻这具身躯。

如果什么破事也没发生，与远峰静静度过此刻，那该多好；又或者，说不定远峰早已知晓了那件事？莫非，天屯阿津佐和她一直有联系，因为受了她《日常记趣》的影响，希望把平时练笔的小画当成作品发表，并征得了远峰的同意？如果两人之间对此早已取得共识，我的疑虑只是杞人忧天，那么此刻便可以温暖地度过一段美丽时光。远峰会笑笑说："不必担心。"而我也会安心地一笑了之。

"说来……"远峰开了口。

"嗯？"

"今天，怎么忽然约我出来呢？不是说有话要讲吗？"

"哎呀，这个……"

"不好启齿？如果没什么特别的事，就当我没问。"

"嗯。嗯嗯。"

"莫非……你要结婚了？"

"才不是呢！是那个，天屯阿津佐！"

"哦？"

"你认识天屯阿津佐吧？"

有一瞬间，远峰脸上现出思索的神情，似乎没什么头绪。

"哦，我猜，也许天屯是结婚之后的夫姓。所以，此人应该是叫某某阿津佐。我对她一点印象也没有。"

"线索也太少了吧。"

望着远峰的笑脸，真不愿给她看那段节目画面，但我不能退缩。我掏出手机，点开那段偷录的视频。

"这是我一位前辈制作的节目录像，所以千万不要泄露给旁人。"

远峰笑了笑："手机屏都裂成这样啦？"她戴上我递过去的耳机，因此无法判断她具体看到了哪个画面。时而，她会轻轻点评一句："搞什么，你在偷录吗？""好大的房子，超级有钱人吧？"随后抬头看看我，脸上挂着笑意。但她有个嘴角下沉的瞬间。我知道，她刷到了"那一幕"。所以，远峰对天屯漫画的事一无所知。

她凝视画面，脸色严肃。我无意间一垂头，手上的护腕映入眼底，瞬间一股冲动袭上心头，恨不能把它狠狠揪下扯碎。

"这个女生，我高中时跟她同班呢。"

还给我的手机，画面停止在那一幕。

“你有印象？”

“嗯，我记得她。现在这样的姓很少见呢。高中那会儿，她叫坂根阿津佐。”

“坂根……我不记得有这个人。”

在说“我不记得”四个字时，我刻意加了重音，希望借此表达自己对坂根的蔑视。一个谁也没印象的、不值一提的贱人。不过，远峰并没领会这份无聊的小心思。

“我和她同班了三年呢。我记得……是漫画部的成员。”

“漫画部？当年还有这么一个社团呢？”

“有啊！是个有四名成员的小社团。他们给我发过邀请，不过我拒绝了。”

“这样啊。”

“是个好女孩，人特好。”

我以为远峰看了视频会表现出一些抵触情绪，比如，“什么玩意儿！”“怎么回事？”之类的疑问。我先对此做出解答，而后两人再商讨对策不迟。就算不搞什么起诉对方的大动静，至少也该向世人曝光，天屯这些作品是在模仿他人早年的旧作，是借此沽名钓誉。

再不然不曝光也可以，至少我希望远峰能表示一点愤怒。在我面前，流露出气恼、悲伤的情绪，给我看看她从未坦露的另一面。

然而，远峰的神情，仿佛只是在回忆什么美好的往事。嘴角扬起，微微眯起眼睛，甚至像在怀念逝去的时光。

“小佐她……衣着很优雅、很考究嘛，感觉还化妆了是吧？看起来真靓丽。”

“……人家上电视呢，但凡打声招呼，肯定有化妆师给打理。”

“专业化妆师？”

“对。”

“原来如此，真好啊！”

远峰杯里的红茶拿铁（不是咖啡）和我的冰咖啡早就见底了。但我们都没有起身的意思。我使劲嘬着杯底残余的冰块。

“我觉得……”

“什么？”

“我觉得很不爽。”

“不爽什么？”

“什么？当然是……漫画啊，明明是远峰你的作品啊。早已超出了模仿的程度，几乎就是照抄你的原作！”

“嗯……怎么说，是有相似的部分。”

“岂止是相似！这里，她老公？根本就是你笔下的阿基好吧！”

“阿基！好怀念啊，现在他好吗？”

“别，我要说的可不是这事。”

“那是啥事？”

远峰面带笑意。

难道她不会不甘心吗？自己的画作被别人剽窃，而那人还摆出一副原创的嘴脸，居然上了电视。甚至在节目里说，天屯阿津佐平时身为主妇，还不忘抽出闲暇时间进行创作。

“虽说有点相似，但这已经属于小佐个人的作品了，不是吗？”

“哈？”

“确实有相似之处。没错，分镜的方式之类的或许有点像。”

“我不是说了嘛！没什么或许，也不止相似。”

“嗯，就算你说得对。可小佐描绘的是她个人的日常感受，把自己的生活画成了作品，那它就是属于小佐呀。”

我试图探究远峰的真实感受。紧盯她的双眼，想找到最深处隐藏的情绪。然而，那对眸子里没有丝毫动摇。

“你啊，到底为什么！”

“哦？”

“干吗这样好脾气？”

“呃，什么好脾气啊，我没有！”

“就是好脾气。太为别人考虑了。你向来如此。”

“向来？”

“向来。从高中那时候起，你就一直这样。”

“怎样？”

“我从没见你跟人生过气、红过脸。”

说到这里，我记起一件往事。高中那会儿，我问在加油站打零工的远峰：“你不能打份别的工吗？”

当时她一边干活，一边发愁身上染有汽油味，我才跟着瞎操心。谁知她当即甩我一句：“这里时薪高。”

我从远峰身上捕捉到“怒气”仅有那一次。

彼时的我是普普通通高中生一枚，既不曾体会过生活的逼迫与敲打，也对家中入不敷出的境况蒙在鼓里。贫穷的人没有拣择的余地，无法像普通人那样挑选自己喜欢的事，屏蔽自己不情愿的事。而我对此一无所知。心安理得地花着父母的钱，按部就班地上学念书，享受着侥幸获得的特权，且对“人人皆有选择”深信不疑。如此蒙昧的我激起了远峰的怒气。

“这里时薪高呀！”

但是，见我露出畏缩的神情，远峰当即原谅了我，原谅了不能理解她境遇的人这份没心没肺的无知，甚至展颜一笑：“反正生活好歹过得去啦。”

我想起当时远峰的笑脸，至今仍感到自己可耻、可鄙、令人作呕。彼时，我是一个不谙世事的浑小子，什么都不懂。但今天，我懂得了远峰的心情。不，我依旧不懂。她为何不生气？既不像在强压怒火，也不像早已死心，只是一脸淡然与平静。

“我从没见你发过火。”

“啊哈哈，我也发火的呀！在职场上，天天有生不完的气。”

“我不是这个意思。怎么说呢，发火属于人之常情。我是指……憎恶？怨恨？反正我从没见你恨过、怨过什么人，即便此时此刻。”

“此时此刻？”

“这次确实属于不可原谅的抄袭事件了吧？天屯？坂根？虽说我不认识对方，但此人当真剽窃了你的作品。不管你怎么解释，也是无可辩驳的抄袭。偷了东西还受人追捧，住在大豪宅里……换了我，决不饶恕这种事。”

“你不冷吗？”

“啥？”

“喝这种冰咖啡。抱歉，这会儿才问。但不会太冷吗？”

“哦哦，哦哦。这个……是我的怪癖。”

“怪癖？”

“我一向喜欢点可以三口两口马上喝光的东西。”

“因为工作的关系？”

“太烫的饮料没办法一口气喝完，而需要花很长时间才能端上来的也不行，大概形成了惯性吧。还有……”

“还有？”

“刚才，我一直有点紧张，嗓子渴得厉害。”

远峰扑哧一下笑出声来。眼睛愉快地眯成一道细缝，俏皮地皱起鼻子。如此轻松的时刻，我心里却绷着一根弦。

“要不要倒杯水来？”

“没关系。还有冰块。”

“哈哈哈，你真像个小学生。我自己也想喝啊。”

远峰起身接水去了。远远望着她一脸认真地往纸杯里斟水，忽然我恨不能原地消失，类似刚才想撕碎护腕的冲动。

回到座位的远峰抿了一口水，我感觉她只是微微润了润嘴唇。我知道，她有话想说，重要的话。

“我这人吧……”

也许远峰在同情我。三十来岁的大男人被她的举手投足迷得神魂颠倒，战战兢兢。在她眼里，恐怕挺“可怜”吧。说不定，她身边不乏我这样的倾慕者，个个撒欢儿卖萌，渴望讨她欢心。

“家里一直穷得叮当响。穷得用‘穷’这种字眼不足以形容。真要命啊，冬天家里冷得几乎与户外没有区别，可以说四处漏风。老鼠随随便便往屋里钻，可不是一只哦，而是好几只到乱窜。野猫在后面追着老鼠跑，打横从屋里穿过去。在旁人眼里，恐怕这里压根儿不像人住的地方，可怕不？

“我妈不在了。对外人，我总说是死了，其实是跑了。也不知为什么，我爸从不告诉我。我爸人还不错，就是手残废了，工作全都干不长。不知怎么回事，三天两头给人家哈腰赔罪。

“我有个小我两岁的弟弟，一直有点精神方面的问题。要么不愿去上学，要么去上学就挨欺负，同学说他衣服臭、头发脏之类的。我也尽力把衣服给他洗得干干净净，头发仔细帮他梳整齐，但当年我自己还是小学生、初中生，能做的事情非常有限。再加上穷人嘛，挨欺负也不是真的因为脏啊臭什么的。比起实际的脏和臭是大家心里认定的，穷人肯定怪脏的吧？肯定臭烘烘的吧？一旦有人得知我家的情况，就算弟弟收拾得再干净，穿得再整齐，也终归是个穷孩子。单凭一个‘穷’字，人人就都可以随意欺负。

“记得上中学那会儿吧，我没有便当，午休时间就一直在教室里埋头画画，摆出一副沉迷绘画的姿态。倒也不是真的带不起便当，只是要么只有白饭，要么只有几片海苔拌饭，我心里觉得难为情，又不愿因为羞耻而躲起来偷偷吃，索性不带也罢。连喝水也让我别扭，不希望被人以为我是肚子饿，靠喝水来充数。若是哪个孩子好心来问，远峰你不吃午饭吗？我就气得要命。如果谁提出要不要一起吃便当，我会更恼恨。

“在我看来，这叫自我意识过剩，属于被害妄想症。嗯嗯，我确实这么认为。同学们明明是一片好心，也许真的替我担忧，才来关心几句。肯定是这样。只怪我心理太拧巴，性格太扭曲，做不到坦然接纳别人的好意，觉得人人都瞧不起自己，是我任性地把大家的善意拒之千里。

“可是，回头想想，我干吗非得这样给自己洗脑呢？

“因为我也渴望不加猜忌地去相信同学们个个出于好心，相信自己并没有被任何人轻视，相信这个世界是善意的。可是我身处的环境没有给我一颗能够如此感受的心啊！我不在对所有善意都能不假思索坦然接受的世界里啊！

“有时饿狠了，肚子就会咕咕叫。我觉得羞耻，总是使劲绷紧肚皮。所以如今哪怕再饿，我肚子也不叫了，只会一阵阵抽痛。其实肚子叫就叫嘛，顶多尴尬地笑笑就完了，可是在我心里，始终没有这份轻松感。

“那时我心中满是恨意，也不知到底在恨什么，总之见谁恨谁。恨好心的同学，恨老师，恨父母，恨全世界。可难道不对吗？这世界如此不公。并非我出于自愿选择了眼前的环境。同理，其他人也是出于偶然，恰好生为有钱人，就算不怎么有钱，也能坦然地读书，至少吃得起便当。他们生活在一个可以替没有便当可吃的孩子担心，并殷勤表示关爱的世界里，可以尽情做个心怀善意的好人。他们安然置身其中，仿佛一切本该如此。

“凭什么啊！

“不过，后来我才得知，自己的亲戚过得更惨。我的伯父家里同样穷苦，总之是一贫如洗。当年他给我爸的债务当过连带责任保证人，所以催债的家伙三天两头上门骚扰。

“这些都是堂姐告诉我的。一个大我两岁的姐姐，名叫阿也。没读过高中，是个实打实的不良少女。十五岁就在背后文了大片青面獠牙的般若刺青。厉害吧。不过，文身的钱是打哪儿来的呢？那玩意儿应该很花钱吧？

“我曾被阿也狠狠揍过一顿。她特意带着痞子男友找上门来，说她家之所以那么贫苦，都是我爸害的。可不是扇巴掌哦，而是拳头伺候。手上还戴着指虎。听说过吧？就那个……打架的时候，套在指头上的金属拳刺。从前只在漫画里见过。用那玩意儿给了我一拳啊。惨不惨？所以，我左侧的后槽牙至今缺着一块。

“当时我疼得死去活来，还大受震撼。可仔细想想又觉得她说得倒也没错。

“我没有恨任何人的权利。

“原本就是如此。世上有人比我过得更惨，我不该恨这恨那。

“后来，我想通了。恨就代表输了。谁心中抱着恨意，说明谁站在弱势的一方。

“强者谁用得着恨呢？正因为是弱者，身处于弱势，才会心生怨恨吧？

“之所以没办法相信来自他人的、周围世界的善意，是因为此人内心太过脆弱吧？

“其实，阿也也一样啊。在周围人的眼里，她一定很可怜吧。没办法相信他人的好意嘛。谁伸出关切的手，也会被她推开。因为内心脆弱嘛。我觉得这太可悲了。

“有恨就意味着落了下风。去恨这个世界就彻底输了。我不甘心。原本就不公平，难道还要变本加厉，打一场注定的败局？我不干。凭什么我非得总是站在接受好意的一方？

“从那以后，阿也再没出现过。听说她怀孕了，嫁给了黑道混混。那明明是欺负过、威胁过自己的人啊！奇怪不？可是我猜她一定也想变强吧，希望站在强者那一边。虽说那样做不等于真正的强大。

“我开始把笑容挂在脸上。

“决心再也不恨任何人。

“我不希望人家认为，我没有母亲，父亲失去了工作能力，弟弟受人欺凌，于是躺平在家，所以便对世界心怀憎恨。

“当然，不管身处怎样的境遇，不必像我这样时刻警醒、扎好马步气沉丹田，也能做到从不怨恨的人肯定存在。我知道，他们很厉害。

“不过，我反正要咬牙坚持，要全力以赴。

“我不是一个温柔的人。但我谁也不恨，要力争保持笑容。

“因为我不想输。”

远峰的声音和从前一模一样，低沉，有些微沙哑，是她一贯的嗓音。好想听她再说几句中文，听听那美丽的音节。

“这是属于我的战斗方式。”

一旦冒出这个念头，我便无法按捺：我妒恨那些异国的游客有机会聆听远峰温柔的声音。

还没告诉出租车公司母带已经找到。不知现在李君怎样。

数日后，我打开脸书瞧了瞧，天屯阿津佐的话题已成热点。

起初，清一色是赞美，“上了电视”“画得好棒”之类的。再后来，几乎人人都在痛骂她剽窃了远峰的作品。最终这股势头蔓延到推特，在天屯的账号下炸开。有人甚至把帖子汇编成专门的网页，晒出了她的毕业照，连她家的地址也被标记了出来。

远峰在脸书上发了一条评论："我不觉得自己被剽窃了。在我看来，天屯的作品十分出色。"

但那时，天屯已把脸书、推特的账号全部锁掉。

FAKE是一间不走寻常路的酒吧。

此类夜店通常会上演一些模仿秀。客人喝酒的同时观看表演，并为此打赏是为人所知的普遍模式。艺人个个是此中高手，善于模仿各种名人的歌声，提炼人物身上最具趣味性的典型特质，以此制造“笑果”来逗乐观众。但在FAKE，仅仅是一群装扮“酷似”某名人的酒保在吧台调酒而已。没有卖艺耍宝，也不奉上表演，倒是有人能模仿唱歌。但大多数仅限于造型相似，或刻意照猫画虎。单凭这一点，便可在FAKE谋个差事。

例如，周一和周三夜晚，站吧台的是“耶稣基督”和“美国前总统约翰 · 肯尼迪”，两人的扮相也算像模像样。“耶稣”头戴长长的假发，蓄着胡子，身上裹着白袍，即使在冬天也打赤脚，或踩一双渔夫凉鞋亮相。“约翰 · 肯尼迪”穿一套复古款西服，脸上挂着自信满满的笑容。不过也仅此而已。“基督”并不示现什么神迹，“肯尼迪”也不发表具有煽动力的演说。

周二夜晚的“涅槃乐队主唱科特·柯本”外形倒是惟妙惟肖，但从不开口唱歌，只会拿眼神意有所指地望着客人。同日里负责站吧台的还有“猫王”，虽说挺会扭着屁股唱歌，但个头儿太小巧，说是小矮人也不过分。

至于周四晚间的“饶舌歌手2PAC”，说唱是不可能说唱的，而跟他搭班的“奥黛丽·赫本”也并非《罗马假日》或《蒂凡尼早餐》里青春貌美的模样，而是多年以后，身为人道主义活动家游访各地时的形象。

造型方面的卧龙凤雏登场于周五晚。“阿道夫·希特勒”与“约瑟夫·斯大林”会晤一堂，但两人的沟通能力实属差到令人幻灭。

所有模仿皆品质低劣。艺人统统说日语，最多也就属于角色扮演的程度。不可思议的是，客人却并不见少。多数是来随便逛逛的生客。当中也有些熟客，但基本以男客居多，全都安安静静地喝酒。

店主则不像任何人物。左耳烂得只剩个耳朵眼；目测年纪五十开外或七十朝上；很少到店里巡视，谁也不清楚他住在哪儿，大家都叫他“乌头”。和他开的店一样，总之是个叫人捉摸不透的存在。至于他为何雇用阿基，也是FAKE近来的一个新谜题。

话都说不利索的阿基好歹把马克莱宁给描述清楚了。乌头当场打开手机，搜出了马克莱宁的照片，看完后点点头，仅此而已。

乌头有他自己的一套用人标准。首先，外形与某名人相似，哪怕自称相似也可以；其次，该名人需是外国籍，以此为由，东条英机惨遭淘汰；最后，名人必须已经过世。以上便是雇用条件。也就是说，该店不会有Lady Gaga和麦当娜。

阿基的加入说明了一点，即模仿对象“不怎么著名也OK”。总之，乌头是个脑回路古怪的家伙。大家都这么认为。别看他一身打扮邋遢又寒酸，但手里绝不差钱，所以才会异想天开，搞了这么一家店出来。

阿基打着马克莱宁的名头来这里上班，作为马克莱宁的山寨版站在店里。话虽如此，乌头并没有把他安排在吧台，而是杵在一张四人位的圆桌旁，客人来了，他就负责端酒倒水，清理客人的呕吐物。除此以外，还承担了打扫厕所、清洁下水道、驱虫灭鼠、采买物品等一切杂务。谁也不清楚阿基模仿了谁，但显而易见，是一个形貌怪异的男子，于是大家很快习惯了他的存在。反正这是个“画风奇特”的夜店。要是样样事都抱着疑问，那就会没完没了。

这些人统统不愿透露自己的真名，坚决不以“真实面目”示人。大家不管上班或下班，都会躲在洗手间里换装、卸妆。至于“2PAC”，由于本身十分肤白，所以会涂抹褐色粉底。每个人都害怕“一身装扮”地走出店门，要么被路人指指点点，调戏挖苦；要么更严重时，被什么人暴力相向。在这条街上，这属于常有的事。

他们对自己的胆小神经质，对“真实面目”深感难为情。因此没扮装的时候，尽量避免互相打量。唯有置身店堂时，他们才落落大方变身成功，可以亲密地彼此观望。而老板乌头貌似对他们当中的任何一位都不感兴趣。换句话说，就算来到店里，乌头也不关注任何人。

阿基重新做回了马克莱宁。将深泽晓远远驱逐，也一并丢掉了深泽晓的说话方式。实际上，他几乎已彻底失语。他模仿马克莱宁的一举一动，学马克莱宁说话，甚至终于开始暗记剧中的芬兰语台词。

阿基在剧团时，也就是手头还有点余钱那会儿，为了反复观看《男人的清晨》，购置了一台电视录像一体机。在下北泽的中古电器店，花四千元入手的显像管型老电视基本属于破烂，但对阿基来说却如获至宝，宛如联结他与马克莱宁的一束灵光。

阿基一遍一遍反复重刷《男人的清晨》，直刷到磁带磨损。别看马克莱宁的角色沉默话少，这毕竟是一部时长超过两小时的作品。暗记所有台词是件难度极高的事。但阿基对此拿出了异乎寻常的专注力。

好不容易背会的芬兰语，却极少有机会在人前展示。店里的工作不要求阿基多开口，基本上也没人跟他搭腔。就算有谁发话，也不过是“拿杯水来”或“把这个端过去”之类业务上的吩咐。这也意味着不需要阿基给出什么长句的答复。

阿基像没嘴的葫芦，只在心里默默地用芬兰语回答“好的”。结果惹恼了一些客人，斥责他“不懂回话”。阿基的角色仅作为一个“古怪的家伙”而存在，绝无任何出格举动，当然不可以伤害谁，也不能吸引谁。一旦他主动做点什么，就会提心吊胆。他不愿吓到任何人，也讨厌恐惧的感受。

不知从何时起，他在家中也开始闷不作声。再怎么卖力模仿，自己的声音也不可能和马克莱宁如出一辙。所以阿基只对口型，嘴巴一开一合，但绝不发声。

阿基的时薪低到跌破东京平均工资的下限。每月末从乌头手里接过一叠纸钞，缴完房租、水电、燃气费，便所剩无几。当然，这已触犯劳动基准法，但阿基原本就对法律没有任何概念。生活毫无起色，依旧极度困窘。阿基在厨房水池里洗衣服，用丝瓜络擦身子，踅摸陌生人的剩菜剩饭，不得不以此维系生计。

隔壁住户是一个女人，和阿基一样早出晚归。剧团时代，阿基没机会注意到她，多数时候阿基都不在家，就算在家也睡得好似一摊烂泥。

没见过女人长什么样子，仅从隔墙听见的声音想象不出她多大岁数。不过，邻居是一个女人，且毫无疑问日常性生活挺丰富。至于床友是一个人还是一个班，则不知其详。男人大抵是在呻吟，间或说一两句什么，也含糊听不分明。男伴们的嗓音不像女人那般具有穿透力，可以突破墙壁直达耳底。

对于偷听女人的声音自慰，起初阿基还有些顾忌，觉得未免失敬于人。再者，想到万一被女人察觉就太可怕了。他时时留意，别在走廊或门外与对方撞见。若是被女人知道隔壁住着自己这样的人，日常连叫床的声音也被偷听了，恐怕对方会吓得发抖。

但终究欲望难以抵御，身体会自动被女人的声音唤起，手不由自主地朝股间探去。

记忆中，母亲应该从没带过男人回家。平时在家里，她要么一个人睡，要么在阿基还小的时候会把他搂在怀里一起睡。但为何阿基能如此清晰地回忆起母亲的声音呢？印象中，母亲曾这样高声呻吟着恳求什么人："杀了我吧！"

一想到往日的事，阿基便头皮发紧，犹如被一把老虎钳上了紧箍咒。痛到难忍时，便去扯自己的耳朵。但那痛感并不罢休，疼得他死死揪住耳朵蹲下去半天站不起身。好多次，他甚至想，要是没有这对耳朵该多好，恨不得将它们扯碎。

事后的擦拭用的是他在美食广场拿的餐巾纸，平时擤鼻涕、打扫家里，他都拿这个对付。街边派发的免费纸巾质地太稀薄，况且每次经过，对方往往也不搭理自己。纸巾这东西多数是女性或者说年轻女性才能拿到手。

从隔壁屋时常传来擤鼻涕的声音。女人一天到晚老是咳嗽、打喷嚏、擤鼻涕。每当这时，阿基就会竖起耳朵细数咳嗽的次数，辨别喷嚏声的变化。听到女人擤鼻涕，就在心里默默期待，但愿女人能用贵一点、柔软点的纸巾。

"感冒老是好不利索呀。"

有一天，阿基听见女人抱怨。但没人应声，估计是在和谁通电话吧。

“差不多一个月了吧？说不定更久。”

女人口音浓重，但阿基搞不清是哪里的方言。

“喝了呀。该喝几片人家也不清楚。”

“对呀，喝完睡得死沉。效果好是好，但最近也不咋管用了。”

“欸？”

“叫啥 Precol 缓释片。”

“知道啊，一喝老犯困。”

“哈哈哈，说啥呢，那我可不干。你呢？”

“骗谁呢，那玩意儿咋的了？在卡拉OK包间找到的？”

“啊啊，那玩意儿可使不得。”

“少说这话。”

“那还不是上年纪了嘛。”

“啊啊，那东西是肌肉吧。”

“哈哈哈哈哈。”

“吓人呢。你多大岁数了？哈哈，我都忘了。”

“对呀。也干不了几天喽。”

此处有咳嗽声。半天停不下来。

“抱歉抱歉，真要命，止不住。” 咳咳咳。

“我挂啦。抱歉。”

咳咳咳。

“嗨，回见！”

阿基把耳朵贴在墙上，唯有这样，才能忘记头痛。

太累的时候，我就让自己安安静静地待着。

不必躺下，站着也行。

让心平静，祈祷自己消失。

有时会成功。

我不再存在。

但，只剩下（*字迹不明*）。

唯有它不肯消失。

我屏住呼吸。

尽量不被发现。

屏住呼吸。

阿基选择了一种“无害”的活法，既不危及任何人，也从不得罪谁。这是属于阿基的生存术。

我所在的电视行业里也有阿基这样的“无害”人士。彻底放弃了思考，把交代给自己的事按部就班干好，决不发一句怨言，遇到委屈不公也不视其为委屈不公，尽量不发出动静，抹除自身的存在感，只作为一具人形立牌，在场而已。但我无论如何做不到。

干好了交给我的工作，也从不发牢骚。但不合理的事，怎么想也不合理，更不能忍受别人视我为空气。有人骂我“狂”“傲”，这与刚入行第一年时前辈对我的评价，意思可不一样。

头一年的“狂”包含“有骨气的家伙，不向前辈献媚”之意。也就是说，带有几分赞许的褒义。但如今则意味着“没什么拿得出手的正经成果，只剩心高气傲”。因为大麻惹出的娄子而不得不重制替换的VCR时，林导曾亲切地指导我：“你小子哈，也许挺拿自己当个什么人物。可说实话，根本屁也不是，OK？三十大几的人了，啥成绩也没干出来，不堪大用，只是个碍眼的废物。”

起因是怪我不该把南瓜整个地摆出来。

进入正式的料理拍摄前，预定先拍一些食材的中插画面，就是在演播间的嘉宾互动间隙穿插一些花絮类的影像。例如采访地的建筑外观、料理的镜头等，大多包含说明性的元素，再搭配旁白使用：“今天本节目将邀请嘉宾使用以下食材制作美味的料理！”通常要求把食材拍得让人垂涎欲滴，恨不得拿镜头深情地舔上一口。

当日一大早，我便一头扎进演播室，为了卖相美观，把各种食材在篮筐里摆得漂漂亮亮。然而，唯有南瓜君不允许囫囵摆放，必须事先对半切开，设置成切面朝外的状态。

“南瓜有点扎眼，会不会是因为太大了？”

摄影师的一句话，林导转头瞪向我。

“我真是求你长点心好吧。”

对于这种事，之前谁也没交代过一句。但作为一名“有眼力见儿的助理”，据说应该自觉办到。

于是，我不得不切好南瓜，重拍一遍中插，让嘉宾艺人在一旁待机。在这期间，林导站在我身畔，一直在我耳边碎碎念：“真是没用的东西。”

“对不起。”

“你多厉害啊！一边说对不起，一边毫不掩饰地释放不情不愿的怨气。反正怎么也不能承认自己的无能，是吧？世上还真有你这种货色啊。其实，你也根本没把这份工作放在眼里吧？是不是觉得，这啥破工作，还要本人亲自干？怎么说来着，原本打算拍更高尚的纪录片？要我说，你会做着白日梦，一直混到四五十岁吧？想吓死谁呢？”

“对不起。”

“你当自己是谁呢？艺人？还是啥大人物？不是？那是这个节目的导演啊，还是制片人？莫非是整顿业界的革命家？凭啥老一副自视甚高的模样？这就是你对不起的态度？”

我把头低得快垂到膝盖上了。但片场没有谁看我一眼。不是故意不看，而是对我这个人，谁也没工夫表示关心。必须赶在预定时间前，动作麻利地拍完中插，顺利结束整个流程。

“对不起！南瓜切好了！”

结果是另一名初级助理把南瓜分解完毕。南瓜一厂两瓣时，不知说什么没有。看来那天夜里，还是给它一刀，把它灭口的好。

田泽请假了，没来上班。

这几周以来，我一直感觉她状态欠佳。原本黑不溜秋、皮糙肉厚的脸更加浮肿，泛着黑气。一天到晚呼哧呼哧，喘不上气的模样让人联想到吃饱了苍蝇动弹不了的牛蛙。

起初，节目的剪辑由一位和田泽同期入职的男同事接手。但他另外还包揽了四个节目的制作，从物理意义上说，实在分身乏术。于是，这份差事转到了我手上。

只需要把拍好的素材做一下编辑。不过，完整地剪辑一档节目，在我入行以来还是头一回。我把往期的内容全部重刷了一遍，在理解整体风格调性的基础上，从素材片里挑出合适的部分剪接到一块儿，发送给制作人和田泽过目，随后便躺倒在位子上小眯了片刻。

当我正在为其他外景任务做筹备时，制作人发来了短信。看到“OK”两字，我才顿时困意全消。田泽也发回了消息：“谢谢你。”这是她头一次向我道谢。

“下次出外景之前，我回去上班。”

但她没能归来，说是病毒性肠胃炎恶化。

“这位姐是不是吃了什么不干净的东西？”

“比如狗粮啥的？”

“要么虫子？”

“有可能。”

我以代理编导之名接手了她的节目。手里还有其他工作，况且又是代理职位，但“首席编导”的头衔却使我眼前的视界微微明朗了一点。

这档节目的构成并不复杂。由一位名叫押见千佳的女优担任主持，每周迎来几位嘉宾，围绕宠物的话题讲讲道理。

押见是一位五十来岁的女优。说是女优，如今已基本离开了表演的本行。数年前出演的脱口秀节目里，她心直口快、有啥说啥的发言风格收获了广大观众的好感，自那之后，她便作为通告艺人，拿到了不少节目邀约。作为爱犬人士，她颇有名气，从动物避难所收养的狗子，共计十条之多。不只是狗，她还成立了一家非营利性质的动物保护组织，为一切动保事业尽心尽力。

田泽发给我一份关于节目的详细注意事项。当中包括“不要当着押见老师的面吃肉”“不要穿皮革制品”等。押见是一位素食主义者，之所以不曾公开表明立场，大概是经纪人事务所那边唯恐工作邀约因此而受限。

在日本，纯素食者比较少见。不知何故，网上有一种倾向，若有谁公开表明素食主义或菜食主义的立场，会被众人群起而攻之。从“主义”角度选择不吃肉的人那副占据道德高地的姿态大约会遭到周遭的反感。本来嘛，为了谨慎挑拣入口的食物，需花费大量心思，并确保拥有相当高的生活水准。换句话说，在大家看来，这是一种“优越环境下才配享有的奢侈”。

曾经有一位来参加资讯综艺的年轻女嘉宾当众说最近正开始吃素，理由是为了爱护地球环境，拯救动物生命。随后，网上便一窝蜂爆发了群嘲："拜托你今后可千万别杀蟑螂哟！""这女的好装啊，凭什么一副白莲花的模样？"之后虽然女嘉宾也坚持倡导环境保护和爱护动物，但到底再没在电视上露过面。

押见所属的事务所大概也担心闹出这类幺蛾子。实际上，我浏览了押见出演的其他节目的VCR，当中也有在餐馆进食鱼或肉菜的画面（当然，是押见以外的其他嘉宾）。既然身为艺人，想在业内打出名气，通告机会受限将会十分棘手。虽然业界能够包容个人拥有"主义"或信仰，但不希望艺人公开亮明主张。要点是需保持"平民化"的姿态。事务所的态度一向如此。

本次节目的取材地点是"能与宠物一同入住的民宿酒店"。押见连"宠物"这个用词也一并反感。但基于事务所的劝导，无奈接受了下来。总之说来说去，观众讨厌在意的点特别多，俗称"事儿事儿"的艺人。

看得出来，田泽也为每期的节目花费了许多心思。有的嘉宾会把宠物直接带到演播间内，有时节目组也会上门拜访嘉宾。比如遇到猫咪或爬虫类动物，大抵属于后一种情况。有时也会牵着狗子、小香猪在公园里散散步，或是和日常为驯狗而发愁的嘉宾，一同走访宠物学校。据说田泽的最高理想是最终去往"实现猫狗零杀害安置"的国家研学取材。

本次的嘉宾养了两只吉娃娃，是一个俗称"女装大佬"的通告艺人。他和押见的入行履历差不多，原本是演员出身，几年前公开性取向后，开始有了综艺节目的邀请。

早年此人作为硬汉型小生挺混得开，连名字也阳刚气十足，叫杉崎刚健，因此转型后的"反差萌"使观众颇为买账。最近，其本人说话风格也朝女气路线极力靠拢，一举一动皆显得"娘里娘气"。不知从何时起，人赠一绰号"Go姐"，还在女性杂志上开了一个谈心类的连载专栏，专为读者提供人生建议。

吉娃娃的名字分别叫柯马和纳姆。拍外景当日，它们与杉崎穿着统一款式的宠物衬衣，明亮的绿底上洒满白色波点，并缀有相同质地的飘带。两只狗全无任何教养，在去往民宿的外景巴士上一个劲儿吠叫。柯马随处乱拉屎，搞得车厢里恶臭弥漫。杉崎扯着鼻鼾睡得挺香，铲屎的活全包给了艺人经理。

“承蒙各位的厚爱，最近工作档期一直排得比较满……”

说是只能在外景途中争取睡眠时间。

“押见老师也没怎么好好睡觉吧？”

操心的我刚一起话头，对方立刻戗了回来。

“有啊。我跟阿刚可不一样。”

我正拿捏着，不知怎么回话才好，押见又补了一句：“让他踏实睡一会儿吧。”

说完，在唇边比了个“嘘”的手势。

押见和杉崎早年间便认识，上节目合作的机会也多，因此节目里经常互称“大叔”（杉崎称押见）、“大婶”（押见称杉崎）。时不时还会打打嘴仗，看得旁观的工作人员捏一把汗，但几分钟后，两人便笑哈哈地互相拍起了肩膀，大抵上两人的互动模式是杉崎装傻充愣，押见吐槽开撑。

全靠两人机灵活络，外景任务基本按事先的计划顺利完成。田泽安排的取材地是一座新落成的宠物民宿。绿地环绕的狗狗散步通道上，为了处理粪便，配备了能在土壤里有机降解的袋子，以及将粪便分解后循环再利用的有机堆肥箱。狗狗饮水洗澡用的水龙头也特意做了大型犬和小型犬的区分。基本允许客人自行携带“狗粮”（押见也痛恨这个词），但作为备选项，民宿也提供天然产品，彻底将“有机”二字进行到底，甚至备有蔬菜制作的犬用生日蛋糕。主人和狗狗一同睡觉的床铺、一同入浴的温泉皆保证清洁，还准备了专门给狗狗放松情绪的DVD等。杉崎参观后大呼小叫地说：“下次要带男伴一起来！”对此，押见当场反唇相讥：“人家这可是动物节目！”

两位的通告为何拿到手软，至此我是理解了。对于制作方的期待，两人能迅速领会，并二话不说地付诸行动。例如，和狗子一同泡温泉时，杉崎会把浴巾严严实实裹到胸口，但到了需要给观众喂点“料”的看点时刻，他会（故意）拆开浴巾，娇呼：“讨厌！别看人家嘛！”

见状，池边的押见会戳一下杉崎的脑壳：“谁稀罕看你啊！那两只脏了眼的乳头！”

可以说，电视节目，尤其综艺娱乐，基本全靠艺人这种嗅觉，即什么时机该说什么，或什么时机该闭嘴。

所谓综艺感良好，是指一种“理解气氛”的才能。之前两位私藏大麻的艺人全无这方面的素养。她二位把“读不懂气氛”当作卖点。但这份“读不懂”应当是在策划范围之内方能发挥的一种属性。当真不懂就歇菜了。若是不能读懂，“此处应当读不懂气氛”，她们在业界也混不下去。

无论是押见还是田泽，最初目标似乎也是做一档严肃认真的动物节目，例如根除动物虐待、取缔宠物商店等，每期的选题会在共同商议后决定。然而，收视率却很难有戏。原本起用押见担任主持之际，电视台的意图就很明确。押见也一早领会了高层的用意，没做什么抵抗，迅速修正了轨道，之后会时不时和嘉宾们拌几句嘴，说点擦边的冒犯之辞，偶尔还对宠物毒舌几句，回到了她原本的路线。

田泽的编导也逐渐往娱乐方向靠拢，我自然也顺水推舟。在综艺类节目的制作上，我身为助理，积攒了不少经验，某种程度的操作基本懂得，但如此顺畅的外景经历还是头一回体验。在两位成熟艺人的灵活配合下，天还没黑，便收队回到了外景巴士。

“今天实在非常感谢！”我对押见鞠躬致意。

对方爽快地回了一句：“嗨哟！”随即便戴上了耳机。耳机缀满密密的金线，大约是特别订制的高档货吧。一同度过了不多的外景时间，我已明白押见这个人，表面看似高冷难以亲近，本质只是羞涩而已；有时说话比较刀子嘴，实际心细如发，对周围的人都很照顾。而这份周到不仅是对民宿的工作人员和身为编导的我，也惠及了底层小助理。

助理是一个年轻女孩，叫小森。在相继辞职的同期员工中，她也是留到最后的那个人，主要配置在田泽手下。也就是说，比起我来，她对这档节目了解更深。圆圆的脸有几分小型犬的萌态，总是泛着一层柔光，每天嘴唇和指甲变着花样涂抹得格外艳丽。

之前我曾以为，小森也像其他人，是个“干不了多久就会跑路的主”，谁知一反我的预期，她还蛮有体力。一问才知，说是自中学起一直是硬实力龙头校的排球部队员，高中也是凭体育成绩保送的。每逢重要赛事前，为了鼓舞士气，全体队员会结伴削短鬓角，剃成运动风的寸头。

“如今精心打扮是对青春时代的反其道而行。”小森笑嘻嘻地解释。

她善解人意，办事周到，勤快麻利，从不流露一丝疲态；对所有人态度恭敬，当然，别看我只是“田泽的代班”，她也从不轻慢。

小森在巴士里走动着，给每个人分发茶水。押见接过瓶子，特意摘下头戴式耳机说了句：“谢谢，指甲好漂亮啊。”小森的手指涂了深蓝与黄色交织的美甲。

“哇！谢谢您的夸奖！这是我自己涂的。”

“是吗，真是心灵手巧。”

小森面露开心之色。听说，她入行时原本便希望主攻综艺类节目。同时表示，能和押见、杉崎这样的艺人一起工作，单是这一点已深感荣幸。

杉崎坐在巴士尾部的位子。

“杉崎老师！”

我远远打了声招呼，而后欠身致意。

“今天十分感谢！”

“欸？你有话过来说嘛。”

此时，我站在驾驶席后方。

“啊，不好意思。”

闻言，我赶紧挪动位置，跟发完茶水往前方走的小森擦身而过。巴士急速拐了一道大弯，车身开始大幅摇动。我急忙抓住座椅，冲杉崎再次道谢：“今天谢谢您……”正当此时，双腿间忽然被一只手攥住。震惊之下，我一缩腰，绷紧了身子。

“人家今天好努力哦，对不对？”

杉崎抬起眼，瞄着我。那张脸上找不到闹着玩的成分。他在试探。

“舒服吧？刚才那一下。”

他噘起嘴。我花了点时间才搞懂，这是索吻。

“那个……”

或许大家都望着我吧。不清楚。我背对所有人，车内一片安静。但不知为何，我总感觉小森在看我。也许正默默观察，这种时刻，身为编导该如何反应。

“哎，那个……”

杉崎并未撒手，两腿间阵阵作痛。小森盯着呢，绝对盯着呢。杉崎的双唇不知沾了何物，湿漉漉的。我转回头去，发现小森压根儿没在看。岂止小森，车内谁也没往这边瞄一眼。

阿基的房间里一直摆着母亲的骨灰。

之前举办葬礼，全靠众团友之力。但买墓地之类的事却无人张罗。是跟外祖母合葬好呢，还是再买一块家族共用的新墓地，团友们七嘴八舌，也给过不少主意。盘算来，掂量去，便耽搁了下葬的时间。况且，遗骨到底是搁在自己屋里好，还是找块墓地入土为安好，对两者的区别，阿基本就没什么概念，毕竟从来没人教过他其中的道理。

大小仅够容下一只灯泡的骨灰罐外部包裹着一层红布，上面绣满复杂的图案。阿基把它摆在厨房水池边，面朝走廊那扇窗子的窗棂上。窗棂细窄，当然不是安放骨灰的好地方。罐子歪倒一边，抵在窗子上。从外面回家时经过走廊，最先跃入视线的便是映在玻璃上的红色圆罐。

阿基从来想不起上香，手里也没有母亲的照片，唯一所做的便是愣愣地望着那只罐子。

开始在FAKE打工以后，三个月左右时，“2PAC”辞职而去。

在一众羞怯腼腆的员工里，“2PAC”好歹还算擅长与人打交道的人。未扮装的时候，大家都刻意眼帘低垂，避免视线接触，唯有“2PAC”会望着阿基的眼睛，同他打招呼，并认真地躬身行个礼：“辛苦啦！”

二十五岁英年早逝的2PAC本人永远定格了年轻的音容，而扮演者的他却已年过四十，一颗圆圆的脑袋，某些区域剃掉了头发，但头顶部位几乎已秃得清洁光溜，瞧不见毛孔。也就是说，谢了顶。因为有多汗症，额头天天缠着头巾，时间一长，总被棕色粉底染得脏兮兮的。为了重新补妆上色，他总要频繁地进出洗手间。

谁也不清楚“2PAC”辞职的原委，也没人向他打听。估计只有乌头了解个中缘由。当然，乌头什么也不会讲，只是交代阿基：“周四‘2PAC’的空缺你来顶上。”意思是批准了阿基站在吧台里接客。

和阿基搭班的“奥黛丽”每天来上班脸上都会架副墨镜，彻底抹消自身的痕迹。在洗手间内换好装，将斑白的头发束成一条马尾，即使已变身赫本，也从不挥洒强烈的存在感。初次来店的客人，打眼一看，很难猜出这拨人到底在扮谁，但“奥黛丽”在其中尤甚。好多时候，在客人口中只是“那个负责做下酒菜的老女人”。

换句话说，对客人来说，周四是最迷惑的日子。一个身形瘦削、大眼睛炯炯有神的老女人，一个五大三粗、形貌怪异的丑男子，双双立在吧台后面。自然，上门的客人寥寥可数。于是，周四几乎成了专门采购进货、烹饪下酒菜的日子。

“奥黛丽”性情稳重，为人温厚，从品格来说，大概和真正的赫本相去不远。哪怕店里没客人，她依旧会以“赫本”的面目与阿基打交道，也唯有这样的时候，她会直视阿基的眼睛，对阿基各种关照，为全世界贫穷而不幸的孩子们祈祷。

“先生，可以请你帮我擦点萝卜泥吗？”

“帮我把番茄对半切开，好吗？”

“哎呀，好累呢，让我们稍微休息一会儿。”

“奥黛丽”说话，向来这样拿腔捏调。一定是电影或采访文章里的翻译腔看多了吧。阿基推测，她大概不懂英文。在对着《男人的清晨》学说芬兰语之前，自己也是这种画风，所以看得出来。

“什么嘛！”

“哎呀，好的啦！”

对于怎样才算赫本其人的“正确画风”，阿基并无概念。当然，“奥黛丽”也不了解“马克莱宁”的真容。和“奥黛丽”搭班的日子，阿基不是用芬兰语，而是作为“日语字幕版马克莱宁”与之对答。

“哎呀，我去！”

“我看行。”

两人一来一往的对话自然味道奇妙。但虽奇妙，却从不失礼节。

“是的吧？”

“是的咯。”

越是没意义，就越是有意思。

乌头时不时地会来店里晃一圈，沉默地往吧台边一坐，“奥黛丽”马上倒一杯水送上。谁也没见过乌头喝酒的时候。给他倒的水，也从没见他喝过一口。

乌头总穿一身皱巴巴、旧兮兮的衣裳，形容不上来的颜色，记不分明的款式，找不出丝毫惹人瞩目的地方。

如此具有“匿名感”的人，阿基还是头一回碰到。阿基和母亲也曾期待从这个世界隐去自身的存在。而乌头以另一种方式达成了这份“遁形”的愿望。越是渴望“隐身”，越会激发恐惧，反而将自我暴晒于世人目光之下。乌头不一样，他通过一种“不躲不藏”的方式实现了这一目的。

这并非出于“勇敢”，也不是“内心力量的显现”。总之，乌头像从不佩刀的侠客，并不主动出招，甚至从无意识，便与人成功保持着绝妙且冷酷的距离。乌头在场之时，大家自然认得他。有的客人会冲他搭腔，他也会应声作答。但只要他一离去，大家旋即忘了他的模样。乌头就是这样的存在。

某周四，阿基正独自做关门前的准备，乌头出现了。

原本乌头巡店的日子没什么规律，一向飘然而来，拂衣而去，时间随意。不过这天的他看似带着目的而来。和意料中一样，他落足吧台边，开了口：“阿基。”

至少在阿基有限的记忆里，乌头是头一次喊自己的名字。

阿基感到身体的某个部位骤然一热，硬了。不知为什么，这感觉难以按捺。

“下周四晚上，那家伙会过来。”

不知何时，乌头手上拿了个信封。

“等他到了，你把这个交给他。”

和阿基每月领薪水时见到的一样，一个淡褐色信封。距离发薪日还有十天，口袋里还剩多少钱，阿基大体清楚。电费好几个月没缴了，几天前，家里被掐了电。不过，倒也没觉得特别困扰。实在需要照亮的时候，他就用街上捡的打火机凑合一下。屋内越是漆黑，隔壁的动静越是清晰可闻——那个生命力四射的女人的声音。

“啊。”

身体的某个部位硬得发疼，似乎将要爆炸。

“了解。”

阿基在乌头面前也一以贯之保持着马克莱宁的做派。像其他人通常所做的那样。当然了，毕竟这也是阿基待在FAKE的最大理由。至于“那家伙”是谁，阿基没打听。

“我把信封搁这儿了。”乌头说完，走进吧台。

吧台里地方狭窄。刚来那会儿，阿基再次感受到自己体格的庞大。想取点东西，总免不了磕磕碰碰。无论回头或转身，总要费些力气，甚至打碎过杯子。尽管如此，阿基身为马克莱宁，也不可缩起身子，对打碎的酒杯，更无须放在眼里。

此刻，眼前的乌头在吧台里不慌不忙地安然信步，不像阿基，总四处磕碰。阿基这才发现乌头体格有多矮小。要知道，就连“奥黛丽”平常也时不时撞到点什么，或弄掉东西。

乌头把手伸向吧台后方墙上的一幅挂画，没什么特殊之处的雪日风景。但阿基喜欢。当然，理由是它让人联想到《男人的清晨》。

“这儿有个保险箱。”

乌头摘掉挂画，墙上现出一个黑色小门。

“箱子没锁。”

乌头提了一嘴，像在验证阿基的反应。说完，他并未转动密码盘，便打开了小门。

有无其他人知晓此事，阿基没问。除了自己，到底还有谁知道这个隐藏（但手法粗糙）的保险箱呢？

“了解。”

但阿基依旧没打听。在他看来，换作马克莱宁，肯定也会这么做吧。

乌头把信封放入保险箱后，依旧敞开箱门，盯着瞧了一会儿，仿佛头一回见这玩意儿，随后才走出吧台。

“老母亲……”他接着说道。这种事，之前从未有过。

“听说，那家伙要在家看护老母亲。”

乌头烂掉的耳朵朝向阿基。这耳朵还听得见吗？

“所以，好像必须换一份深夜的工作。”

自幽暗的耳洞呈放射状扩散出一片疤痕，看似某种不祥的噩兆。但喻示什么呢？阿基不懂。保险箱内堆着一沓沓纸钞。

“那家伙在看护中心打工，这事你听说没？”

接下来的周四，像乌头所交代的，“那家伙”来了FAKE，是“2PAC”。

“奥黛丽”还没来上班。阿基一向独自进行开店的准备。乌头留给他一把店门钥匙。但本来就有把备用的，藏在店门口印有“欢迎光临”字样的地垫下面。没有哪位员工出来提醒安保方面的粗疏，就连得知保险箱位置的阿基也没想过这有什么可小心的。

对“2PAC”的到来，阿基并不惊讶。不过，在他以2PAC的姿态走进店门的那一刻，阿基内心一阵触动。在以往的记忆里，他总以未上妆的面目出现，在洗手间打扮停当之前，总是一副害羞模样。

“哟！”

他的声音洪亮有力。但未像平时那样，带着羞涩问候一句：“辛苦了。”

“我来取钱。”

不止因为好久未见。“2PAC”从家过来时（又或许在车站厕所里）便已换好了装扮，把脸涂成棕黑色，脚步一颠一颠地出现在店内。这让阿基深受感动。

“啊。”

但阿基依旧像平时一样，以马克莱宁的口吻回应。所谓取钱，是指那笔逾时未领的工资。此时正放在保险箱内，藏在挂画后面。

"2PAC"对此是否知情，阿基不晓得。

"我去撒个尿等你。"

"2PAC"脚下踩着舞步，身影消失在洗手间。那天把洗手间弄脏，使阿基内心深感羞耻。尽管比平日更仔仔细细做了清扫，但似乎仍有股气味难以除去。阿基甚至觉得，这对"2PAC"是一种玷污。

阿基匆匆摘掉挂画，过程简单得令他吃惊，打开箱门也同样简单。伸手从那堆钞票上取过信封。信封很轻。阿基犹如发现了什么奇迹。

一回身，恰好"2PAC"从洗手间走出来，依旧迈着一颠一颠的舞步，嘴里嘟嘟囔囔念唱着什么。阿基递上信封，他"噢"了一声，接在手里。

"搞什么鬼！才这么点！"

他摊开两手给阿基瞧。每月薪水是固定的，金额应该不会有差。不知为何，阿基操着马克莱宁的腔调，大声回答："可不嘛！"

声音比自己以为的更响亮，轰得他头壳一震。

"那家伙去的护理中心，每天得照顾五个人。"

这时，乌头的话在阿基脑海里复苏。

"你知道不？那种地方净是些连吃喝拉撒靠自己都办不到的人。

"当中也有能动弹的。但这种人，三天两头发疯。本身都是高高大大的成年人。那家伙必须想办法制止。于是会被踢、被打、被咬。据说，还有人会把自己拉的屎藏在抽屉里。

"然后，那家伙就得负责打扫。也有人会把呕吐物抹得他满脸都是。"

为何此时此刻，会想起乌头这番话呢？不，换句话说，自己干吗会把别人的话记得这样清楚呢？

“那家伙在FAKE已经干了二十五年，二十五年。”

“那家伙有腰椎间盘突出的毛病，你知道不？这玩意儿治不好的。腰会一直疼，一直疼。那种疼法根本没有词语能形容。那家伙长年服药。边吃强效止痛片，边干活，副作用会叫人犯困。所以，为了上班不打瞌睡，那家伙常拿带尖儿的东西扎他自个儿的大腿。

“想换工作吧，可又没辙。

“考不到资格证书，就涨不了薪，待遇也改善不了。可平时哪有念书考证的空闲。岂止念书，天天排班太满，连约会女人的工夫也没有。

“那家伙都四十五了，连女人啥滋味都没尝过。这话的意思，你能听懂不？是说，那家伙这辈子还没睡过女人。”

脑海里乌头的这番话听上去却不似乌头的声音。乌头为何总能如此轻松地将自己隐匿呢？

“就这样混着日子，谁知他那老母亲得了痴呆症。

“虽说那家伙有工作，可还是没钱送老母亲去公立养老院，也没有能指望的亲戚。只能他自己承担看护的任务。白天照顾老母亲，晚上熬夜班。

“所以他一天到晚不睡觉。当真是就没合眼的工夫。

“去上班的时候，听说那家伙就把老母亲捆在床上，防止她胡闹腾，或是出门跑丢。

“要是老母亲喊叫起来咋整？大半夜的？

“这种情况也没法子，那家伙就给老母亲嘴里塞条毛巾咬着，自己去上班。”

如果脑子里这个声音不属于乌头，那会是谁？

“再不然呢？”

“2PAC”望着阿基。

“除非把老母亲杀了。”

这是“2PAC”的声音吗?

“……”

不。开口的“2PAC”腔调和阿基脑海里这个声音毫无相通之处，和后来在网络视频里看到的2PAC其人也截然不同。

“I’m not saying I’m gonna change the world，but I guarantee that I will spark the brain that will change the world. ”（我不会说，我要改变世界。但向你保证，我将引爆大脑，用它们去改天换地。）

一回头，“奥黛丽”站在那里。

若在平时，他会去洗手间换装，但这日却立在店门口，脸上照旧架着墨镜，表情难辨。但看得出，他愣愣地望着“2PAC”。

好一会儿，“2PAC”才回视着“奥黛丽”。一生中，他从未有哪一刻像此刻般接近2PAC，完完全全化身为2PAC本尊，眼神中带着一抹戏谑、挑衅的意味，又似乎暗藏几分纤细易感，由衷地、一眨不眨地望着“奥黛丽”。他摊开两手，像是有些惊愕，有些无奈，依旧一颠一颠的，踩着嘻哈的舞步离开了。

店内只剩下“奥黛丽”和阿基两人后，老半天，“奥黛丽”才恍过神来，急忙钻进洗手间，花了好一会儿工夫才变身赫本，重新现身阿基面前。她温柔一笑：“刚才的话，你听懂了吗？”

原来“奥黛丽”懂英文，把“2PAC”方才那段话逐句翻译给阿基听，正确、细心、完整。

原来把别人的话巨细无遗、一字不落地记在心里的，不止阿基自己。

一位婆婆被杀死了。

杀人者是她儿子。

婆婆卧床不起，独自一人，不光饭吃不到嘴里，连撒尿也不会。

做儿子的在婆婆脸上蒙了只枕头。稍微用了点力气。才一下子，就压断了婆婆的脖子。

之后，儿子也上吊了。

儿子的脖子也断掉了。

这件事虽说上了电视，可大家很快就忘在了脑后。

田泽从公司辞职了。

肠胃炎是假。她已怀孕九个月，患了妊娠高血压综合征，分娩前必须绝对卧床，安静休养。

田泽怀孕这事，公司上下无一人察觉。实际上，为了保住职业前途，她似乎原打算隐瞒到底。毕竟她体型本来就胖，脸色也一向很差，动不动就直喘粗气。提起来，前阵子她时常躲在洗手间呕吐（公司的洗手间男女兼用），按照社长的说法，大家都以为她“八成酒喝过头了”。当然，近来一段时日，从浑身的浮肿和面如土色来看，显得尤为反常，但既然其本人声称是肠胃炎，也没有谁过多地猜疑。毕竟对我们这一行来说，身体不舒服是下结论时前提的前提。

至于“播种者”是谁，公司里，或在田泽担当的片场，各种臆测静静地满天飞。据说，她从未透露过姓名，也没有结婚的打算。

请产假肯定没戏。再说我们这一行也不是产假结束回归职场时，单亲妈妈所能胜任的职业。我曾见过田泽一连多日睡在公司里。就算将来能回归，也未必能和从前一样，继续以编导身份干下去。假如是电视台的正规职员，还存在一定可能性，但在我们这种实力弱小的制作公司，根本指望不了。反正说来说去，田泽离职了。

她离职这件事由于有一层“怎么怀孕的偏偏是田泽这种女人”所带来的冲击，因此掀起了短暂的波澜。但具体到“怀孕离职”这一点，也不过是职场司空见惯的一幕。我也眨眼便把田泽的事抛到了脑后，既不曾祝愿她顺利生产，也不曾祈祷她早日回归。

属于她的那档宠物节目由我接手下来。至此，我正式坐上了首席编导的位子。

这一下子，我本以为再也用不着割腕了，以为呼吸能顺畅些了。但不知何故，手腕的伤痕却越攒越多，脖子的压迫感也并未消失。

失眠的情况越发严重。就算能入睡，也会频繁醒。明明没喝酒，也没吃过什么难于消化的东西，却一遍遍干呕，嘴里直泛酸水。此时，唯一能指望的只有那把裁纸刀。护腕已覆盖不了伤口的范围。我害怕哪天一冲动会割得更深，又确信迟早一定会割得更深。

我不愿刷手机，但不刷手机连工作也干不了。打开静音，连振动也一并关掉。但在此期间，或许会收到重要的工作消息。身为编导，我有接电话的义务。

挣扎半天打开手机。

“能聊一会儿吗？”

“不理我啊？”

“只聊一分钟就行。”

液晶屏上显示的是几十条消息提醒，日日不落地向我涌来。发信人一成不变。此刻，不看画面显示的名字，我也知道对方是谁。

最初始于一通电话。

对方称，你的工作表现不错，我看好你，有些事想找你谈谈。

指定见面的地点，是港区白金町某间意大利餐馆。自上次中岛请客以来，这是最高档的一家店。服务生引我走入雅间，我一下子紧张起来。墙上挂着装饰画，由红色、粉色、紫色构成的抽象图案，看不出画的是什么，但莫名有一种猥亵意味。

当然，我留出上座，背朝入口坐了下来。把手机摆在桌面，以备有突发联络。约莫过了十五分钟，我听见门外有动静，便起身恭候。

“抱歉抱歉，我来晚了！”

押见走了进来。

“原本可以准时到达的，结果出租车司机开过了头！把我丢到一个摸不清方位的地方。我一路跑过来的！好久没这么跑过了。不好意思，久等了吧？平时我从来不让人家等的。”

“哪里，完全不要紧。倒是让您赶这么急，实在对不起。”

“啊啊，当然要赶啦！你这边先喝点什么就好了。真不好意思。咱们这就点单吧，马上！”押见先向我确认，“酒你能喝吧？”但不等回答，便点了一支香槟。

“本店备有几款好酒哦。”年轻的男服务生从旁提醒，准备把菜单拿给她看。

“行了行了，交给你做主！我相信你的推荐。”

押见打断了服务生。

“菜品也拜托你了，随便看着上吧。哦，对了，你，胃口不错吧？”

“是。”

为了今晚这一餐，中午我特意没吃饭。因为以前我听谁说过，“胃口好”这件事意味着对对方的尊敬。尤其大牌艺人，假如我吃得太少，或散席时剩了菜，会惹对方不高兴。

“那太好了。行，就拣好吃的菜尽管往上端吧！”

“好咧！”

这家菜品用的全是植物性食材，且出乎意料地美味。

“押见老师，后面还有好多道菜哟！”

不止眼前这位，服务生个个年轻、八面玲珑，轮番来向押见问候。当中还有一位女店员热情地上来拥抱押见，亲热感之中也不忘保持适度的礼节。

“今天各色各样的料理可以随便点，不必有罪恶感，太好了！平时只能点几个下酒小菜，抱歉哦。”

莫非平时她总是一个人来？似乎是察觉到了我心里的猜测，年轻男服务生解释：“别听老师这么说，平时她总会带许多朋友赏光呢。”

“我有吗？”

“而且，老师喝酒特别豪爽，是本店求之不得的贵宾！”

“什么话？我是醉醺醺的冤大头吗？”

“没有这个意思！”

“结账的时候没糊弄我吧？”

“哇哇哇，小店哪有那个胆子！”

“真的假的呀？”

“真的真的！我们发自内心地感谢！”

想到押见的为人，大家全都看在眼里，不知为何，我竟有点骄傲。她表面羞涩，说话不饶人，实际内心很和善。

“好啦，干一杯！来！”

"谢谢您。"

押见打开话匣，跟我聊了很多。关于节目制作方面，她率直地提出了不少看法，这份热心让我兴奋。谈到收容所的动物，望着她边说边流泪的样子，我心中一阵感动。押见能言善道，不管什么话题、什么内容，她都能娴熟地起承转合，侃侃而谈，使听的人从不觉得厌烦。

"好吃吗？"

"哎，味道太赞了！"

"真好。"

因此，当她提起杉崎的话题时，我并未想到，这便是电话里她要"谈谈的事"。

"说起来，阿刚这个人……"

她用餐的仪态十分优雅，对刀叉的驾驭堪称完美，且手势自然，应该不是一日两日才掌握的技能。我查过她的履历，据说她出生于东北的贫困家庭，在那里度过了极为严酷的少女时代。

"怎么形容呢，算是性少数人群对吧？他呢，啊，也许该说是'她'……"

押见特别善饮。那日，我们已快要喝光第二支红酒。我尝不出和中岛请客的那款之间有何差别，但想必也是高档货。"天然酿造葡萄酒"这个词，我是那天第一次耳闻。

"能像今日这样走红，我也替他开心。他这人不光有服务精神，还从没什么坏心思，对吧？可以说魅力十足。不过呢，有时我也会想，这些当真属于他本人的实力吗？也许我不该说这话，就关着门这里讲一讲，你不要告诉别人哦。我是信任你才讲的。"

"哎，这是自然。"

"谢谢你。"

说完，押见用纸巾沾了沾嘴唇，看起来不像在擦拭，手势轻柔、庄重，状若某种仪式。

“大前提，阿刚是个好人哦。从为人的角度，我对他是十分欣赏的。在了解这一点的基础上，你听我讲哦。”

即使用纸巾轻摁，押见依旧唇色艳丽，不见口红脱落的痕迹，属实有点不可思议。尽管如此，她却数度离席，去补了妆回来。从嘴唇的光泽度可以看出，深色的口红更显浓重。

“不过呢，大家对阿刚的喜爱并非把他视为一名专业的男演员，而是缘于他‘伪娘’的身份，不是吗？为什么大家总认为，性少数人群的发言会更具有说服力呢？不不，当然，因为属于性少数人群，过去一定吃过不少苦头。这我知道。知道归知道，但不知怎么回事，大家似乎只关注这一点。你也清楚嘛？阿刚在许多场合，会给人当知心大姐，提人生建议。网上的各种发言，我也有经常看哦。基本上所有人都对阿刚赞不绝口。什么不愧是见多识广，说话言之有物。什么为人耿直，不被电视界的规则所束缚。什么从不献媚于人，所以惹人好感……”

押见会不会有些醉了？我心里寻思。不过，瞧她面色不见泛红，举止依旧优雅如常。头一回和她喝酒，摸不透她的酒量上限，也没听谁说过她酒品不好。

“再说得明白点吧。阿刚这人是一个超级谎话精，对电视界的各种规矩也明明在意得要命。还有什么来着？对，他特别擅长四处逢迎、献媚，难道不是吗？当然，阿刚为人不错。尽管为人不错，但我想说，为什么大家总觉得他脑子那么聪明，那么值得怜爱呀？你懂的，就有一种……拿他当猫头鹰似的，珍禽异兽的感觉？我觉得，这反而是对他的不敬啊。好像压根儿没把他当成和自己一样的人？好像因为他是异类而很安心？正因从根本上认为他和自己不是同类，才能不加抗拒地倾听他的言论，对他表示赞美。这属于把阿刚给过度神圣化了嘛！”

“原来如此。”

押见脸上浮现出一抹喜色。

“啊，能和你聊这些真是太开心了！毕竟这话题略有些敏感不是吗？”

“确实。”

押见在喝干净的杯子里重新斟满酒，但转眼便一饮而尽。

“再点支酒来吧，怎么样？”

下单时，我本想趁势点瓶水，但没说出口。我猜还是不要让她觉得“我在竭力保持清醒”比较好。瞅准话题告一段落，终于起身离席时，我的脑袋晕乎乎的。今晚自打进了这家餐馆，我还一次没站起来过。

洗手间比我家客厅还要洁净，地板擦得光可鉴人，散发着似有若无的香氛。一泡尿激流而下。

我用冷水洗了把脸，趁机灌了几大口。使用过一次便丢进篮筐的毛巾和洗手间的香氛不同，也有股好闻的味道。我意识到这和杉崎的体味有些相似。是蔷薇还是百合？我用力拍打自己的面颊。眼看拍得满脸涨红。我重新洗了把脸，这次换成用拳头猛揍自己的身体，一记记，对准胸、腹、大腿。这地方没有裁纸刀。

“你回来啦！”

返回桌边时，押见笑脸相迎。

“这是今晚第几支来着？你还好吧？”

“没问题。”

“太好啦！我啊，最讨厌和不喝酒的人一起吃饭了。你懂的，不知为什么，总有一种被偷偷观察的感觉。”

“因为对方一直清醒地端着身段吧。”

“没错！也太有心机了吧！”

年轻的男服务生送来一个芝士拼盘。

“这盘由小店诚意奉送。老师爱吃的种类基本齐了。”

“哎呀！这也太……服务总是这么周到，谢谢了！”

芝士也是纯素的，色泽淡白，十分味美。

“他家的芝士，我总是吃个没够。”

押见伸手拈了一块。指尖做了漂亮的美甲，染成靓丽的娇红。

“哦，对了……刚才说到哪儿来着？”

“就是，杉崎老师……”

“啊，对对。唉，真是的，感觉像在背地里说人坏话似的。不过，当真，别看啰唆好几遍了，但阿刚是个好人哦。从朋友的角度，从为人的角度，我是发自内心喜欢‘她’。这个你懂吧？”

“您并非在评判杉崎老师这个人，而是对世人看待他，不，看待‘她’的方式存有疑问吧？”

“没错！你能懂我，我太开心了！”

那晚，押见一再重复着这句话：“你能懂我，我太开心了！”用她的话讲，她的人生就是一出出“不被人理解”的连续剧。

“我嘛，又是这种要强的性格，遇事样样是自己一个人扛过来。别看有一堆糟心的经历，可从来没对什么人倾诉过。唉，你懂的嘛，说起演艺圈，某种意义上就是个乱象重重的泥坑。”

押见说着，又把酒瓶伸了过来。我慌忙喝光残酒，把杯子凑上去。

“我入行的年代，身为女人想在圈内存活下来，当真是千辛万苦。只要身为女人，就会被歧视，被区别对待，被怠慢，可要是你敢说两句强硬的话，人家立刻会骂你傲慢、耍大牌，当年我被欺负得不要太惨。”

裁纸刀占据了我的脑子。我想速度赶回家，把那东西抓在手里。

“当然，我猜阿刚也一路积攒了不少辛苦的体验，想来公开性取向这件事也需要莫大的勇气。对这些过往经历，我懂的呀，也尊敬她。不过，比如说，和从前比起来，业内的规矩不是越来越严格了吗？好多事不让说、不让做的。可我们这代人呢？一辈子遭受了那么多性骚扰、职权骚扰之类的破事，一路咬着牙忍到今天，好不容易觉得可算熬出头了、自由了，现在反而要小心翼翼地注意起自己的言谈举止了，生怕行差踏错，遭到谁的投诉。可既然如此，凭什么阿刚这类人就可以凡事被原谅，被纵容啊？动不动摸年轻艺人或工作人员的屁股，要么搂搂，抱抱，亲亲，随便骂人家丑八怪、憨货。搁在一般人，早被要求'滚出娱乐圈'了吧？如果我敢说这种话，下场会如何？”

我下意识抹了抹嘴唇，手上沾的不太可能是杉崎的唾液，恐怕是高级红酒。

“之前你不是也被他咸猪手了吗？”

从这里开始，我的记忆便零零散散，断了片儿。

直到散席，我应该都没有失态，没干任何失礼的事，举止也没表现出醉意。不过，回家时却把自行车忘在了店门口。后来也没去取。

“我看见了。那天。”

我还清楚地记得押见说这话时的那副表情。她嘴唇濡湿，泛着光泽，和指甲涂着相同的颜色。

“可怜你了。”

那日以后，每天电话都会响起。

起初，从一过深夜开始，姑且也算是考虑到我工作太忙吧。但深夜我的工作并不会结束。有时，硬拖到出了公司才拨回去，不管任何时刻，她那边都会接起。然后，一聊好几个小时无休无止。从“不好意思，有点工作的事，想找你聊聊”开始，再到吐槽近期录制的其他节目的幕后人员，时不时还会哭一场，哭完才想起来关心我：“你没事吧？有没有再被骚扰？”

问问我次日工作的搭档是谁，然后详细讲解对谁应当多加防范，谁又在背后干了什么勾当，等等。令人吃惊的是，她对一切大事小情都摸得门儿清。

“我是担心你呀。”

不光打听我工作方面的安排，押见把她自己的日程表也发了过来。

“这是我接下来的时间表。”

她所在的事务所每两周会出一份工作计划书，根据她本人的愿望，不是以邮件方式，而是打印成纸质文档，由艺人经理当面交给她。押见把那张纸拍成照片，用手机发给了我。

“今天的工作只在演播室看VCR！”

“节目策划让我去做一次综合性的全身体检！哭……”

计划表若有更动，她会一次不落地向我报告，有时连新干线的乘车券或飞机票也会拍下来发给我瞧。此外，还有每日节目出场服装的自拍、自己吃外卖餐的照片、装饰用的鲜花……总之，押见生活的方方面面似乎都打算与我分享。

手机消息不拘时刻，想发就发。大约在她工作的空档，或去哪里的路上。隔一分钟或一分钟不到，就有新消息提醒。若是我工作耽搁一会儿，再打开手机，会发现攒了二百多条未读消息。假使我不回复，接着就是一连串轰炸，从“你没事吧？”开始到“怎么不回我呢？”结束。

有时，会发来无数条碎碎念；有时，会在我的电话留言里忽然开口怒骂。不过，几分钟后我再拨回去，她又哭唧唧地道歉：“不好意思哦。看你这么拼，我实在放心不下。”

“不好意思哦……”

自那日以后，每次在电视上看到押见，我都两眼一黑。

不管任何节目，她总能不失时机地洞察现场气氛，拿捏得宜地毒舌几句，再有分寸地小小恶搞一下。和杉崎搭档的时候居多。两人间你来我往的斗嘴，也和以往那样，受到观众们的喜爱。在为数颇多的“毒舌型”艺人中，唯有押见，始终能在一条不至招致反感的边缘线上任意踱步。

“说话虽难听点，但言之有理。”

“上电视从不讨好任何人，这点很不错。”

“实际上是个心地和善的老阿姨。”

在网上检索押见千佳，大抵不外乎这些看法。这与她口中公众对杉崎的评价何其酷似。当中，自然也夹杂着一些冷嘲热骂，但发这种言论的人，对其他艺人基本也一视同仁，统统贬得一钱不值。

押见为何对我情有独钟？我想不明白。貌似在其他节目组，她也到处跟人宣传我，“是一个优秀的后生”，有毅力，有常性，处事冷静，对自己应当做什么有清晰的把握。

“你小子挺招押见老师待见的嘛！”

公司里的老字辈会如此调侃。我装作不经意，打听押见在业内的口碑，从来听不到一字差评。

得知我受押见的赏识，林导对我的态度略微发生了一些变化。对我的苛刻虽一如既往，但那份严苛在过去仅仅是为了发泄他自己的情绪，如今，则发散出少许“我是在对你的工作表现进行评估”的意味。有时公司会收到林导的联络，希望借调已升任首席编导的我，去干些首席助理的工作，理由是“能力优秀”，或“对我这边的工作方式，领会得最清楚”。

“大体来看，林导还是相当信任你的嘛！”

杉崎的性骚扰行为已在业界打响了名气，类似我这样的“受害者”，业内有好几人。不过，谁也看不出很受伤害的模样。

“那人很难搞啊。”

“估计特别寂寞吧。”

好多时候，遭受杉崎的性骚扰，感觉如同获得了一枚勋章，成了大家沐浴的一场“必经的洗礼”。仿佛在电视圈，尤其综艺娱乐领域里生存下去，不体验一把性骚扰，就成不了好编导。

“你也遭了？”

“遭了遭了！”

“嗷！欢迎加入本组织！”

听到这样的对话，我每每因无法融入而心存焦虑。无论如何也做不到视之如无物。没什么大不了的，我和大家都一样……就算有心这么想，大脑也会被某种不知名的陌生物质刷机，变得一片空白。

“我是担心你呀。”

宠物节目的录制过程，更让我头晕眼花。

与我打交道时，押见摆出一副“并无任何事发生”的表情，绝不采取暗示或容易让人有想法的态度，也从无任何套近乎的举动。开口跟我说话，总是一贯没好脸色、生人勿近的模样。这种时候，我会莫名地有一种被押见遗弃的感受。

她对工作人员照顾周道，也很尊重每位嘉宾。任何时候，押见都是深受大家信赖的艺人。小森总拿崇拜的眼神望着她，毫不避讳地表白：“真希望成为押见老师这样的女性！人又酷，心地又和善，还超有胆识，绝对是理想女性的典范。”

“小森，被你这么夸赞，我真是无言以对啊！”

我时常怀疑自己是否在做梦。那些轰炸我手机的短消息和电话留言莫非全是幻觉？难道说我的精神出了问题？但是不对，一切都是现实。外景拍摄刚结束，她的消息立马杀到，一到深夜，电话铃声便响起。

“你还好吧？又割腕了吗？”

押见对我身上发生的所有事了如指掌。

“我很担心你啊。要不要出来喝一杯？真的，就一杯。”

疲劳已超出崩溃的临界，但押见安排的出租车已开到了我家楼下。何时把住址告诉她的，连我自己也忘了。至于要去的地方，出租车司机知道，大抵总是都内的某个酒店。押见发来的消息里通常附有酒店最顶层酒吧的官网链接。

“也有烫好的热酒哦！”

总之，像在为我的身体考虑。每回见面，从五趾袜、花草茶到含艾蒿的热敷眼罩……她携带的保健品几乎应有尽有，且巨细无遗地向我传授每种产品的使用方法及功效。最后，才开始聊她个人的身世经历。

听她描述，自五岁起，她便遭到继母的虐待，十四岁加入演艺圈，却不幸遭遇性侵，在事务所还被黑道流氓恐吓，跟国际男星坠入情网那段时期，又遭到了恋人无情的背叛……押见时不时眼含热泪，且好像哭的人是我似的，不停地用手轻轻摩挲着我的脊背。哭完，她会去洗手间补妆，因为，她一向姿态完美。

押见在洗手间老半天不回来时，我需要前去接驾。从席间起身时，总会和调酒师的眼神撞个正着。一个稍上年纪的、枯枝般瘦削的男人面朝我，微微点头致意。我选择无视。

去洗手间的路上，会经过电梯。“索性不如走掉算了”，脑子里每每掠过这个念头。当然，我不会这么干。只会按一下电梯键。只是按下而已。等电梯来到五十二楼大堂时，我已不在那里。一面想象无人的电梯厢门洞开，仿佛在等候谁的搭乘，一面拔脚朝洗手间走去。然而今日，按下键钮的瞬间，厢门打开了。

“啊。”

里面有两个男人，大高个男人搂着小瘦子男人的肩膀。小瘦子男人把手臂绕在大高个男人的腰间。与大高个男人目光相遇的瞬间……我认出他是中岛先生。

中岛咧咧嘴，露出一口白牙。不是在冲我笑，而是震惊、攻击的獠牙。我连忙挪开视线，唯有那口雪亮的白牙留在视网膜上。

回到家中，我小睡了片刻。

醒来后，立即抓起手机，已经形成惯性。押见发来的消息里附了张照片——立在洗手间门外，正等候押见的我。什么时候拍下的？

“小小偷拍了一下（窃笑）。”

照片有点模糊，把在酒店走廊里百无聊赖闲晃的我拍出了一片残影。我身穿与墙壁同色的灰衬衫，看起来几乎融进了墙面。我删掉照片，转而返回上一级页面。

查看小森发来的业务联络和工作短信。接着，浏览手机推送的当日新闻。最先跃入眼帘的是某位女优结婚的消息。

女优名叫菅谷须美，父亲是著名导演。身为“星二代”，她从不倚靠父亲的荫庇，以扎实的演技和清丽脱俗的形象获得了广泛的好评。

目前菅谷才二十二岁。尽管如此，十来岁便成功出道的她，即使谈及私人生活，也能凭借颇具文化素养的表达，以及落落大方的谈吐，做到对答如流，身上几乎有种大牌女星的雍容气场。

尤其值得一提的是，在过去的演艺生涯中，她从无恋情方面的绯闻，这也提升了她的口碑。因此，当她宣布结婚时，世间为之哗然。当然，我预料，此刻她的结婚对象也成了热门的话题人物。而事实确实如此。尤其在我们电视业界。

那人是林导。

FAKE的常客里时不时混有年轻女孩，这一点令阿基吃惊。女孩是一个三人组。

第一位，总穿着颜色柔和的衣服，质料软软、飘飘，看来好似睡衣；头发染得斑斑点点，在头顶处扎成高高的两只马尾辫；戴着一副粉色框大眼镜的三天两头来店里，以小泉今日子的花名自称，叫“KYON”。

第二位，眼睛细长，总穿着款式复杂的衣服；要么肩膀部位一大堆绑绳，要么背后纵横穿梭着一道道拉链；时常踩着令人咋舌的高跟鞋，当中使阿基印象最深刻的是一双长度过膝、裹得密不透风的红色高跟筒靴。她自称“阿嘉”。

第三位，大概最年轻，总穿一件黑色连帽卫衣，对她娇小的体格来说，显得过于宽袍大袖，连大腿也一并遮住；到店里来时，常常一副刚哭过的样子，每次都把眼眶周围涂上红红的眼影。她自称

“库蒂”。

女孩们到店里来，从不管是星期几或几点钟。有时刚开门便出现，有时过了深夜才露面。“约瑟夫 · 斯大林”和“约翰 · 肯尼迪”跟三人都很熟。

阿嘉爱饮酒，但KYON和库蒂滴酒不沾。与喜欢橙汁和可乐的KYON不同，库蒂连水也不怎么碰，说是“讨厌任何饮料”。

“什么啊，那你怎么活着？”

“忍到不能再忍，就微微抿上几口。”

“水吗？”

“我讨厌喝水，宝矿力勉强能忍受。”

“讨厌喝水？为什么？”

“没味道。”

“你讨厌喝水，会崩溃的。”

“崩溃什么？”

不过，这样跟她们搭话的客人为数稀少。三人基本不同时出现，而且共同特点是周身散发着令人难以开口搭讪的气场。每次她们到店里来，无论客人还是店员，都显而易见地表情紧张。她们的青春气息与这种场合格格不入，因为三人看起来似乎也不希望有谁跟她们搭腔。

阿基也一样，每次她们来，后脑壳便沉甸甸的。不过，或许阿基的紧张感与其他人性质不同。他不愿威胁到三个女孩。她们如此纤弱、瘦小，看着她们，会有种“一团小小生命，毫无心机托付在你掌心”的感觉，仿佛稍稍一握紧，便会轻易没了声息。

阿基尽量不去瞧女孩，这相对更容易做到。因为剧中的马克莱宁也从不正眼看人，阴郁的眼神总是低垂，仅在少许重要时刻，才打量谁一眼。正因如此，马克莱宁目光中的深意总耐人寻味。

此外，阿基也会稍稍缩小自己的体态，但同时保持着马克莱宁的身姿。当然，这是一项艰难的任务，毕竟马克莱宁从不干这种事。况且，原本为了使身高与马克莱宁看齐，阿基特意在鞋底上下了些功夫。不足的几厘米身高用加厚的鞋底赚回来。一方面希望自己变得高大起来，另一方面又希望缩降低自己的存在感。在女孩们面前，阿基的心情格外分裂。

光顾最频繁的要属KYON。和其他两人一样，她总是独自出现，必定坐在吧台尽头的角落，而不知为何，那里的座位也总仿佛预约好似的为她空着。店员不管谁送上饮料，她都回一句，“谢了”。有时嘴角也会微微一翘，接着，便把注意力拉回到面前的手机上，头也不抬一下，塞着耳机，沉迷地刷着什么视频。有时，她会起身去洗手间，但通常会很快回来。偶尔迟迟不回，这种时候，往往是在洗手间呕吐。而约莫半个钟头，才返回店内。三人皆是如此。

就阿基所见，女孩们从未付过钱。三人的账单，每次总有他人代付。库蒂从不喝任何饮料，相反，却贪吃所有“奥黛丽”制作的美食，基本是下酒小菜，但由于库蒂食量惊人，不知何时，店里专门购置了电饭煲为她供餐，几乎可以说一律免费奉送。

对于“奥黛丽”烹调的食物，就连KYON也吃得有滋有味。平常她只吃一些和自己衣服颜色相同的QQ软糖，理由是，如果看到做菜的人长什么样子，这样的东西她就会难以下咽。用她的话说：“一旦知道是谁做的菜，我就犯恶心。”

对她而言，小学校午间的供餐是个难挨时刻。一想到配餐阿姨那张脸，KYON就阵阵反胃，很难把食物送进嘴里。但又没有“拒吃”这个选项，只能忍着恶心勉强下咽，过后再去厕所吐出来。KYON说，从那时起，呕吐就成了她的习惯。

“我告诉妈妈千万别给我做饭，看了真的会吐。可是，她明明从来不下厨。”

然而，每逢周四，唯有“奥黛丽”当面煮的食物，她愿意入口，甚至可以说，吃得格外开心。

“好好吃！”

“奥黛丽”身上有股不可思议的魔力。

阿嘉则什么也不吃，只喝酒。眼睛盯着酒杯，仿佛有谁在催促，一杯接一杯，她的酒水钱也由别的客人付。同女孩们一样，客人也坐在吧台边，且一律是男性。

初老的、中年的、瘦的、胖的、浑身汗津津的……总之是普通到不能再普通的男人。他们一言不发地默默啜酒，某一刻，忽然指指女孩的账单说：“算一起。”明明和女孩并不相识。女孩也不曾开口要求。

收钱找钱之类的事，阿基还不被允许经手。不过，就日常所见，客人们付的酒钱大大超出了实际消费的数字，并且谁也没拿过找零。

客人从座位一起身，女孩便在身后跟了上去，看也不看阿基一眼，表情怔怔地出了店门。

理解这一系列行为背后的意思，阿基费了不少日子。女孩在出卖身体，男人们是“嫖客”，FAKE成了双方碰头的地点。

客人在吧台边“验货”，看中后付款。金额多少阿基不知。恐怕是乌头指定的吧。

乌头。

阿基想起了乌头。这个二话不说便雇了自己的男人，告诉阿基保险箱位置的男人，把阿基当作“马克莱宁”，给予认可的男人。

阿基越来越看不懂乌头。他到底是何许人？况且，每当想起乌头，他本人的样貌从不会浮现于阿基脑海，只有一抹模糊的身影，决不会亮出真容。

在阿基的印象里，乌头从未和三名女孩碰过面。要么，也许过去见过？总之，店里制定了这样一套默契的规矩是确凿无疑的事。并且在一定范围内，男客们心里有数。

有时候，某些客人付了自己的酒钱便拔脚离去。这种情况说明他们没“相中”女孩。换句话说，女孩不具备作为“商品”的价值。

每逢此时，留在座位的女孩会安静地接受。和往常一样坐在位子上，要么吃吃喝喝，要么不吃不喝，待上片刻后再走。

唯有阿嘉会留下来喝一会儿酒。

阿嘉酒量过人。她喜欢杰克丹尼威士忌兑可乐。每次续杯，她都会减少可乐的比例。吧台后的大家也习惯了这套操作，只要阿嘉杯子一空，便默默做一杯更浓的杰克丹尼。当然，不收酒钱。

时不时地，新来的客人会跟阿嘉搭讪，他们并非“嫖客”，只是偶尔进店的生客。

“一个人喝呢？”

“一个人怎么了？”

阿基生怕他们冲阿嘉搭腔，也不希望他们看到阿嘉的样子。

“你是怎么知道这家店的？不觉得这里特古怪吗？”某日，两个上班族模样的男人冲阿嘉开口道。

仅就阿基所见，是两张初次光顾的陌生面孔，能想象基本属于光看不消费的那种。

当天，在吧台里服务的是“科特·柯本”和“猫王”，店内燠热难熬，“柯本”摘去了金色的假发，但没舍得脱掉身上那件羽毛夹克，一根接一根燃着烟卷，时不时拿他那黏糊糊的眼神打量两名男客。在全体店员中，他的扮装属于质量最过关的。

而另一边的“猫王”就比较没法儿看了。只见其扭着腰肢，挑逗似的鼻子里哼唱着小曲，但仅到阿基腰间的身子，只能从吧台勉强探出一截。用人造贴片粘出来的假鬓角，以及同样的假胸毛一出汗便会剥落，使他不得不三番五次去厕所返工。这副模样自然总让人想起从前的2PAC来。

“这扮装也太差劲了！”

“还是个小矮子！”

“本人平生见过的假猫王里，属这货与猫王最不沾边。”

果然不出所料，两个上班族男客对他冷嘲热讽。“猫王”冲二人抛出飞吻，更惹来了疯狂的嘲笑。面对这种状况，他却丝毫不以为意，甚至用英语说了句谢谢。

就阿基观察，他似乎总处于某种“冥想状态”，一旦扮上装，会比其他任何店员都更封闭在自我世界里。隐藏在墨镜深处的那双眼让人猜不透会是怎样的眼神，但时而打一个响指，身体微微后仰的姿态，看起来离快乐很远，更有一股老僧修禅的意味。

“喂，难不成你也在模仿谁？”

腻味了“猫王”的男客，转而冲阿基发话。一贯如此。初次来店的客人往往对一切研究腻了之后，才开始搭理阿基。

“正是。”

“哦，是谁？不过话说，你会不会太大个儿了？难道是我眼花了？他们这玩的是巨人与小矮人？”

“鬼晓得。”

“可恶，到底谁啊，这家伙！”

阿基和大家向来对“自我介绍”有一份矜持。这并非FAKE设立的规则，而是自然形成的“戒律”。当然，如果模仿的名人“真身”曾在何处做过自我介绍，那另当别论。否则，只要没见过其人自报家门，模仿者就无权擅自捏造。阿基也谨守着这一律条。

“这是当然。”

阿基所知的马克莱宁仅限于《男人的清晨》里那副做派。不必说，阿基的言谈举止也比其他店员更受限制。和高中时代如出一辙。阿基如今，依然戴着那副“熟悉的脚镣”。

“是谁呢？猜猜看呗。”年轻一点的男客说。

“绝对猜不出来好吧?!”

“呃……是古巴革命领袖卡斯特罗吗？”

“唉，不是吧！”

“不是吗？可这两人的个子都挺高。”

“要是卡斯特罗，肯定会穿军服好吧？确实，这小子个儿高得离谱。呃……不然是哪个篮球选手？”

“不不，如果篮球选手的话，不得穿球衣吗？这小子一身衣服挺怀旧的，估计是古代人。”

“什么啊，还古代人呢？这谁猜得出来！算了，你小子是谁？说来听听。”

“风说了算。”

“什么鬼？”

“吓人呢！”

最初这种客人会觉得好玩，之后，也会再光顾几回。但从某一日起，便会断然不再登门。毕竟酒钱并不便宜，酒保也不表演什么有意思的杂耍，常客之间的氛围绝不属于令人易于融入的那种。

该店的熟客，包括“嫖客”，全都安安静静。一个人静悄悄地饮酒，静悄悄地醉酒，再静悄悄地离去。偶尔也会越过吧台，跟阿基他们聊上几句，但客人仿佛很清楚，阿基们处于扮装状态，不可能给出什么正经回答，也聊不出什么名堂。与此同时，仿佛正因为清楚这一点，反而有了份安心感，也才敢于向阿基们开口搭话。

“喂喂，这小子扮的谁，你知道不？”

被男客如此搭讪的阿嘉，除了她特殊的身份让大家略微有些紧张外，早已和在场的常客混熟。同样，她也静静地喝酒，静静地醉酒，从不做出任何欢闹、快乐的举动，更不带有任何攻击性。酒喝得越多，越是沉入自己身体深处。她只回了一句：“不清楚。”

决不打听，阿基和酒保们到底扮的是谁。

“搞什么嘛，居然没人知道！”

“那，你来这里干吗？”

阿基移开目光，避免去瞧这二人。不知不觉间，手里握了一把菜刀。保鲜盒里的柠檬与酸橙被切成了美丽的月牙形，已经满到溢出。

“酒好喝呗。”

“哟呵？看不出来，你的口味还挺成熟，明明小小年纪！”

阿嘉喝的是杰克丹尼兑可乐，倒也谈不上好喝到什么地步。况且，店员的调酒技术也漂亮不到哪里去，摇酒壶的手法笨得没法儿入眼。

“真有意思，这家也太坑了吧？”

“确实，连模仿的是谁也要保密，真新鲜嗨。”

“到底算什么模仿秀酒吧啊！”

“模仿秀？”阿嘉一脸不解。

“呃，不是吗？我俩瞧见门外的招牌才进来的。”

阿嘉盯着两个男客看了好一会儿，不是等待对方回答的眼神，只是望着二人，目不转睛，过了片晌，仿佛才恍然大悟，然后掉开视线，转而望向阿基。不知为何，“科特·柯本”和“猫王”也齐齐地把目光投向阿基。

阿基当然不敢迎接各位的注视。所以他没发现，阿嘉嘴里嘟囔了一句什么。

想画一幅关于女人的画。

一个女人，只有影子。

一个女人，只有脸。

一个女人，在吐血。

只画了一半，我就放弃了。

发现呕吐物里混着血丝时，我反而隐隐松了口气。

最近几天，身体一直难受得要命。脖子和肩膀的酸沉已经属于系统初始设定，时不时会有一股异常的压迫感，在上半身的每一处频频发作。有一天，胸以上的整个部位仿佛被一匹粗布死死缠住，躯体完全不受意识的使唤，尤其脖子，向右侧狠狠歪过去。

一碰上坏天气，我的眼球深处和太阳穴便阵阵作痛。梅雨季将近。大概这便是俗话说的“偏头痛”吧？不过，这种眼珠子险些被挤爆，而太阳穴仿佛故意为了折磨我，与对方合力拼命压榨的感受，若说每位偏头痛患者都体验过，我终究有点难以置信。

“怎么搞的？你的脸色好差。”

这样随口关心问一句的人很多。不过，劝我“好好休息”的人一个也没有。

“你也怀孕了？”

确实，脸部的浮肿看起来像是胖了。好久没骑自行车通勤，肌肉也掉了不少，体重明明降了，小腹却异常突出。脱光衣服站到镜子前这种事，我早已不干了，因为知道自己砢碜得压根儿没法儿看。

我的眼角时不时地会有锐光一颤一颤地频频闪动，将视野遮挡。有时像毛边马赛克，有时横向延伸，如色彩鲜艳的游龙。看远处问题不大，看近处时会发生视野缺损现象，导致我读不了台本或提示卡，十分头痛。用手机上网查了查，说是高强度的压力或疲劳状态下，脑血管收缩引起的症状。另外还有句陈述：多见于年轻女性。看得我顿感羞耻。

在剧烈瘙痒的侵扰下，我脱去袜子，发觉处处脚皮剥落。痒感徐徐朝小腿肚蔓延，那里的皮肤倒未剥落，却已成片溃烂。毛孔粗大红肿、凹凸不平，一挠便流出混着血丝的脓水。

最恶劣的还要数胃的反应，三天两头像被小刀扎似的剧痛。每当发作，我便喘不上气，只能静静地咬牙死忍着。到底从何时起，我与身体的关系变得如此剑拔弩张？我只好认为，自己正被自己的身体虐待。一味死忍之下，回头咳嗽又犯了，停也停不住。这个咳嗽和我早是老相识了。

喝了一堆胃药也不见效。由于和咳嗽药并用，异样的困意席卷而来，常搞得我哈欠连连，这下子又容易勾起反胃，于是，只好用力捶打身体，要么拿指甲狠狠掐自己的手臂，企图把瞌睡劲儿压过去。有时实在困得要命，甚至在外景现场会冷不防睡过去几秒。

事情的最终爆发起因于一碗拉面。

外景任务结束后，押见邀请我们幕后组去吃饭。外景地在千驮谷某位艺人的宅邸，附近有一家美味的素食面馆，平时总客满盈门，于是我们专门瞅准了平日下午三点这个时段。

我决定参加聚餐。把自己的日程表发给我不说，不知押见用什么方式，还掌握了我的排班表。当日我余下的工作只剩和小森返回公司剪片子。一定是了解到这一点，她才提出邀请的吧。类似这种事，一段时间内已发生过好几次。

“谁想去就去，不必勉强！”

押见一点没变。一到工作场合，她还是老样子，倒也没有那种唯独对我保持距离的刻意。这段日子身为艺人与节目组相处无间，她对其他成员显示出的信赖感，对我也不例外。这恐怕并不是做艺人的职业技能。而是在打造人设的能力之外，某种个人的素养。

“我想去！”

小森率先举起了手，节目组其他几人也陆续加入。

“好开心！”

“谢谢押见老师款待！”

“别呀，看样子，我是非请不可了啊？行，我请！”

托押见的福，现场气氛一片其乐融融。

“谢谢老师！”

我也笑着加入。而实际上，我的笑容里没有丝毫开心的意味。

押见把地址告诉司机，指示着路线。巴士驶过国立竞技场旁边。为了四年后将要召开的东京奥运会，这里貌似正在全面进行重建。据说，粗粗一算，工程费用已逾一千亿日元。

来到拉面店，只有我们一行六人，坐到了吧台边的空位。看样子，押见在大家未留意的时候，提前订好了座位。这种周到也很有押见一贯的风格。

“押见女士，欢迎光临！”

在这家店，她也人缘不错。

“一下子来这么多人，打搅啦！这个给你，请收下，是人家送我的土特产。”

出外景时，我见她手里一直拎着一个大纸袋，原来是准备送给店主的礼品。换句话说，今日到这里来用餐是她一早便计划好的。

“哎呀呀，那怎么好意思！请问是……”

“水茄子，每年大阪的一家腌菜店都会寄给我。虽说现在有点不到时令。”

“哇！实在感谢！”

“休息的时候捏几片尝尝吧，实话实说，味道还真不错。”

押见做人真可谓面面俱到，小森在一旁用热烈崇拜的目光追随着她。

正如曾经的我与田泽，小森也三天两头睡在公司里。可她从不像我们一样，浑身散发着恶臭。她的指甲整天涂得漂漂亮亮的，实在令我难以置信。听说下班早的日子，她还会出去喝酒，这更使我惊掉下巴。而且，她酒量相当厉害，但凡不是过分贪杯，第二天绝对不会宿醉。

“本人就是为这份工作而生的！”

对如此直言不讳高调宣称的小森，我多多少少有点不爽。

小森越勤恳，工作干得越上手，我就越有一种被问罪的感觉。她让我觉得，筋疲力尽的自己、严重耗损的自己是有问题的。曾经那段受尽折磨与劳苦的助理时代到底算怎么回事？为什么我依然举步维艰？

新人时期的我又是什么模样呢？和小森没什么不同，一身打扮清清爽爽，有不乏锻炼的强健体格，皮肤滑润光洁，哪怕睡得再少也撑得下来。和小森一样，或许也有无数个向前辈们炫耀梦想的瞬间。那时的我看在田泽和其他疲惫困顿的前辈眼里，会使他们心头涌起怎样复杂的况味呢？而自那之后，又有多少前辈相继“飞掉了”呢？

小森告诉我，前几日田泽诞下了一个女宝宝。

“听说是剖宫产，不过母女平安，顺利分娩，实在太好啦！”

实在没想到，田泽与其他同事，以及后辈的小森，居然一直保持着联络，并且是那种分娩后不忘发消息报平安的关系。

“生的女儿？最好别长得像田泽啊。”

面对这样挖苦取乐的前辈，小森问：“为什么？”

问得直截了当，不打含糊。望着小森微笑的表情和犀利坦荡的目光，前辈肉眼可见地气势矮了一截。

正因小森是这种性格，才深获田泽的信赖。小森绝不在背后恶意对人说长道短。有时一伙人联手捉弄哪位同事，她也绝不会参加。岂止如此，她还要反手补个软钉子：“不管长得像不像妈妈，对宝贝的人生来说，都不会有任何影响哦。”

不管对方是行业前辈，还是台里的人，她统统一视同仁。饶是如此，居然一直无风无浪、安然无事。原因在于小森绝不采取攻击性的态度，即便对这种人，她也显示出友爱与尊重。

小森身上有一种足以解除他人武装的神奇力量。拍摄时只要有她在场，时间就绝不会难挨。“玩命工作”以及“向对方表示好意”不是什么值得羞耻的低贱姿态，相反，从结果来看，会导向工作效率的提升——小森以她的存在鲜明地证实了这一点。

就连社长似乎也被她打动。对小森的工作表现给予极高评价，这我尚可以理解，但社长也开始尊重她的意见，这属实令我意外。要是从前，没有谁会去给社长谏言。光是被社长一瞪，就浑身发僵。何况小森这样的乳臭小字辈，居然去跟社长唱反调，简直难以想象。然而，小森偏偏敢这么做。

关于以往这套由来已久的旧工作体系是否有必要存续，她力争与社长展开讨论，提议若是存在改善的余地，便该着手实施。平时社长一旦有什么歧视性的发言，她也会表示异议。公司对待职员，若有什么不规范的地方，不管花多少工夫，她也要设法劝说社长改进。面对小森的谏言，社长有时情绪不佳，有时固执己见，但在她率直、热情的影响下，态度也逐渐有所软化，开始倾听她的想法，找出时间与她对话，不仅如此，社长还主动向大家征求意见。天长日久，我们这些职场老油条之间的关系也随之改变。

不过，我对小森无论如何生不出感谢之意。

小森与我接触也一向怀有敬意，从未流露出侮辱性的态度，不见丝毫敷衍与轻视。但我时时，当真是时时，会有一种“接受考验”的感觉。

小森是各种意义的“新人”。尽管从做事的毅力、冲劲，以及喝酒的豪爽来看，她似乎比我更显老派，但环绕周身的那股气息却无可否认地清新。而感觉总有一日这份“新”会将我击溃和淘汰。

小森初来乍到那会儿，被安排在田泽手下。

“做好心理准备啊。”

我曾这样提醒。当时她也反问：“为什么呢？”她戴着美瞳的眼眸泛着明媚的绿色，仔细看的话，与指甲的颜色完美搭配。

“呃？哎呀，反正，女的跟女的共事会有很多烂事吧，尤其像田泽这样的……”

听我这么说，小森也再度反问：“哦？为什么啊？”

瞧她的神情，不见一丝反诘的意味，貌似对我话中的意思当真摸不着头脑。

“女的和女的共事会有什么问题呢？”

年轻可爱的女生被公司里丑陋的老女人折磨、刁难的这套模式，在小森和田泽身上没能应验。她们二人相处得十分融洽。

“我打心眼儿里尊敬田泽前辈！”

由于小森在场，田泽爆出怀孕消息的时候，也没有谁从旁阴阳怪气。她悄无声息地监视着我们阴暗丑陋的内心。

假如她瞧不起我，那反倒好了。如此，我便可以不加掩饰地憎恨她。然而，小森绝不以轻慢的态度待人。犹如清澈、美丽、强效的纯净水，只消几滴，便足以将一汪污浊的浑水净化至透明。

这本是求之不得的好事，明明应当为之喜悦，却令我感到，身在浑水中的自己，曾经也贡献过一份浑浊的自己，是无可救药的可耻存在。这滋味太煎熬，令人抗拒。

此时，眼前的状况也一样。我实在难以想象，小森身为幕后制作人员，而非普通观众，对一位年过五十，严格来说是五十三岁，活跃于综艺领域的毒舌前女优竟心怀热烈的仰慕之情。而我却不得不去正视自己这份“难以想象”背后所蕴含的丑陋心思。

“押见老师对应时应季的饮食传统如此看重，真的很有心呢！”

“我像你这么年轻那会儿，对什么季节时令啊，根本不放在眼里！不过，要知道，上了年纪以后，死变成了一个切身的现实问题。怎么说呢，人到了这光景，总会寻思，我这副老骨头，只怕是最后一次享用好东西了吧？”

“欸？怎么会这样！”

“真的哦。对什么应季美食会变得超级敏感！浑身每个细胞都在尖叫：老东西，这怕是你这辈子最后一次品尝时鲜啦！”

“啊哈哈哈哈！”

“喂，不准笑话老人家啊！”

“哦！”

大家笑成一团。小森和押见的一来一往成了现场的“风味特产”。

“嗨，让各位久等啦！”

用蔬菜高汤制作的拉面呈现在眼前。当然，动物性食材一概杜绝使用。黑色大碗里盛满乳白色的汤汁，清炸的红柿椒点缀其上，望之有一股时下流行的所谓“ins风”。押见动筷之前，先给拉面拍照。几个月前，她玩起了Instagram，如今关注人数已破二十万。

“老花眼实在看不清啊！”

押见一面如此念叨，一面把手机打开关上好几次。

小森在背后曾夸赞过：“押见老师能大大方方接纳自己衰老的事实，这点特别酷！”对定期把白发染黑这件事不仅不遮遮掩掩，还时常在人前抱怨老腰不适，在小森眼里，“这很赞！”在外景现场，押见的口头禅是：“我啊，早就是老阿姨了。”

不过，以前她发给我的腹肌照片却让人完全联想不到“老阿姨”。据说，连健身私教也夸过她：“拥有二十岁的身体。”肚脐上佩戴的钻石脐环闪耀着炸裂的白光。

“哇！汤汁好浓郁！太美味了！”

喝了口拉面汤，小森赞叹。

“汤里面有放一些磨碎的腰果泥哟。”年轻的店主解释。

从我们一帮人来店时起，店主就一脸喜色地听着小森和押见的对话。

“好吃好吃！真格的拉面！”

平时寡言少语的摄影师小野田也情不自禁地漏出一句感言，他的助理和我们都笑了起来。

“作为食评，这句可不合格哦！”

负责照明的神崎在一旁吐槽。

“哎呀，快别，有关工作的话题赶紧打住！”

押见佯装恼怒。最近，她又到手了三档新节目的常驻邀请。不过，昨晚她向我吐露，“其实好想去演舞台剧”，“特别想转幕后”。我俩从深夜两点开始喝，一直喝了两个多小时。回家时，我在出租车上睡得东倒西歪，到家后却一眼未合。接着不得不一身困倦地去到林导的现场，围观大家拿他结婚的消息打趣。

脑袋阵阵眩晕。明明一直处于渴睡状态，但头脑清楚地意识到“没睡觉”的瞬间会骤然被睡魔击倒。今早集合时间为八点。估计押见也几乎一夜未眠吧？她的体力着实不一般。

“怎样？味道还好？”

越过小森，押见问我。

“特别好吃。真的。”

我的嘴里吃不出一点滋味。小森形容的“浓郁”和小野田口中“真格的拉面”，我都感受不到。不过，当然和白水有点区别。明明没味道，脑子却在强调“肯定有味道”，这令我阵阵欲呕。

“那就好！”

我拿筷子挑起面条，努力送进嘴里。时不时会忘记嗦面的方法，这时，我就抄起调羹，往嘴里硬塞。

“这家的汤头一概不使用化学调味料，要把汤喝光光哦。”

既然押见这么交代，我便把汤全灌下肚去。

押见去洗手间的时候偷偷结了这餐饭的账单。这也是她一贯的做法，大家纷纷道谢。而此时她也不忘催促：“快跟店家打声招呼，还有，来吃饭的其他客人！”

这也是必走的过场。

“吵吵闹闹的，实在不好意思！”

发现押见也在这里用餐，有几位客人一直在小声耳语。押见对此也看在眼里，离开的时候，她逐个上前问候。

“这家店的味道真不错是吧？”

“打扰啦，您慢用。”

一位自称“是您粉丝”的年轻女客人要求握手，她迅即回应：“快吃吧，面都坨啦！”

说完，亲昵地拍拍女孩的肩膀。女孩心花怒放，一直跟男伴赞叹：“她好漂亮啊！”

走出店门，大家把押见围在中间，又一次鞠躬致谢。

“感谢款待！”

那一瞬间，有谁在我肚子上踹了一脚。至少我是这么感觉的。但不然，事实是我吐了。我勾着头，面朝马路，猛地一口喷射出去。心里明白是吐了，感觉却像有人一脚一脚往我肚子上用力踹，久久不停。

谁在踢我？

此人何故如此愤怒？

吃下去的东西全部呈未消化状态翻涌上来。方才的拉面我嚼也没嚼就囫囵咽下，此刻仍保持着整根的形状。面条、红柿椒，绿色的是啥玩意儿来着？

“啊——！”

押见发出一声尖叫。刚才我完全是勉强下咽，现在露馅儿了。

“对不……”

得赶紧道歉。但每次我刚想开口，胃里到嗓子眼便涌出来一股污物。当中还夹杂着鲜红的斑点。不是红柿椒，是血！意识到这一点的瞬间，我的身体忽然像被抽空了力气，我正欲瘫倒……

“要不要紧?!”

押见把手臂伸到我腰间。我猜，我大概是说了句什么。但我自己也记不得了，神志开始飘散。待回过神来时，我已经躺在了出租车的后座。同时听见副驾座上，小森正在给公司打电话。

我被确诊患了肠胃炎，和田泽装病时的病名一样。

“胃壁有大面积的溃疡，你可真能忍啊。”

身体的浮肿与足部的溃烂是极度缺水所致，至于偏头痛和上半身的酸疼，则原因不详。医生下出的诊断也不出我所料。

“应该是慢性压力所导致。”

我早已预判医生会这么讲。

所以才一直不肯上医院。我讨厌把所有躯体的不适用一句“压力”草草打发掉。在当今这个时代，所有大人乃至小孩，恐怕人人皆有压力。我无法忍受，唯有自己，脆弱到如此夸张的程度。

“看来你的工作太过辛苦，还是稍稍休息一下吧。”

我不记得告诉过大夫自己的职业。随后才记起，送我来医院的是小森，一定是她透露的吧。

结果是，接下来我将入院三日，说是检查数据不太好，但不清楚具体哪一项不太好。不过，并非什么“压力”之类的暧昧说辞，而是实打实从数据判明身体何处有问题，这让我有点舒心。

时隔许久，我与前来送替换衣物的老妈又见了面。

“你瘦了呢。”

说这话的老妈却胖了不少。她剪短了头发，染成明亮的颜色。意识到此举是为了遮掩白发，是在我发现老妈的后脑勺上有一片放射状闪着白光的区域之后。

她仍在中岛介绍的公司里上班。据说，最近新增了一些事务性工作，开始让她负责简单的文稿校阅、对谈稿的录音整理等。

我生怕她问起中岛。当然，我也不打算跟她讲发生过什么。不过，又没自信能避开那件事，圆满回答老妈的问题。至今，中岛咧开嘴，露出满口白牙的样子依旧时不时浮现在我脑海。

“公司里一口气离职了两个人。”

老妈抱怨，下班时间往往远远晚于傍晚五点钟。

“前几天，总算能赶上末班电车回家了。真挤啊，跟早班车没区别。”

“工资涨了吗？”我问。

老妈摇摇头。

“啊，对了。下个月，我打算搬家了。”

“啥？”

“搬回我老家。交房租实在太吃力了。所以，你有什么需要的东西早打招呼，我寄给你。”

突如其来的话题使我内心思绪翻滚。虽说我早已从家里搬了出来，但老妈丝毫不打商量的决定还是让我有些冒火。老妈居然是这么果断的人吗？不过，在如此抱怨之前，我对老妈原本也谈不上了解。她走过了怎样的人生、有过怎样的思考、用何样的眼光看待世界，等等，我对自己的母亲不曾有过丝毫探究的兴趣。

只知道老妈和埼玉县的娘家之间，关系处得一直不好。在我记忆中，老妈带我回娘家探亲的次数，屈指可数。偶尔几次上门，家里也充斥着冷冰冰的气氛。

“你老家还有人吗？”

在父亲死去数年前，外祖父母早已辞世。

“有个姐姐，你知道的嘛，如今你大姨住在老家。”

“她一个人？”

“哪儿啊，还有阿春。就那个，你表哥嘛。虽说你可能记不清了。那孩子今年也有四十了，还在打零工，三天打鱼两天晒网的，基本上算是家里蹲吧。”

“那你还要住过去？”

“没法子啊。说来说去总归是姐妹。听说最近她的腿出了点毛病。再说总让你给我寄生活费也不是事。要是我不用交房租，手头至少能宽裕点吧。”

确实，假如每月不必上交生活费，我真的能好过点。不过，此时该向老妈道谢好呢，还是道歉好呢，我也没主意。混乱之中，我选择怨恨她。

“哎，所以我说，你早打招呼啊，需要什么东西。”

那一瞬间，从我心底涌起的是对老妈的憎恶。

阿基从来不锁家门。

母亲生前对门锁有一种偏执的依赖。

落下门锁，还要再打开，反复确认几遍后，才要求阿基重新关好，说是不敢相信自己的记性。阿基走到玄关，告诉母亲门锁得好好的。可这一回，她又死活不肯相信阿基。

“因为你的脑子傻乎乎的。”

后来症状严重起来，她甚至怀疑阿基是不是假装锁了门。

“你不会偷偷喊了谁来家里吧？”

为了能使母亲安心，阿基很是犯难。

“你喊人来家里准备报复我！”

去买把锁来！母亲一遍遍交代阿基，给他一大把钱。可是该买哪种好呢？阿基没什么概念，最终在常去的百元店锁匙区买了一把挂锁，把它交给母亲，母亲满意了一点。

“去锁上，快！”

不过，锁头该挂在哪里、怎么使用，阿基和母亲都不清楚。结果彩色的锁头被丢置在玄关处。可单是如此，母亲也放下心来，锁头的存在本身仿佛成了她的护身符。

但其他日子里，母亲却压根儿不锁门。连没上锁这件事也不管不顾。有时，甚至家门大敞地睡过去。

“咱家也没啥可偷的东西，对吧！”

说完，她便笑了。

对阿基来说，锁是一种费解的东西。当然，他也知道，锁的存在是为了防止偷盗，但无论如何难以相信，这小小的金属疙瘩竟如此关系母亲身心状态的稳定。比如说，假如有谁想入户行窃，打破窗玻璃就能闯入，若是有把斧头，连大门也能砸烂。想搞点破坏太简单了。

何况现在阿基认识了乌头。放满一沓沓钞票的保险箱就藏在挂画后面，表面看似有所“警戒”，实际却压根儿没有上锁。乌头就是这么一个人。

阿基每次走出家门都不会上锁，而是停一下脚步。只停顿小小的一瞬，而后就头也不回地离开。破破烂烂的屋子里没有任何值得偷窃的东西。从外面回到家，他也会停顿一下，然后不声不响地拉开门。

发薪以后，他总把钱塞在枕边。话是这么说，可家里并没有枕头，只有一块叠成四方形的浴巾充当枕头之用。钞票原样装在信封里，需要的时候才抽一张出来。

住在这栋破楼背后的房东是个上年纪的老人，辨不出男女。每次上门来收租，阿基就从信封里掏一点给他。家中没有浴室，但房租水平远低于这一带的下限。交租后剩下的钱，阿基就凭心情付一下水电费、燃气费。如果还有剩，就再买些食物。转眼间，钱便花光了。

尽管如此，对于FAKE的存在，阿基还是心怀庆幸。“奥黛丽”三天两头拿剩下的米饭捏成饭团，让阿基带回家吃。有片遮风挡雨的屋檐已是万幸，生活中没有暴力的影子已是万幸。最重要的是，阿基活着。

某天，回到家中，阿基发现放工资的信封不见了。

翻了翻毛巾，翻了翻薄薄的被褥，找遍家中每一处角落，却一无所获。昨晚刚到手的薪水。阿基钻进厕所，撒了泡长长的尿，而后原地愣了片刻。尿液微微发红，散发出湿纸箱的气味。

午后，楼里来了两个警察，是骑着自行车的一对搭档。阿基从窗户缝向外窥探。不知怎的，警察来之前，他便有不好的预感，一直睡不安稳。

阿基向来害怕警察。之前有过好几次遭遇高压式例行盘问的经历。其实，本身母亲也怕这些人，每次街上响起警车的笛声，她就浑身僵直，连阿基也看得出来。

“得赶紧藏起来。”严重的时候，母亲会抓起锁头躲进壁橱，嘴里交代阿基，“警察来了就说我不在。”

阿基可不觉得自己有能力蒙混过关。毕竟从前他有过把塑料的面包袋搞出动静，而使市政府公务员入户的经历。万一再把母亲暴露于危机之中呢？她一定会大汗淋漓，嘴里念念叨叨说个不停吧？阿基不愿看见那一幕。警车的笛声听起来仿佛永远不会停。但最终，它们总会渐渐远去。警察把母亲带走的事情一次也不曾发生。

此刻，两名警察貌似在向房东问话。明明是阴天，房东却戴着一副太阳眼镜。黄色的框子，花哨的款式。不可思议的是，跟他染成紫色的头发居然挺搭。

一人手里拿着小本子，边听边记录什么。房东抬手指了指这边，阿基赶忙藏起身子，屏住呼吸，等了一会儿，什么也没发生。再次往那个方向窥视，警察们已不在原处，与此同时，隔壁响起了话语声。

“三个月的房租啊。我当然要催啦，毕竟我也要过日子嘛。”

“是电话催交吗？”

“电话也打了，门也敲了，毕竟我也要过日子嘛。”

“对方没回话？”

“没啊。毕竟，我也要过日子嘛。这个，不属于我的责任吧？”

“嗯？”

“我没什么责任吧？毕竟我也要过日子。她一直拖欠着不交。”

“总之，最近你没看到她的人影？”

“没有。她一直躲着我嘛，毕竟我也要过日子。三个月都不交房租了呀。”

此刻房东和两位警察在隔壁屋，时不时传来开门关门的动静，听起来像在窸窸窣窣地翻找什么。

“警官先生，那个，最近有没有什么杀人啊，伤人事件啥的？”

“那倒没有。目前来看，单纯只是盗窃。”

“那也怪可怕的。小偷什么的。哎，要不我打个电话试试？毕竟电话号码我一直存着。”

“不必，不要紧。”

“那我的房租怎么办呢？三个月没交了。”

“借过一下。”

“反正都当贼了，付一下房租又怎样嘛。”

“总之，再有什么情况，请联络我们。”

“我也要过日子的嘛。”

警察的脚步声渐行渐远，隔壁传来房东的叹息，不像女人的声音，听得那么分明。

阿基把耳朵贴在墙上，这才意识到，这几天一直没听到女人的动静，做爱声、电话声、冲厕所的水声、哼歌声……统统没有。

房东似乎也走了。当然，女人也不在了。阿基把耳朵用力贴紧墙皮。女人也像自己这样小心翼翼地偷听过吗？听自己发出的动静，想象自己的模样，有过吗？

话说回来，女人怎么知道自己发薪的日子呢？

一旦拿定主意，阿基动作很快。和辞去剧团时一样，雷厉风行。

为了拖延房租，阿基没和房东交涉。直到最后，也不知道那位老人的姓名、年龄，以及性别。她或者他，反复念叨着一句话："毕竟我也要过日子嘛。"房东作为"也要讨生活的某人"，在阿基脑子里停留了片刻，随即便消失了。

凡是能塞下的东西，阿基统统塞进地板上的一只健身包内。这只健身包是和母亲住在一起时，她买回来的。外形呈圆筒状，能容纳三只篮球，表面绘有篮球的插画。母亲从没打过篮球。又或者学生时代有过这方面的经历？对于母亲的过往，阿基一无所知。

搬进这间旧屋时，他也只带了一些能塞进健身包的物品。充当枕头的浴巾是那时带过来的，原本是明亮的蓝色，如今变成染有几抹桃红的淡蓝。

"是我这辈子见过的行李最少的搬家。"

当时东国笑着打趣，当然今天阿基也记忆鲜明。

每当记起东国，阿基便觉得自己所有感受以恐怖的速度向小腹附近聚拢，从那里诞生出某种苦涩的物质，最后溶成了一摊液体。那明明是自己在自己体内生成的物质，却几乎将顷刻矮小下去的自己溺毙。

"不要掉开视线。"

东国命令。

“要敢于直视体内发生的感受。”

体内发生的感受究竟是什么？如何将身体，以及当中的那处空白填补完整？东国却没有教。

阿基漠然地收拾着行李。生锈的剃刀、脱絮起球的毛巾、几副卫生筷、少许换洗衣物、皱巴巴的卫生纸、几册笔记本和铅笔、美食广场拿的纸巾、塑料勺与叉、缝纫用的针线、已彻底爹毛的黄色牙刷、脚跟处破了大洞的袜子、剩下的三根半手指面包，最后放入母亲那只骨灰罐，阿基拉住健身包的拉链。侧面的拉链开着，他伸手进去掏出一把粉色挂锁。把它搁在掌心，呆呆地望了一会儿，眼泪止住了。

那一日，阿基背着行李，直接去了FAKE上班。当天是周五，“约瑟夫·斯大林”和“阿道夫·希特勒”当班。与平时毫无二致的夜晚。

末班电车即将停运的时刻，库蒂来了。当晚的库蒂看起来比平日里幼态。阿基发现，原因是她没扣上连帽衫的风帽。即使昏暗的灯光下，也能看清她的面容。阿基唯有弯腰取冰块的时候，才能望见她的脸。下巴上粘着创可贴。棕色的创可贴格外醒目，因为她的皮肤太过白皙。

有一瞬间，阿基想到，库蒂会不会也和自己一样刚刚哭过？她什么也不喝，弓着背坐在角落，眼睛不离手机。

过了片刻，“客人”到了。时针已过深夜一点，他仍不见醉意。是来过多次的熟客。头发从根部打着硬硬的卷，大鼻子，沾满了油污的黑框眼镜，印有Logo的T恤衫。当日天气冷飕飕的，他却不改平日的装扮。黑色T恤上印着几个白字——“GO HOME”。

他叫了一杯尊尼获加威士忌加冰。不过，只微微抿了一口，仿佛为了打湿一下嘴唇，随后便站起身。

“走吧？”

男人总拣库蒂在的日子到店里来，大概知道她的年龄。

库蒂没吭声，眼睛依旧不离手机，从座位上起身，意思是准备跟男人走。“希特勒”收了三万元，收拾掉酒杯。据阿基所见，是三张万元大钞。“斯大林”擦了擦桌子。阿基什么话也没讲，只是目送着二人离开。男人先走出店门，库蒂跟在他身后，没有回一下头。

营业结束后，阿基必须寻觅一个露宿的地方。家已经回不去了，在室外过夜这种事也多年没有过了。没想到，如今自己作为一名成年人，连找个睡觉的地方都如此辛苦。

首先，街上的行人始终络绎不绝。这本是他平时熟知的风景，但作为“流浪场所”的街头和作为“露宿场所”的街头，面貌竟截然不同。阿基仿佛获得了一双崭新的眼睛，举目在街上四处打量。

所有东西混合的气味，高亢的噪声，浑浊的空气，这些都没什么改变，但比白日里更为刺激，也比白日里更为闭塞。阿基提着一口气，但之后，却始终找不到吐出来的地方。

似乎并不存在一个多余的空位可以让他平躺下来，踏实地熟睡。路边虽歪着醉酒的上班族，但那只是临时睡一小觉，自己可没有这个资格。忽然阿基有点担心，明明走过去了，又折返回去瞧了一眼。那人的皮包不在他身边。

小时候睡觉的地方在一座高架桥下，离家相当远，必须走好久才能到。这种印象一直维持到阿基入住福利院。升入高中以后，他又去看了看，实际上，离家只有从眼睛到鼻尖那点距离，甚至站在家里就能望见。

桥下大抵铺着些纸箱，或是什么柔软的废弃物。阿基躺在上面，要么用那些东西裹着身体睡觉，要么也许是阿基从家里带的毯子之类。如今他已记不清楚。

这阵子，他不再能记起小时候的情景。一旦努力回忆，就会有一种仿佛坠入体内那个漆黑洞穴的感觉。那里没有声与光，阿基只能在当中静静窒息。

这条街也有高架桥，不过走近一看，却过于吵闹。时间已过深夜一点，电车却仍在运行，过路的人也并不见少。虽是如此，这里已然有了先一步抢到位子的“客人”，蒙着不知从哪里搞到的厚被子呼呼大睡。被子下面露出的光脚，黑黑的趾甲几乎已溃烂。走到跟前，一股刺鼻的尿骚味扑面而来。

大公园不仅收票，而且到了晚间就锁门。小公园自然总有“常客”捷足先登，有时是高架桥下常见的流浪汉，有时则是街头上班族打扮的男人，有时两者都不是，他们只坐在长椅上，抽着烟，似乎在等什么人。

公园以外，就算能找到一块恰好合适的地方，那里也往往立着什么铁铸的街头装饰，或竖着几根一见之下形似长枪的障碍物。这景象安静而态度坚决地拒绝着阿基。

阿基来回走了两个多小时。离开一条街，走入另一条，最后，又折回最初那条。天光已然泛白。

街上的动物们开始蠢蠢欲动。这条街的“住民”肯定比野生动物行动的时间要晚。在人类的剥夺下，它们无法拥有属于自己的夜晚、自己的黑暗空间。唯有在拂晓之际，这段天空泛白的时间，才能瞅准人类最疏忽的一刻，建造它们自己的王国。

不知何时，醉卧的上班族消失了踪影。而他留下的呕吐物正被乌鸦们啄食。定睛细看，能捕捉到自动售货机下，几只老鼠窥伺的身影，连眼神不好的阿基也每每惊讶地发觉它们的存在。蟑螂呢？想到这里，四下一张望，堆在户外的垃圾山上可以轻易发现它们的族类出没，披着红褐色翅膀，积极挥动着触角到处溜达，时不时停下脚步，仿佛正支棱起耳朵倾听周遭的动静。

阿基钻进FAKE所在的小巷。

空调外机总撞到头顶，必须屈身前行。在稍微深处的地方，阿基把健身包当枕头，打横躺下试了试。地面坚硬，和阿基粗大的骨骼相处不怎么融洽。但静等片刻，睡意便涌了上来。说起来，从昨日到现在，他还一眼未合。挤着后脑勺的是母亲的骨灰罐和那把挂锁。一定能记起些小时候的事吧，他这么想着，在坠入睡眠的瞬间，涌上来的却是另一幅画面。

是“2PAC”。

走出店门前，望着阿基的“2PAC”。

把他那句英文译成日语的是“奥黛丽”。但此刻，却是“2PAC”的声音在脑中回放。当然，并非出自“2PAC”本人。

“我不会说，我要改变世界。但我向你保证，我将引爆大脑，用它们去改天换地。”

这声音来自阿基熟知的那个“2PAC”。

妈妈说，这辈子唯一不能干的就是当小偷。

在所有的坏事里面，当小偷最羞耻，最没出息。

妈妈小时候，有一个和服的头花，她向来宝贝得很。

好像一朵花的形状，漂亮得不得了，朋友们全都羡慕她。

不过有一天，头花不见了。到处找遍了，也找不到。

妈妈不愿意怀疑自己的朋友。

连厕所也找了。猫的肚子也（*此处意思不明*）。

又一天，妈妈的爸爸买了酒回家。

原来头花是他拿去卖掉了。

妈妈哭了，大喊："把头花还给我！"

但她的爸爸却狠狠打了她。

眼泪汹涌，无法停歇。

这眼泪里不含什么悲伤、寂寥之类的情感成分。主治医生告知我“明天出院”的瞬间，忽然它们夺眶而出，停也停不下来。我曾在影视剧里听过一种煽情的表达，“泪腺崩坏”。而实际上，此时此刻，这一幕正在我身上上演。

“对不起。”

自己也不明白为何道歉。不过，总之，我想让医生明白，这眼泪并非出于伤心，它来得无缘无故，仅仅是“泪腺崩坏”。

医生不知何故，貌似接纳了这个理由，轻轻点点头，劝说我去精神科就诊。

“就在本院内部。”

我懂，医生在尽量制造一种氛围，“没什么大不了的”。可话说回来，一个大男人在听到“出院”二字的瞬间，忽然哭了出来。

不可能“没什么大不了的”。莫非医生早已习惯了这类状况？因“压力”而患有胃溃疡、肠胃炎的病人大抵都有去精神科查一查的必要？

“我帮你预约一下哦。”

医生是一位女性，一头少年气质的短发，大大的黑眼珠令人印象深刻。有点不太像当医生的，我猜也许是太年轻的缘故。转而又想到，她那浓密的睫毛说“过分丰盛”也不为过，或许这才是原因所在。不记得是在哪次出外景的巴士上，小森曾给我科普过，其实医生两眼浓密的睫毛是接出来的，俗称“种睫毛”。小森详细为我介绍了它与普通的假睫毛有何区别。

“过着咱们这种牛马生活，你还能抽出这工夫呢？”

对如此质疑的前辈，小森略带兴奋地答：“闭上眼睛躺在那儿就行啦。百分之百会睡着的。醒来时，漂亮的睫毛已经种好了。天下还有比这更幸福的事吗？和单纯的睡觉可不一样，岂不是超级合理的时间利用？”

那阵子，我已经躺在哪儿也睡不着了。不管是在被窝里还是沙发上，只要一躺倒，就会做离奇的噩梦。有时是被某种柔软但具杀伤力的植物缠住了脖颈；有时是正在自慰，却跑来一群老太婆围观助阵；有时只是被某种不辨其貌的巨物踏在脚下，险成齑粉。

“替你预约了今天的四点。”

“四点？是下午那个四点吗？”

“呃？”

“是十六点的意思吗？”

“啊，对，没错。”

“明白了。”

医生也是一边种睫毛，一边补觉吗？醒来一睁眼，已然收获了美美的睫毛。她也会觉得这是一种幸福吗？比如说我，醒来时会得到什么幸福呢?

我先回了病房。六人间里，每张床都有帘子隔开，打造成单人间的感觉。我也二十四小时拉拢床帘。躺在床上，只能望见头顶小小的一块天花板，以及帘子的滑轨。这家医院新建不久，天花板上不见污迹，估计每位病人看到的都是同样的风景。不过，大家都在想什么就不得而知了。

时不时能听到谁的咳嗽声，或打开冰箱门的动静。不过，每天低头不见抬头见的毕竟只有几个人。整日剧烈咳嗽的应该是窗畔“那一间”的老年男性吧。不分时间，半夜也会忽然发作，吵得人睡不踏实。我旁边的床位是一名年轻男子，目测比我年纪小，拥有肌肉紧实的体魄，猜测是什么运动社团的成员。常有女孩来探病。两人叽叽喳喳小声说几句，马上就转去了谈话室。有几次看到他俩在沙发上坐着说话。女孩皮肤白皙，穿着花哨的衣服。

踢掉拖鞋的时候，我瞧见自己的小腿好多处腿毛脱落，露出小片秃掉的皮肤。还有不少割伤或虫叮后的瘢痕，且不知何时被撕挠到了，要么渗着血，要么结了痂。病号服长度及膝，小腿常处于裸露在外的状态。当然，也能看到溃烂的腿肚子。

并非所有住院患者必须统一穿着病号服，绝大多数穿的是自带的睡衣。像我这一类青年患者，比如临床的小年轻，多数穿的是款式简单的卫衣卫裤。老妈也帮我拿来了大学时期的一套相似款休闲衫。不过，我放着没穿，选择了病号服。

颜色，男性蓝色，女性粉色。及膝的长度，前开口，类似商务酒店里常见的浴袍。租衣服需要花钱。但我没犹豫。我也不清楚为什么主动想穿这么难看的病号服。平时失眠那么严重，在病房里却睡得挺好，我总觉得和病号服似乎有那么点关系。

我坐在床上，拿起手机，想了解一下这家医院精神科的口碑。就算是住院部的病人，今日已取得预约，就能够马上就诊吗?

听说最近各大医院里，前往精神科就诊的患者人数激增。和过去不同，大家都敢于在社交平台轻描淡写地坦承，自己“有点精神错乱”。在我们电视行业，年轻人也把“去精神科拿了药回来喝”“确诊患有抑郁症，需要休息”之类的话毫无负担地挂在嘴边。尽管如此，这么随便就能取得预约，会不会口碑比较糟糕？或者说，保证了预约的轻松简单，患者才会毫无心理包袱地前来就诊？

输入医院名称时，画面蹦出一条消息提醒，我急忙掉转视线。视线的尽头总是一条床帘滑轨。眼前的白光忽明忽灭地闪了几下。脑内的血管开始收缩，剧烈的头痛瞬间袭来。今日依旧头晕目眩。感觉脑袋向后方沉甸甸地坠下去，丧失了平衡感。我时常不得不攥住床栏，否则便坐不安稳。

住院期间，手机一收到提醒，我便把目光避开，每次都感觉天旋地转。没有押见发来的消息。大约是对我的身体状况有所顾虑吧。不过，同时我也自问：“顾虑我的身体？这种事当真有过吗？”估计她已从小森或其他同事口中有所耳闻我的病名，并非什么有碍性命的大病。所以，按照她平时做人的风格，本该发几句慰问的暖话，再附一句“请不必回复”。

风格？押见的做人风格？

粗略算下来，她给我发了不下一千条消息，打了累计长达几十小时的电话，多次约我一起喝酒直至天亮。尽管如此，我对这个人的了解几乎为零。这种时候，她会怎么应对，说到底，我压根儿做不到准确预测。

押见是怎样的人呢？

我做了什么让她不高兴的事吗？

在那个晕倒的瞬间，我貌似说了句什么。但究竟是什么，却已记不得了。我强烈怀疑这正是押见保持沉默的原因。

是叫骂了什么难听的话吗？明明又没喝醉，怎么会存在这种可能？但我为何不记得呢？

胃里涌上来一股东西，感觉好似那天吃下肚的拉面。当然不会有这种事。入院三日来，营养方面我几乎靠打点滴摄入。尽管如此，居然还胖了。对此我有点感动。人哪，即使不靠嘴巴吃东西，也能活得下去。

时隔三日回到家中，屋内一股恶臭。

恶臭的来源是丢在水槽里的便当，原样未动地腐坏了。我住院时初入梅雨季，正好到了一个食物极易发霉烂臭的时节。尤其芋头之类的玩意儿臭得厉害，上面覆盖着一层青绿色的霉斑。

我不想拿手去碰，隔着塑料袋抓起便当，直接朝垃圾袋里一塞。垃圾桶也臭气熏天，我抄起刷碗的洗涤剂绕圈挤了几股，然后合上盖子。排水口里钻出一群小苍蝇，我照样拿刷碗液淋了淋。被淋到的幼蝇在黏液里迟缓地挣扎了片刻，总算消停了。我直接打开水龙头冲走了尸体。

只干了这么点事，身体便异样地疲累。我也没洗手，顺势往被褥上一歪。也许是心理作用，被子散发出发霉的气味。又或者，是阳台上堆放的垃圾蒸腾的臭气？今日气温将近三十摄氏度。尽管如此，手脚却异常冰冷，浑身滚过一阵阵恶寒。我扯过毛巾被蒙住头。不过，这并没治住身体的寒战。本该取出壁橱里的冬用棉被，但我没有走过去的气力。

“你的症状属于自律神经功能紊乱。”医生说。

“工作方面，要不要请几天假？”

有点年纪的医生如此建议。

我听了，一阵冒火。干吗要问我的意见？干吗要让我自己拿主意？难道这是我做得了主的？不该由您这位医生下达命令吗？

与这种感情、这份愤怒一同涌上心头的是林导的事。

和菅谷须美结婚的消息在网络新闻里占据了一段时日的热搜。我警告自己别去关注，但手机总能热情周到地把它们推送至我面前。

“女星菅谷须美，据称未婚夫为某电视台职员，低调朴素的爱情终于修成正果。”

“新生代实力派女优忽传婚讯！周围一片祝福之声！”

单从标题来看，几乎所有报道都对她的婚事持善意态度。此类新闻，我决不点开。而当中还有一类，提到了林导。

“菅谷称‘是自己主动求婚’。谁是芳心猎人？”

“两人邂逅于某男星举办的酒会？该实力派电视人口碑如何？”等等。

我点开标题。不过，“知情人士”口中的林导净是“工作热情，能力优秀”“身为行业精英，但姿态谦逊”之类的正面评价。太阳穴火辣辣作痛。这种痛时常超越忍受的阈值，令我眼前阵阵发黑。当真是，犹如落下了漆黑的帷幕，视野骤然昏暗下来。

用林导的全名进行检索，跳出来的也只是一些他身为幕后人员挂名的电视节目。我也搜了搜图片，网上没有他的正面照片。输入“菅谷须美”四字，检索度最高的关键词列表里跳出“菅谷须美，结婚对象，谁”的字样。看来大家都十分好奇。不愿透露真实姓名，大家便会猜想，此人肯定是圈外的普通人吧。

希望有谁站出来曝光一下林导的强横嘴脸，以及践踏他人如粪土的本性。

话说回来，所谓的“知情人士”到底是谁？

日常与林导共事，且有如此美好想法的家伙，当真存在吗？

或者，如果是林导的上司，也许会有这一类感受吧。“工作热情，能力优秀”“身为行业精英，但姿态谦逊”。一起工作的艺人们，大概也有同感。那家伙身上具有令人厌恶的两面性。

但看上他的为什么偏偏是菅谷须美？比如说，若是那两个装疯卖傻的女艺人，抽大麻的，或是跟她差不多水平的其他货色，我尚还能接受，甚至能表示轻蔑。但对方竟是既有专业实力，又貌似拥有识人之明的菅谷。她为何会被林导吸引？光是这一点，区区这一点，已足够使我憎恶。

家里的天花板频频闪光。又开始了。头痛。牙齿打战。恶寒。喝点医院开的药应该行。但我不。

“别趴下。”

“千万挺住。”

中岛和远峰的话语声在耳边响起。

没办法睁开眼。但闭上眼又会看到一片仿佛在召唤我的炫光，止不住阵阵眩晕。看来，我一定早已败北。

社长发来了消息：“何时能回公司，告诉我个日子。”也附有几句慰问之语。要是过去，这压根儿难以想象。一想到五十好几的老男人竟会被小森这样的年轻女孩轻易感化，我便焦躁难耐。

我自己也清楚，我没法儿立刻回去上班，一股无以名状的焦虑袭上心头。尽管社长语气和蔼，但我空出的位子会迅速被人顶替。

“能替代你的人要多少有多少。”

这才是真心话。说再多裹上糖衣的甜言蜜语，在老板眼里，我们也不过是可利用的工具人。

年轻时的我正相反，一直拿这句话当作激励自己的精神动力。心想，既然如此，让自己变得优秀到无可替代不就完了？做事决不肯道一个“苦”字，交代给我的工作也确实件件完成到位。请假不上班这种经历一次也没有过。高烧超过三十八摄氏度，还跑去山里拍外景，努力不让任何人察觉自己身体不舒服。且第二天一早又继续挑战，向着别的外景地动身了。如此坚不可摧的我，为何此时此刻，手里握着精神科开的处方药，一面泪流不止，一面不停地检索林导的新闻？

我发现一篇报道，虽未明确提及姓名，但放出了林导的行业履历：出身于神奈川县，毕业于某国立大学文学部的学霸，幼年时父母离婚，被女方一手养大；高中阶段靠打零工维持家计，获得奖学金入读大学后，隶属于大众传媒系，那段时日在电视片场打杂赚取生活费。菅谷在同一篇报道的采访中对林导的经历侃侃而谈。

“老实说，起初我对他存有戒心，觉得这个人比较轻浮（笑）。后来听说了他的成长经历，才觉得‘咦？怎么跟我想的不一样。明明吃过那么多苦，但外表完全看不出来’。”

“目前他在制作综艺节目。这也是他本人的意愿。用他的话说，当年拼命打工、吃尽苦头的日子里，深夜收看搞笑节目是他唯一的乐趣，所以才立下志愿，将来自己也要制作出能够为他人提供精神养分的节目。”

“将来参演他的节目？这个应该不会吧。我会害羞（笑）。”

我握着手机那只手腕酸痛难当，拇指根部也痛。医生嘱咐我要好好睡觉。睡不着的话，就吃处方药。但我不吃，也睡不着。浑身冒寒气。

做不到去把冬被取出来，但充电头必须拿到身边。我爬过去，把它抓在手里，颤抖着插到手机上。充电标识闪烁着绿光。我松了口气。明明没动过寻死的念头，却居然觉得有了它，自己又有了活下去的理由。

找不到关于林导的恶评。我转而开始搜菅谷的恶评和过去恋爱经历的报道。找出了毕业相册的图片，出道时的写真，幼年时与父亲的合影等，但都没多大意思。早年菅谷便是美少女，也没什么值得一提的恶劣传闻。当中有一篇新闻，标题为：“菅谷须美‘耍大牌’，令一众人士挠头不解。”

点开一瞧，却是菅谷因“完美主义”，而“一丝不苟打磨演技”，虽说令周遭人士有“挠头”之惑，但终归是为了“打造出色的作品”，因此，众人无不对她心怀敬意。我不耐烦地咂了咂嘴。此时，手机跳出一条消息提示，胃液开始逆流。但我难以丢开手机，到底是点开看了。不是押见，而是小森。

“紧急决定下期节目改为总集篇。”

不必“已读”也能看完整条消息。估计说的是那档宠物节目。总集篇的话，小森就可以胜任剪辑工作。不过，下达这种指令的是谁呢？取代我的人是小森吗？

“不要紧吧？”

什么不要紧？是在征求我的许可，还是对我的身体表示关切？小森的消息没有主语。

“啥不要紧啊？”

我念叨出了声。

“什么跟什么啊？”

渐渐地，我的嗓音越来越大。一旦大喊出来，身体也稍稍暖和了一些。我想起自己鲜红的血液，转身找出裁纸刀——一把从公司顺的刀子。公司里，这玩意儿多的是，丢掉一把，谁也不会在意。

起初，他们踢他的腰部。

在腰上挨踢数秒前，阿基就听见了动静。幼年时期，在睡醒前的瞬间，会感觉一阵尿意涌来。此刻的感觉就和当年遗尿时差不多。

“还活着吗？”

说话者听起来很年轻。阿基抬手遮住脸，手臂上又挨了几脚。

“臭死了。”

“垃圾人吧。”

腰和手臂同时挨了好几下，显然围上来的不止一人，他们声音相似，无法判断究竟有几人。

“怪恶心的。”

阿基身子没动。无法睁开眼。一股热流急速冲上头顶。身体每挨一脚，那股热流就在脑袋里炸裂一下。

那天下了雨。

平时露宿的FAKE所在的小巷涌进大量雨水。仔细一瞧，里面还漂着死掉的鼠崽。两只。阿基望着那尸体愣了一会儿，转身离开。为了找个睡觉的地方，他在街上徘徊。带屋檐的地方已经有人先到。估计公园里的多用途公厕是被真有需要的人占用了吧。

最终，他在马路旁边找了一个能躺下的地方。宽一米、长约两米的空间。谈不上是公园，以前大约是做花池之用吧。比马路略高，周围以水泥板覆盖。生着硬硬的杂草。仅此而已，像个简单的绿篱。植物的种类不甚分明。阿基只是钻进篱笆，在旁边铺了层纸箱，又蒙上一张塑料布，好歹可以将就睡下。

这张塑料布是他在街头转悠时捡到的丢弃物。上面印了一个女人，一对巨乳如在胸口揣了两个大西瓜，脸颊红红地笑着，是那种街边常见的卡通涂鸦。脏兮兮，沾满了黏糊糊的绿色污物。阿基拿去公园厕所里冲了冲，好歹像样了点。

不愿把健身包弄湿，阿基把它抱在怀里。硬硬的，疙里疙瘩，可用力抱紧就会有一种踏实感。

雨似乎小了些。但一会儿工夫，身下的纸箱便泡湿了。就算硌得疼，也该睡在柏油路面，而不是土地上。要么再多花点时间，找个没人逗留的带屋檐的地方。再不然，花点钱，去咖啡网吧过夜。

后悔也晚了。毕竟钱还要留出来，好借用网吧的浴室洗澡。不只是清洁身体，也是清洗衣物的重要时机。阿基不管身处怎样的境况，都力求保持整洁，他不希望使周围的人感到不快。阿基买了块和母亲用的丝瓜络差不多的浴球，像小时候那样，把自己搓得浑身皮子渗血。哪怕徘徊在夜晚的街头，睡在马路边，阿基身上也没沾染什么泥垢，头发里不见皮屑。所以，阿基睡大街这件事，FAKE里谁也没发觉。

某天，街上掉了一支还未拆盒的新品香水，是男士用还是女士用，阿基不清楚，但他喷了些在身上，一下子感觉自己强大了不少。既然无从得知马克莱宁本人用的是哪款香型，那么阿基便允许自己把这支拿来喷一喷。

这条街上能捡到任何东西，比如砂锅盖子、小女孩的泳装、只剩一只的直排轮滑鞋、吸满了经血的棉条、自行车轮胎，甚至麻将牌和麻将桌。

看见红色的玫瑰假花落在路边，阿基赶忙捡了起来。还有点缀着草莓和生奶油的一整只圆蛋糕，他也立刻塞进塑料袋。当然，蛋糕形状有点塌，但滋味好到难以置信。

能捡来一用的东西种类有限，犹豫的时间也有限。在同一个地方长时间转悠，会遭遇警察的例行盘问。光是露宿街头这一个月里，阿基已被警察拦了七次。

每一次街头盘问，健身包都会被打开，里面的东西被翻腾一遍，还要搜身。塞在包底的剃刀居然奇迹般没被搜出来。自那以后，阿基便不再把剃刀带在身边，而是藏在了FAKE的洗手间。

阿基既没驾照，也没社保证，每次验明身份都要费些工夫。因为也没可联络的家人，结果大概有三次被直接带回了警局。阿基越是竭力想要解释，越是结巴得厉害，尤其准备交代以往的家庭住址时，甚至吓到手指打战。万一撒谎被拆穿，会不会被送进监狱？再说，谎言这东西总会露馅的吧？阿基做好了心理准备，但一次也没被逮捕过。

每到节骨眼上，警察的无线通话器总会收到一条呼叫，不是谁跟谁干了架，就是谁又在哪儿支赌摊，要么有谁昏倒在路边，或谁被谁骗了钱。桩桩件件都比阿基的问题重大得多。全托他们的福，阿基才总算得以脱身。有一天，阿基听见警察小声说：“这人没啥危害。”听得清清楚楚。

“脏死了！”

“真恶心！”

所以，哪怕是这样挨着毒打，阿基依旧认为要继续做个无害的人。

他的手臂已痛得失去知觉，腰部扭曲的同时，被死死地按住。塑料布被踢飞到一边，此刻没有任何可以遮掩的东西。

“哇，好大个儿，这家伙是什么怪物！”

“睡在这地方，纯属妨碍他人！”

“明明是公共场所。”

“吱声啊！人渣。”

“垃圾！”

阿基想道歉，想跪在对方面前，乞求他们的宽恕。但他办不到。

小时候，他始终学不会道歉。想说句对不起。想请求谅解。然而却无法动弹。身体的边缘一片火热，泛起阵阵潮涌，将阿基封禁在这副皮囊之内。

上小学那会儿，阿基总为这个而挨老师的骂。怎么不懂道歉呢？老师怒斥着，罚他在教室后面站到下课。同学们纷纷躲着他，瞧也不瞧他。就算没有肢体的霸凌，但言语的辱骂也如影随形。阿基一抬眼，那帮孩子便四散飞逃，传来一阵叫喊声、笑闹声。

中学时，阿基被大家避之不及，谁也不跟他讲话。他的室内鞋和体操服三天两头被恶作剧地扔进垃圾桶。那是母亲拖着疲惫的身体，每天出去“干活儿”，才辛苦买来的。

“妈妈会为了阿基而努力！”

阿基把它们一一捡回来，仔细用水洗净。每当他站在黑板前做题，背后便传来众人憋着声的窃笑。题目根本不会解。所谓数学，只是一串串数字的罗列，语文只是一串串文字的罗列。哪怕遭到老师训斥，阿基依旧不言不语。

“说句话啊！”

头上挨了一脚。想抬起手臂抵挡，已办不到。阿基认认真真闭上眼。本来也一直闭着眼，那么，就再闭紧一些。像小时候那样，不可以盯着母亲看，不可以威胁到母亲。必须保持“没有危害”。只要下定决心，再漆黑的地方，阿基也能潜得下去。无数次，深深地，更深一些地，潜下去。

“这东西的脑子是不是有毛病？”

升入高中后，人生才面目一新。

母亲执意要把他送进高中读书，这让阿基很为难。一想到升学后仍置身在那片水深火热和惊涛骇浪中，他便忍不住退缩。但结果是母亲给了他一份震惊的体验。高中一年级初夏，那人的一句话改写了阿基的人生。

“你小子根本就是阿基·马克莱宁嘛！”

原来自己并不是自己。而是可以作为另一个人，存身于世。《男人的清晨》为阿基打开了一扇通往崭新人生的门。

“我是阿基·马克莱宁。”

世界开始接纳自己，大家开始注意自己，人人开始与他搭话，谁也不再介意接触自己，真是难以置信。

我是马克莱宁。

阿基一边想，一边一次次闭上眼睛，深深地向深处潜去。

我是马克莱宁。

“这家伙靠啥活着呢？”

也许快到时候了吧。

马克莱宁死于四十岁。大雪天，醉酒后，睡倒路边，冻死街头。如今，自己才刚过三十岁，死掉还早。但也许时间已到。结局既无法像马克莱宁喝个大醉，在东京也见不到足以覆满道路的大雪。不过，此时此刻，或许自己该作为马克莱宁，迎接死亡的降临。想到这里，意识瞬间飞离了躯体。

我想见妈妈。

我收到了公司发来的最后通牒。

之前公司联系我一律通过社长的手机短信。但这次，它装在薄薄的淡蓝色信封里，邮寄而至。拿在手上，分量轻得叫人惊讶。只有一张纸。打开一看，“退职”二字映入眼底。最近几周，我一直未跟公司联系，这使我焦灼难安。但此刻，去路已定，我心里反而平静下来。

我被炒了。

据书面所示：“十分遗憾，由于您久未联络，本公司现决定，对您按照自主退职处理。”我翻来覆去读了几遍，又上网查了下，总算搞懂了这句话的含义。最近，我理解点什么东西总是特别费时费劲。眼睛一字一字扫描过去，但也只是捋一遍而已，压根儿不往脑子里进。每当这种时候，文字只不过是一些黑色颗粒物，除了让人瘆得慌，毫无意义。

我又读了几遍，读得眼皮发沉，视线发昏，眼球仿佛紧紧嵌进了眼窝。这种情况一发作，视野边缘就会有炫光频闪。时而银色，时而蓝色，时而混着红和黄，会持续好一阵，有时我甚至觉得怪好看的。然后，我会憋住气，把难以忍受的头痛静静熬过去。

假如是被用人单位找理由辞退，七日之后便可以拿到失业保险。但我属于个人原因导致的离职，大致要等三个月后才能领取失业金。据说法律是这么规定的。

我已失去工作能力，这一点显而易见。几周以来，除了去趟便利店，我几乎闭门不出。有一天刚走到门外，闻到雨水的气味，顿觉一阵反胃，赶紧回屋。但反过来，晴天的日子外出，又会因阳光而眩晕。有时一整天不吃任何东西，有时又难以克制地不停进食。走几步路，就乏力到浑身虚软，大口喘粗气，好似刚跑完一段百米冲刺。

感觉我已不是我。

压力一旦超过阈值，意识便会飘离身体。我听说过一个说法，称其为“解离症”。不过，我目前的症状貌似与之并不相符。我无奈而清楚地意识到，此时此处的我正是我自己，并没有脱离自己的躯体，而是确凿地蛰伏在自己体内。只是，从体内伸出手去，却什么也触碰不到。我的躯壳犹如一个空洞。

医院开的药是两周的量，结果我五天全吃光了。服药后，身体轻飘飘的，如酩酊大醉的状态。有时直接倒头昏睡，有时除了手机，我会想抓住一些东西，比如铝壶、书本之类的。也有的时候，真的是偶尔一个瞬间，我会觉得“自己没什么问题”。

不过，药效一过，情况更糟。对不得不服药的自己，以及离开药便难以正常生活的自己，感到厌恶至极，哭一场。而后，熟悉的眩晕、头痛，以及异样的恶寒会再度光顾。

为了看诊，为了拿药，必须再次往医院跑。然而，当我发现把预约的日子彻底忘到了脑后，又会顿感一切已无可挽回，再也拿不出勇气重新拨通预约电话。对公司也是如此。社长发来消息的时候，本该立即联络回去。只要无视一次，接下来便再也拿不出行动弥补。第二次无视以后，情况更甚。

确认了一下存折的金额，手开始颤抖，早先怎么不多存点呢？生活怎么不多俭省些呢？假如再自律一点，就能避免如今的状况。可话说回来，日子还能更俭省吗？在东京生活，杜绝一切享受，只一门心思攒钱，这种日子，我过得来吗？再说了，我到底享受过什么呢？

思来想去，无计可施，眼前的数字便是现实。存款还够活一个月。第二个月怎么办？有力气找工作吗？这种事，自己办得到吗？还去干搬家的体力活儿吗？打零工？就凭现在的年龄？就凭这副身板？

曾经如铠甲般包裹我身体的漂亮肌肉不见了，取而代之的是几根砢碜的肋巴骨和邋遢松垂的肚子，我只是一个活着碍眼的废物。

手又哆嗦起来。我努力克制自己，尽量往乐观的方向考虑。没有药应该也撑得下去。可真想来上两粒。服下它，就可以更积极地思考。比如房租问题。如果是咲口，也许那个好心肠的老太太能给我宽限些时日。

事实上，隔壁老檀也频频拖欠房租，同时继续赖在这里。成日喝得醉醺醺的，嘴里自言自语，而后惊天动地地咯痰。垃圾一样的老头子，而咲口却三天两头给他送吃送喝。这样的好人应该会原谅我吧？等回头找到工作，我再攒一笔还给她，不也行吗？

不过此刻，动这种念头的自己自然是可耻的，会给好心的咲口造成困扰。难道我准备堕落到老檀的水准？不过，除了请咲口多等几日，实在别无他法。能请她等我三个月吗？真可恶。但是，没有这方面的法律吗？如果有三个月缓冲，我能找到份工作吗？以如今的我来说。

我又瞧了一遍存折，上面的数字没有变，奖学金的还款额始终是每月一万五千日元，自动从账户扣除。这个月好歹还了，但下个月呢？就算下个月也还得上，那下下个月呢？

大学毕业这十年间，我月月不落，一直如期还款，好不容易走到今天，结果搞到滞纳的地步？想都不敢想。滞纳多少天就要交相应数额的罚款，当初贷款的时候，我已打听清楚。况且，我脑子里一直盘桓着远峰那句话。当我们谈起能否申请奖学金读大学时，她小声念叨：“那只是债务性质的学生贷款。”

还款额包含利息，远远超出了我当初借贷的数字。从这个意义来讲，还是民间团体设立的无息奖学金更靠谱。不过，借贷的额度太低不说，毕业后同样要还款。走到今天这个地步，我对当初没有利用第三方担保制度后悔不已。真是太愚蠢了。可是当年才十八岁的我，如何能想象未来这副落魄模样呢？

能不能申请延期还款呢？不是“滞纳”，而是主动联系官方，提出申请。如此还会被罚款吗？

用手机查了查“奖学金，滞纳”，光是输入关键词，下拉框里便冒出“个人征信记录”，以及“黑名单”的字样。点开学生援助机构的官方主页，找到一条疑问解答：“万一奖学金的还款出现滞缴，该怎么办？”

我逐字逐句扫描。一开始，目光仍是机械地掠过文字，意思完全不往脑子里进。一粒一粒，黑色小字，头晕恶心。翻来覆去读了几遍。眼睛开始痛，是眼窝挤得眼珠子往外蹦的那种痛。接下来，终于我读懂了。这是关系自己未来的大事。

义务人未按照期限偿还贷款时，本机构将委托债权回收公司，针对其本人、连带责任保证人及保证人进行奖学金的征讨。

滞纳三个月以上者，将成为国家个人征信管理机构的在册监督对象。

督促之后仍不予履约者，本机构将对未还款额（包含已发生的利息）及滞纳金，连同未届还款期的剩余贷款金额一并统算征收。

若义务人继续不予回应，本机构将采取法律措施，由保证机关强制执行，对义务人的工资、财产进行查封或扣押。

债权回收公司，个人征信管理机构，一并统算征收，法律措施，财产扣押。

我发觉自己嘴里念念有词，嘴唇翕动，仔细听，却不成语句。远峰，我想见远峰，却又不愿见。不想让她看到自己这副潦倒模样。别认输啊。远峰曾这样鼓励我。

“这是属于我的战斗方式。”

捡起丢在手边的裁纸刀，刀刃一直是推出状态。

不必再见任何人了，也无须再犹疑不定，切腕即可。手臂内侧切起来更容易。我将刀刃抵住手腕，只需微微一点力气，旋即绽开一道血痕。皮肤开始火辣是片刻之后的事。内心恢复平静，感受血液在体内循环。然而，正在此时……血流却陡然一停。

“喀！喀！”

是隔壁老檀的声音。我反射性地暴起，将手中的裁纸刀向墙壁扎去。用滴血的拳头发狠地、死命地捶打着。

“给老子安静点！”

老檀喉间发出“咕噜”一声诡异的响动，犹如濒死动物的低吟。听到这动静，我的身体开始真正地回暖，血流再次循环，周身轻盈了一点，真的是一点点。原本如同上了紧箍咒的头部，缓缓松弛，氧气向后脑徐徐输送，呼吸也渐渐松快。

“老子宰了你！”

吐出这句话，我又捶了一记墙。老檀已没了动静，再也不吱声。

醒来时，阿基仍在老位置。他还活着。

感觉仿佛已经在这里躺了好几天。不过从雨势来看，也许只过了几十分钟。一切茫无头绪。阿基姿势不变，躺在地上观察四周的动静，貌似那帮浑小子已离去。

脖子以下，周身没有任何知觉。用力吸一口气，肋骨传来剧痛。原来身体仍在，没有消失，不过，仅剩上半身。阿基试着发出声音："啊。"

视野之内出现一个人影。有谁听见了他的叫声。他吓得无法动弹。眼前一片模糊，辨不清景物。大概血流进了左眼，混合着雨水。昏暗的天空泛着赤红。阿基放弃努力，闭上眼，能感受到的仅剩气味。如此熟悉，高架桥下，公园的角落，朽坏的屋棚下……形形色色的人躺在那里，散发出与此相同的气息。

再次睁开眼，迷蒙的视野里能捕捉到一个小小的人影正偷觑着阿基。时值盛夏，人影却穿着黑色羽绒服，头顶戴着灰扑扑的粉色毛线帽。毛线吸饱了雨水，显得沉甸甸的。人影背后有一辆购物的手推车，里面装的恐怕就是此人的全部家当。

“不要紧吧？”

听声音是个女性。眼睛适应了以后，可以看到女人的样子。脸上戴着大大的口罩，只露出一对眼睛，浑身气味刺鼻，是她把脸凑了上来。

“你还活着，还活着，啊啊，不要紧吧？”

女人哭过，能看出淋了雨。向阿基伸出的手颤抖着。指甲嵌着黑色污垢。本是美丽到令人惊叹的一双手。

“对不起哦。”

女人握住了阿基的手，手心濡湿、温暖。

“刚才我太害怕了，没敢上来救你。”

阿基想了起来。失去意识之前，有谁说了句：“有打火机没？”

此刻周身没有烫伤的感觉。不过，看了眼塑料布，一端有烧焦的痕迹。许是雨天的缘故，火没能着起来吧。

“对不起哦。”

女人抽搐着肩膀，哭了一会儿。最后，好似想起了什么，站起身，把手伸进衣服口袋。起初，阿基以为那是一颗柠檬。醒目的鲜黄色，充满了汁水。不过，女人掏出的是一个黄色塑料袋，揉成小小的一团，握在她手心。

“这个，不嫌弃的话，你拿去吧。”

递过来的东西掂在手里沉沉的，有些分量。也许袋子里装的果真是柠檬。不过，阿基想不起柠檬有多重。

“我走啦？待在一起太惹眼，会有危险。”

离开之际，女人又回头瞧了瞧阿基，留下的体臭片晌才散。阿基张口想说点什么，未等出声，泛着绿色的黏性液体混着血丝一道涌上来。全吐干净之后，阿基抬头望了会儿天空。比起他刚入睡那会儿，比起遭受暴打那会儿，雨下得更急了。

健身包里的东西一件也未短少，只是淋湿了。那帮小子当然不是抢匪。除了性命，也没打算从阿基身上窃取点什么。或者说，也许他们并没有夺命的打算，单纯只想找点消遣，消磨时间，以此给阿基点颜色瞧瞧，就像朝地上的蚂蚁吐几口口水。

打开女人给的塑料袋，原来只是一颗柠檬大小的石头。起初，阿基没明白女人的用意。但旋即便懂了，女人是让他用这颗石头保护自己。

有好一会儿，他感到难以呼吸。胸口的痛仍在加剧，即使张大嘴，也吐不出什么东西。阿基口中含混地大叫了几声，站起身。

刚迈出脚步，立刻明白了那帮人到底踢得有多凶。原本并无知觉的下肢，左侧大腿似乎扭伤了，疼痛难当。稍一呼吸，胸腔便有一股漏气的感觉。仔细听，时不时发出一种陌生的“啵啵”的气泡音。伤得最重的是肋骨，双脚一碰地面，胸腔便阵阵绞痛。

对于这种痛感，阿基有印象。动手的不是母亲。母亲从不会打他这么狠。尽管有时拧他、掐他、甩他巴掌、朝他扔东西，但把他打到行动困难的这份力气，母亲是不具备的。而眼下这份痛感，他有印象。这份遍及周身的剧痛。

回忆袭来时，阿基正准备穿过人行道。

选举车。

高中时代，他曾被选举车撞过。

当他走到车前，有一瞬间和驾驶室的司机四目相对。而后刚一挪开视线，身体便遭到了猛烈的撞击。当时他已做好死的准备。别看平时胆小到神经质，对死这件事总战战兢兢，但那一刻，他平静地接纳了死的预感。

但阿基没死，疼痛难当的身体再度站了起来。因为年轻？不，恐怕不单是这个原因。浑身上下虽布满青紫的瘀痕，但阿基不认为这对自己是什么伤害。反而有点引以为荣，甚至把它当作某种应当受到祝福的象征。而实际上，在场的每一位伙伴，也确实向他发出了祝福的欢呼。

“阿基！”

“阿基！”

后来没过多久，这次受伤经历使他获得了一大笔赔偿金，母亲用这笔款子添置了一台铃木奥拓的红色小车。车体闪着动人的光泽，可以灵活曼妙地转弯。每天母亲都把它擦得铮亮，犹如在怜爱幼子，仔仔细细，手势轻柔。那时的母亲，如今已化身一堆碎骨，包裹在红布里。而阿基仍活着，作为马克莱宁活着，幸存下来，置身于此。

阿基朝FAKE走去。起初，他的目的是不管那么多，先离开这里。直至途中，他才发现，自己的脚步正往FAKE走去，一下子获得了某种强烈的安心感。身体的痛虽未暂离，但至少能稍稍走快了一些。雨势更猛了，将未撑伞的阿基隐没在雨幕之中。

街上尚有行人，不过零零星星的。周二的深夜（莫非已经周三？），雨又下这么大，这样的日子里，动物们露头活动的时间也会晚些。不是讨厌被淋湿，也许是明白收获太少。聪明的动物，生命力顽强的小东西。

阿基打算在店里躲躲雨。对于藏在门垫下的钥匙，以往他从未擅自动用过。今日这种大雨天，甚至雷雨倾盆的日子，之前也有过好几次，但他从未动过在店里过夜的念头，唯有今天。

登上窄窄的台阶，每抬一次腿都费尽力气。稍微换个姿势，就会发现新的疼痛。大腿内侧、脚后跟……连这些部位也有神经通过，并且存在痛点。这虽是理所当然，但在阿基的感受中，却如同奇迹。

几日前，楼梯的荧光灯开始不好好工作。“叽叽，吱吱”，发出犹如昆虫振翅的电流声，白光忽明忽灭，将阿基巨大的身形，歪歪扭扭地投影在楼梯上。

快到店门前，阿基才发觉动静。店内有人。

从门上嵌的小窗里漏出一束光，只有吧台上方那盏卤素小垂灯亮着。桃红的浅色光线，花朵形状的罩子，昏暗如豆，几乎不起什么照明作用。

推开店门，阿基首先看到的是背影，女子的背影，是两名少女。

他认出是库蒂和KYON。库蒂身穿熟悉的黑色连帽衫，风帽罩在头顶。KYON没穿平时淡色系的衣服，而是像库蒂一样一袭黑衣。但仅凭背影，即可辨别是她。此时阿基才发觉，原来平日里自己对女孩们的观察比自己以为的还要认真。KYON居然穿起了一身黑。

两人闻声转过身来，幽暗的灯光下，表情辨不分明。但能看出两人都倒吸了口气。KYON手中的刀子寒光一闪，两人的表情瞬间清晰。眼睛适应以后，店内倒也没那么昏暗。

库蒂握紧了两只拳头，垂在大腿前。看起来，今日连帽衫下面依旧什么也没穿。

阿基和两个女孩对望了片刻。

这样目不转睛地直视她们，阿基还是头一回。KYON的双眸泛着银灰，犹如狼的凝视。阿基心里一惊，屏住呼吸的瞬间，KYON往前踏出了一步。明明是被刺的一方，但不知为何，此时阿基自觉懂得KYON的心情。他明白对方为何要将利刃刺向自己。因此并未躲闪。心里想的不是“要被刺了”，而是“刺过来吧！”索性把那只黄色塑料袋也交给KYON好了。阿基希望女孩抄起装有石块的袋子，不顾一切地砸向他的脑壳。刚才那个女人会在哪里度过这个夜晚呢？今后又该拿什么傍身？流浪街头的日子要持续到哪一天？

“住手！”

旁边传来一声喝止。

库蒂弓着背，仍警惕地盯着阿基。KYON望向声音的来处。脸上的表情告诉阿基，她也同样充满恐惧。看到阿基出现，她也发自内心地胆怯。

“KYON。”

阿基也扭头去看声音发出的方向，其实不看也清楚是谁在那里。

“奥黛丽”站在吧台里。

“冷静点。”

而旁边立着阿嘉。两人背后的保险箱箱门大敞。阿基喜欢的那幅雪景画，规规矩矩地靠在餐具架边。这种状况下，还如此心细如发，不愧是“奥黛丽”。

阿嘉正往搁在吧台上的一只黑色背包里塞钱，手中握着一沓钞票，眼神投向阿基。

看得出来，阿基也面露怯意。他什么也没说，眼帘低垂，默无声息，他心里知道，此时不该去看任何人。然而，唯有“奥黛丽”的身影总也挥之不去，烙印在他的眼底。

阿基确信，这将是“奥黛丽”与自己永远告别的时刻。但最终，未能抵挡住再看一眼的愿望，他抬起头。

和几小时前道别时一样，“奥黛丽”仍是一身相同的装扮。换言之，依旧保留着奥黛丽·赫本的模样。几乎要从脸上跌落下来似的、大大的眼睛温柔地、静静地凝望阿基。

“这孩子……”

水珠自阿基的下颌低落。

“已经死过一回了。”

KYON将视线再次落回阿基身上，惧色已从她脸上隐去。阿嘉也一样，证据是又重新往背包里塞起了钞票。

“死过一次的人，谁也无法再把他杀死。”

“哧哧……”耳旁传来一阵低笑，阿基这才惊觉店内还有另一个人，浑身弥漫着血的腥味。

原来库蒂的手中之所以没有刀子，是因为已经用掉了。此时，不知为何，KYON闪了闪身，许是为了更清楚地盯紧阿基。

店堂中央，腹部流血、咧嘴而笑的人竟是乌头。他瘫坐在地，喉间发出好似动物反刍的笑声：“哧哧，哧。”

KYON在乌头肩头踢了一脚，低声嘟哝：“笑什么笑！”乌头晃了晃，歪向一边，但并未倒下。

“别打了。”“奥黛丽”制止。

KYON闻言安静下来。

阿嘉开了口：“装完了，全部。”

接下来，三人的一系列动作堪称火速：KYON将手里的刀子递给“奥黛丽”，“奥黛丽”将之仔细洗净。库蒂依旧站在原地，紧盯着阿基。KYON又拾起地板上沾满血迹的刀子，“奥黛丽”再将之仔细洗净，用抹布裹起，与阿嘉一道走出吧台，经过乌头身边时，伸手轻轻摸了摸他的头发。阿基没有看漏这一幕。

KYON牵起库蒂的手，另一只手又牵住阿嘉。三人手拉手排队向外走的默契仿佛很久以前已习惯了如此。自打幼时起，三人便你牵着我，我牵着你，犹如姐妹，相伴到如今。

与阿基擦身而过时，“奥黛丽”停住了脚步。三个女孩对此大概有些意外，脸上显露出几分困惑。

“你也逃吧。”

“奥黛丽”的声音低如耳语。

“哪里都行。”

“快点。”KYON在一旁催促。阿嘉张了张口，但什么也没说。库蒂一副快要哭出来的神情。那张脸显得格外幼态。不，库蒂的确幼小，始终幼小。而男人们贪吃地一再享用着这份幼小。

“奥黛丽”轻轻点头。

“阿基。”比刚才略微扬高了声音，“快逃。”

阿基没有动。

店内只剩下他和乌头两人。与来时一样，阿基保持着呆立原地的姿势。卤素小灯发出的光线将他的身影拉长，投落在乌头身上，将其完全覆盖。他不喜欢这样高高在上地俯视乌头。

下颌、头发，浑身每个地方都在滴水，感觉像自己把雨搬进了屋内。

乌头笑了一会儿。

“哧哧，哧哧。”

时不时夹杂几声咳嗽。表情痛苦。但依然笑个不停。

腹部的出血大概已经止住了吧？伤口深不深？阿基想说句什么，却发不出声音，乌头似乎也早知这一点。

“阿基·马克莱宁。”

乌头吐了口带血的唾沫。明明腹部被刺伤了，为什么血会从嘴巴涌出来呢？阿基体内的一个自己为另一个自己有这样的念头而感到胆怯。此时，他突兀地想到了东国，想起东国曾因畏惧自己而哭泣。他分明并未在场目睹，却能在脑中轻易勾勒出东国惊怯的神情。

乌头把手伸进外衣的内袋。这个动作使阿基方才察觉到乌头穿着一身深棕色西服，与地板几乎同色，整个人好似已经融入地板。

“给你。”

乌头手中捏着一沓纸钞。

“这些，那几个孩子没发现。”

几个孩子。感觉称呼里含有一丝爱意，有点别扭。此时阿基第一次领略到某种对人的厌恶之情。它浓稠、漆黑，但并未使他惊讶或不悦。犹如一把用来挡雨的伞，是上天赋予自己的一种正当工具。

递过来的纸钞沾满血污，是刚才乌头流的血。

“拿着。”

说话时，乌头正色望向阿基。没有考虑的工夫了。阿基接过钞票，感到自己的手在颤抖。塑料袋里的石块动了动。

“我来教你。”

阿基目视乌头。确切地说，是目视乌头的左耳。那只烂掉的耳朵本身便是一口漆黑的深井。他这才发现，伤痕并非自洞口向外蔓延、扩散，而是指向深井，在黑暗的诱惑和指引下，留下一片向内收束的轨迹。

“我教你接下来该怎么做。”

阿基努力想记住这片轨迹，记住这一口漆黑的深井，记住属于乌头的暗黑空间，以及聚集在那里的伤。状似溃烂的烫疤，呈现出道道难以细数的痕迹。

“我只说一遍，听仔细喽。”

这片伤一定是乌头自己的手笔。

“好好记在脑子里。”

早年，乌头曾割下了自己的耳朵。

妈妈告诉我，世间有神存在。

在哪儿？我问。

你在哪儿，神就在哪儿。妈妈答。

我总在祈祷。每当妈妈打我的时候。

但我一次也没看到过神。

是不是妈妈从不祈祷，所以神才不出现呢？

妈妈的神和我的神，是同一个神吗？

大家的神和我跟妈妈的神，是同一个神吗？

一整天，我都闷在家里，歪在被窝上，汗流不止。这条烂命还在。

时节才六月，房间已如地狱般溽热。这栋老楼抗热性太差，我又不舍得开空调，靠以前出外景时发的小电扇勉强熬着。一股温热的弱风，简直令人绝望，汗如雨下。

药起效的时候，我会有片刻宽心，有时甚至会打开空调，过后却又悔之不迭，心疼得险些哭出来，把药停掉，把遥控器藏起来，试图忘记它的存在。但我心里很清楚，它就躺在厨房水槽下面。

我几乎没怎么动弹过，肚子却一到点就饿，这使我感到焦虑。天气热得要命，食欲也本该随之减弱，可惜偏偏它顽强得很。凭这副烂身板，我狼狈、累赘又执拗地活着。

我不想出门。但为了填饱肚子，又不得不出门。配送服务什么的太过奢侈，没办法指望。从家徒步五分钟的超市，去一次往往需要不少蛮勇。商店街又一向人满为患。

饿肚子的时候去购物往往会导致花钱大手大脚。就算勉强，也要垫巴点东西再出门。一次性买回几日的食物，以单手可以拎起的程度为佳。不过，回来的路上，会累得喘不上气。

对如今的我来说，“享用美味”这种行为属于罪不可赦。只能随便选些当天手边最便宜、最有饱腹感的东西。每次的必买之物是一袋七根的手指面包，通常在百元店有售。比起常去的那家超市，要稍微走远一些。仅仅两个街区的距离，给我的感觉却如同遥遥千里。所以我每次去，都会多囤购一些。赏味期什么的随它便吧。对我来说虽有点甜，但抹上美奶滋，味道也还对付。

家里没有电饭煲，面包便是主食。实在想吃米饭的时候，就把生米煮一煮，恰好变成了粥。虽比一般的米饭更有饱腹感，但较费燃气，让我有些犯难。不管怎样节省，账户里的钱在实打实地减少。

我宁可靠打点滴活着。医院里度过的三天明明只是稍早之前的事，我却感觉仿佛非常久远。

那几日是对我辛苦生活的慰劳。穿着病号服，推着输液架，经过除菌处理的洗手间，睡在洁净的床铺上。如今，那种生活已成奢望。住院费比我一个月的奖学金还款额还高。就算停掉了给母亲的生活费，手头依然不宽裕。话说回来，所谓“宽裕”到底是一种什么状态?

因价格便宜而大量囤购的玉米浓汤粉，拌一点在粥里，明明是很日常的一幕，但望着白粥缓缓变黄，我还是微微感动。用塑料勺略微搅拌，几秒工夫，只需几秒，就被我一扫而空。

每天我都会翻阅招聘信息，工厂劳动、夜勤保安、深夜的写字楼清扫……净看一些不需要与人打交道的工种。便利店之类的零工，我绝对干不来，更别说什么“媒体相关”职业，看也不看一眼。总之，我就是不想见人。

我一遍又一遍地阅读同一条内容，翻来覆去地重读，单是这样已筋疲力尽，无奈只能打住。如此再三重复，索性瘫倒在被窝上，半天不想动。

此刻的我若被往昔的我看在眼里，会作何感想？即便不是大学时代的我，三年前，一年前，不，一个月前的我也够了。我知道，他肯定宁可去死，但还是不由自主地去想，过去的自己会用怎样的话唾骂我？

“败犬！”“渣滓！”“垃圾！”“废物！”

脑子里只能想到这些毫无新意的烂词。那也因为，我本身就是腐败烂臭的存在。骂声缭绕在耳边，而怒骂者并非别人，正是自己，我全身向渊底坠去。

以前，我作为导演助理，曾去寻找过深不见底的沼泽。不得不一连多日住在地方小镇的深山里，四处搜寻。探测那些天然池沼究竟有多深，当然，这是当时身为初级助理的我必须承担的职责。淤稠、混浊的泥水深不可测，在谈不上是沼泽的水坑里，一次次将身体下潜。

有时会觉得“这里挺深”，但大抵水面只抵我腰间。现场的勘察，迟迟不见进展。编导是个姓“片阶”的家伙，隶属于电视台。和林导不同，他性子温和，从不对我破口开骂。

“能再往里面走几步吗？”

我遵照片阶的指示，在泥水里往前蹚。直径五米见方，被芦苇环绕的一片沼泽。有时，脚边会有什么东西滑溜溜地钻过去，每次我都忍住叫唤，静静地不发一言。

“池底有动静。”

“你挺冷静嘛。”

片阶说完，笑着摇起了摄影机。

“要紧不？”

“哎，没事……”

话音刚落，我的身体便急剧向池底坠去。“咕咚”，耳边传来一声响。原以为自己会在一个无底深渊中缓缓沉落，谁知掉下去得很麻利。我手脚并用地拼命挣扎，把脸挣出池面吸气，却猛灌了一大口水。咳呛着，惊慌错乱着，身体不停弹腾，又沉得更深了一些。

“……君，你没事吧？”

片阶的声音依稀可闻。但一点不含焦急。过后一问，据说比起溺水，我当时的状态看起来更像在闹腾。

“还想说你是不是在撵蚂蟥呢。”

拼命伸长手臂，不管触到什么，总之先极力抓住，然后慢慢爬回岸边。我的手心被什么东西划破，气管里堵着泥巴，回到地面仍半天喘不上气。四脚朝地趴着，一遍又一遍呕吐不止，浑身哆嗦。片阶对准狼狈万状的我，边笑边摇摄影机。

“这地方不错嘛。”

结果当日下了一场暴雨，拍摄任务终止。之后的几日，我浑身莫名地瘙痒难耐。痢疾拉得状如清水，迟迟不能痊愈。一面吃着成把的止泻药，一面奋力制作用来填档的VCR。片阶右眼上方被牛虻盯了一口，肿得犹如赛后的拳击手。

自那以后，他当上了深夜时段旅行节目的首席编导，没多久，那档节目就成了黄金时段的热门秀，拿我们之前搞的那些乱七八糟的选题，在世界范围内到处取材。例如，跑到南美，探测传说中有家畜频频淹死的某片“深不见底”的池沼。不是派艺人前往，而是自行搜罗素材，带回来剪辑。

那阵子，正好由幕后编导露面主持的节目正悄然流行。一些死忠粉会记住各大电视台的个性编导长什么模样，在大街上冲其打招呼。当时片阶甚至出过一本书。如今，他的推特账号也有七万左右的关注。

我还在网上了解了一下纳土。目前，据说他正围绕一家民间的“太空旅行公司”，以及有意利用此种方式展开太空旅行的普通民众拍摄一部纪录片。

一想到纳土这个人，总让我的脑子如被针刺，是一种和想到林导时不同的痛感，恨不能直接伸手去脑子里挠挠。

“喀喀！喀！”

老檀不长记性，又在隔壁咯起痰来。

自从上次以来，我不知捶过多少次墙，每次老檀都是一捶一个不吱声。有时还会道歉，来句“对不起”。饶是如此，他依旧死性不改。不知是喝醉了酒，还是脑子本就糊涂，要么两者皆有？

“小心老子宰了你！”

老檀家的空调外机频频发出嗡嗡声。吃着政府的救济金，还有闲钱装空调。拿国民纳税的血汗钱酗酒，用国民的血汗钱乘凉。

“老子当真要你的狗命！”

想破坏什么的冲动涌上心头，使我焦躁难耐。四处踅摸裁纸刀，手腕已伤痕累累。就凭这破破烂烂的手腕，不可能找到工作。生活费怎么办？奖学金的还款呢？头顶如戴了紧箍咒，又开始阵阵反胃。我再次抓起了手机。

刚打出一个“菅”字，便跳出了“菅谷须美”的名字。打出“林”，又自动跳出“林，菅谷”的检索履历。公众对二人婚讯带来的刺激，已渐渐开始腻味。最近，某艺人爆出的出轨丑闻正在网络上发酵为热门话题，众人马上又一窝蜂地议论起新的八卦。

而我终于搜到了一条报道。

“不可不知！女星菅谷须美之未婚夫，身为芳心猎手的电视精英，爆出传闻！”

是我期待已久的内容。由某“知情人士”揭发的林导的恶行终于曝光在白日之下。

该报道主要聚焦于林导“私生活的混乱”。比如，他夜夜与女艺人饮酒，通宵厮混。再比如，与林有肉体关系的一位写真艺人小A，指称林滥用职权来敲定节目演员内容。言下之意，林逼迫她以“枕营业”的方式换取出镜机会。

老实说，内容尺度并未达到我的期待。我一阵焦虑，揭发的事件尚未触及林导恶劣职权骚扰的核心，况且即使不在电视界，类似的行为大致也在可预见的范围之内。不过，让我满意的是评论区。

“真是人渣啊。之前还蛮喜欢菅谷的呢，失望。”

“估计电视圈净是这种货色吧。我看过几眼这厮制作的节目，秒关机，无聊得要死。”

“谁有兴趣关心这两人的破事？老早以前我就闹不明白，说来说去，还是菅谷被捧得太高了，又不是多么了不得的演技。”

我读得血流加速。这几句最切中要害，血液又开始巡行全身，原来气血流动的感觉令人如此畅快。眼前的视界骤然清晰，后脑解除了紧箍咒。

当中也有几条看似是支持林导的意见。我选择忽略。共计一百九十三条评论中，只拣黑他的来看。几个月来，要属这篇帖子最使我读得两眼放光，我把它翻来覆去回味了好几遍。

“也太恶心了吧。”

“像下水道一样恶臭。”

“根本就是垃圾好吧。”

每隔五分钟，我都要刷新一下看看有无新的评论。哪怕没提到什么有别于其他发言的东西，只要是痛骂的，就字字闪光。

“利用职权搞性骚扰，典型的猪狗不如。”

“老早我就觉得这孩子要翻车。说到底，还是从小浸泡在影视圈，已经丧失了普通人的鉴别能力吧……”

“反正就是一个不谙世事的大小姐呗。要带眼识人啊，须美！”

血行依旧顺畅，视野依旧明亮。后脑勺轻快了许多，连老檀的噪声也可以忽略。

专心刷评论的短短几分钟里，我忘记了找裁纸刀，手腕的伤口有几道已经发干，开始结痂剥落。翌日，仿佛在祝福我逃出生天，网上有人晒出了林的推特账号。

“菅谷的结婚对象，推特账号曝光，见图。”

我发麻的手点开链接，节目组幕后人员的纪念合影被公布于众。上传的照片里，林导看起来比现在年轻。

评论区如我期待。

“扑哧。笑死。”

“哎哟，恶心。想说就这副尊容还泡人家写真艺人呢？电视圈到底有多烂？”

“比我预料的还要丑！！！菅谷这品位也太土了。”

“会不会连累须美口碑下滑啊？拜托别出来献丑了，哈哈。”

其中最让我兴奋的一条如下：“原来是这厮？我有一个熟人也是电视行业的，跟这厮在工作上打过交道。听说是对上溜须拍马，对下不可一世，纯粹就是一个王八蛋。”

我一下子蹿起来，兴奋得坐立难安，在窄小的房间里来回转圈。用力攥紧了手机，甚至猛然冒出个念头：此时出去跑一圈也不成问题。

但这股兴奋劲儿过去得也快。不消一会儿，肌肉便泄了劲。我停下脚步，重新歪倒在被窝上。手机的电量还剩百分之八十。充电标志闪着红光，看起来好似在警告什么。但我选择无视。

这位“熟人”是谁呢？

作为“电视业界的知情人士”，他自己干吗不站出来曝光林导？

光骂一句“王八蛋”远远不够，为何不揭露林具体浑蛋在哪里？

实际上，这条评论的点赞数少得可怜，或许大家都对它的可信度抱有怀疑？事实上，每有此类“知情人士”“一个熟人”痛快地跳将出来，通常总是别有用心，刻意定制的谣言。大众对消息带来的冲击有所反应，充其量也不过一瞬间，之后大抵会对这位“知情人士”“一个熟人”发自内心地感到轻蔑。和林走得更近的人，没有谁来写点什么吗？和林在工作上有所交集的人呢？没有可信的具体陈述，根本没法儿打动吃瓜群众。

要么我来写？

当然，这不是我此刻才有的念头。我一直暗暗期待，有谁能出手揭露一下林的本来面目。但与此同时，内心也总有个声音在窃窃低语：毫无疑问，这个“谁”只有你。

林稳定地浑蛋着。不过，比任何人承受更多他的非人折磨的只有我。在大家面前，一直被迫对他低声下气；节目录制期间，耳边充斥着他的嘲讽谩骂。被嗤笑，被蔑视，有时甚至会挨踢。

“我说你，当真是一个废物吧？”

即使现在，但凡想起，依然会浑身发抖。

应该我来写。

必须让菅谷须美也认清林的本性。这个女孩被蒙骗了。在她将来为此痛悔之前，我应当把林隐蔽的一面用文字讲述出来呈现在她的面前。同时，把林这样的人渣逐出社会。

我应当写。

在推特上注册个匿名账号好了。推特上存在大量此类空壳账号，俗称“作废的马甲”。它们存在的最大理由是注册者不愿亮明自己的身份，只想对某人恶语相向。

但凡工作中打过一次交道的艺人，我总会去瞧瞧他们的推特主页，很容易就能找到一些专门为了诋毁他们、攻击他们而注册的黑号。数量自然有多有少，但不管艺人知名与否，黑子必定存在。这类网络暴民通常不管对象是谁，一律骂不绝口。当中也不乏单独瞄准一个人，执拗地黑到底的家伙。

林这个人气量极小，消息曝光在网络后，他必定会隔三岔五地上网搜自己的名字。我已经没有一丝一毫重返电视界的希望。也就是说，我和林一辈子不会再碰面。但我不希望他知道帖子是我写的。若涉及的事情太过具体，恐怕很容易被他识破。

怎样才能给林致命性的一击？

怎样才能把林从这个世界驱逐出去？

索性什么也不写，光把他的个人隐私晒到网上如何？他的邮箱地址、电话号码我都知道。如此一来，那些网民眨眼的工夫就能人肉到他的住址。说不定，已经人肉到了？

再不然，林时不时地会在脸书上发发动态，把他那些见之令人掩鼻的、中学生小作文式的“业界展望”，或是主打一个“我竟写出了如此激进的观点”，实则充满歧视性言论的日记给晒出来？

又或者双管齐下？

趁还没改变主意，我先打开了通讯录。在“L”一栏里马上找到了他的名字，登录备注写着“林导，真日本电视台”。过去每当手机振动，这个名字浮现在屏幕上，我都觉得喉咙和眼球有一股压迫感。那样的日子已经远离。我再也不愿回到往昔，绝不。不过，当下的我呢？

双目紧闭，被一种有别于往昔的痛苦所侵袭。脖子、眼球，依然死死压迫着我。然而，是一种更为缓慢、漫长的折磨。发作期间，我总会忘记呼气，只是不停地大口、大口地吸气。如果不这样做，会连呼气也很困难。呼吸过浅，肺部发出怪异的“咻——咻——”声，当中还夹杂着……谁人敲门的动静。

“咚，咚。”

手机自我手中滑落在地。榻榻米地板，却咚的一声发出硬物碰击的响动。

这间屋子没安门铃。我从来不用这玩意儿。不管快递或外卖（还叫得起外卖那阵子），全靠敲门通知。不过，那时我基本不在家，听到敲门声的次数也寥寥无几。

“咚，咚，咚。”

不是整个拳头，而是弯曲几根手指在敲击。是谁？咲口女士？房租的支付日在前天。才晚交两天而已，就来上门催讨？没这个可能。

“咚！咚！”

此人比方才敲得更用力了。当我下决心刚要喘口气时，榻榻米上的手机响起了振动。没开静音，振动声比我想象的还刺耳，我情不自禁地咂了咂舌头。

手机屏上显出一个名字：小森。

“我在你家门口，能开下门吗？”

时隔一个多月，再次见到了小森。

没错，她仍是老样子。不过，她的没变化给我的感觉却更像一种阔别数年后的“一如既往”。有无胖一点，或是瘦一些，显不显老态等，不，不是这些琐碎的表征。小森的“不变”是一种内核上、根底上的如如不动。即使样貌发生了决定性的改变，她给人的印象也始终如一，使小森比任何人更像小森的并非小森其人，而是小森身上散发出来的某种气息。

“好久不见。”

如此问候的小森，望见如今已面目全非的我，想必会很惊讶吧。既然这样想会有一种屈辱感，那么就屈辱好了，我反而生出了几分破罐破摔的念头。于是才能坦然打开门。不是手机的振动声瞒不住了，没法儿再假装不在家，所以做好了心理武装，而是一种挑衅之意，“让老子给你整点厉害的开开眼”。不堪入目的浮肿，乱蓬蓬的不事修剪的头发，一脸胡子拉碴，浑身散发着酸臭……希望我这副德行能给小森来点震撼性教育。

仔细想来，我一直有这样的念头。想看到小森受伤的模样，想看到小森胆怯的神色，想看到小森绝望的一刻。小森体贴、热心、健康、健全。但我却难以克制地想去破坏、摧毁这份体贴、热心、健康、健全。至于原因是什么，直到最后我也没弄清楚。此刻，我也无法按捺这种冲动。

“干吗？有何贵干？”

小森坦然地注视着我，眼神里捕捉不到畏缩，也不含丝毫怜悯。这副公正的态度使我更加气恼，想出手将其毁掉。

“有份前辈的快递寄到事务所来了。”

说完，小森递上来一只包裹。尺寸有一个抱枕大小，外面夸张地缠满银色胶带，很有一股小题大做的严谨。我瞅了眼收件人信息，用英文写着我的名字。许是看出了我的困惑，小森补充道：“从芬兰寄来的。”

“芬兰？”我不由自主地反问。

“对的。寄件人名叫 Lotten Niemi 。”

“罗？罗腾啥子？”

“我也不清楚正确发音。”

原本我没打算放小森进门，可这一顿操作下来，我鬼使神差地说了句：“算了，随它便吧。我说，你要不要进来？”

“方便吗？”

“这个嘛，毕竟你特地跑一趟给我送来。”

此时，小森终于展露出笑容。

“谢谢前辈！说真的，刚才我还在想呢，万一在你家门口被撵回去，我该怎么办！”

说着，她拎起来一只便利店袋子，能瞧见里面装着瓶装茶、饭团和三明治等。

“嗯。”

我带着几分让小森体会一下暑热与恶臭的心思，转身回到屋里。

以前，公司前辈经手的一档节目，以日本的单身贫困女性为取材对象，录制了一组用来在节目里插播的VCR。他们前往某位女性受访者家中，针对其贫穷状况进行了采拍。

片子剪辑完毕后，综合编导给前辈发来了指示，称该受访者家中的彩电尺寸太大，叫人实在放心不下，能不能把相关画面剪掉？

“节目播出后肯定会遭到观众投诉的，说家里有那么豪华的电视，怎么可能贫困呢？纯属捏造新闻。”

当时前辈为了把相关画面剪掉，愁死了好多脑细胞，结果是又对这一段进行了重录。

“家里有电视怎么了，不行吗？”当时，小森也是这样直勾勾盯着前辈问。

“不是不许有电视，而是尺寸太大了，过于豪华啊！说明经济条件挺好不是嘛。”

“那也许是人家早先手头宽裕的时候买的呢？又或许是别人送的呢？再说了，就算家里的电视再气派，只要她本人自认为是拮据的，感觉正为贫困所苦的话……”

“小森，抱歉，别跟我掰扯，你直接找电视台说理去好吧？现在我没工夫跟你抬杠。”

这句话封住了小森的嘴。旁观着小森默默不语的样子，我胸口一阵舒坦。

“你啊太幼稚了。”

话到了嗓子眼，但我没说出口，一直观察小森的反应，而她的表情并无异样。

此刻依然。小森神色如常。我从没见过她表情崩坏的模样。

家里的电视机我老早就卖了。当初买的时候就下了挺大的狠心，在连锁二手店里花了好大一笔钱。心疼水费太贵，到现在每次洗衣服我都得犹豫半天，浑身当然会恶臭了，作为通风散味的必要措施，应该打开窗子。但因为没安纱窗，会放进来太多蚊子，再者老檀一开空调，外机就吹起阵阵暖风，所以只能门窗紧闭。屋里热得人喘不过气，热气与恶臭交加。这便是我过的日子。

末了，那段关于电视机的画面还是剪掉了，又补拍了新的VCR。然而，女受访者家中的偶像海报和周边摆设依然使节目成了万众唾骂的对象。“她这种人不配自称贫困！”“当真日子艰难的人，哪有她这份闲心？”

就连女受访者出镜也成了问题。她化着流行的妆容、染了头发的截图，连同她私人物品的价格、毕业相册里的照片等皆被打上“博眼球”“卖惨”“有闲钱整容”的标签，在网上四处流传。然而，事实上，单身女性当中有三分之一身处贫困状态。

我把摊在地上的被子随手叠了几下，往上面一坐，希望视线能比小森略微高出一点。我没给她拿坐垫，家里没有那东西。

“随便找地方坐吧。”

“谢谢。”

小森像个孩子，盘腿坐到地上，瞬间便大汗淋漓。她拿起平时爱用的手帕，一遍遍擦拭着脸和脖子。我见她用过各种花色的手帕，白底绣紫色和绿色花，黄色搭配橙色花，黑底上印有银色天秤图案……记忆如此鲜明，连我自己都吃了一惊。我是在什么时候对小森观察得如此细致？

今天这条手帕，深蓝底色上拔染出一群白鸽。被小森的汗水打湿，转眼变成了黑蓝色。小森的神色不见丝毫不悦。和我一样，这样的艰苦状况，她也体验过不少次。烈日当空下，在沙丘地带进行长达数小时的外景拍摄；在蚊蚋纷飞的池塘畔，完成VCR的录制；在汗如雨下时，全身包括脸在内，被蚊子叮出几十个大包……这种时刻，小森从来都一声不吭。

现在我与她面对面相视而坐，她依旧一言不发。大概也清楚“你气色不错嘛！”“你还好吗？”之类的问候太过残酷。既然如此，她来干吗？

“工作进展如何？”

我还是保留了若干对他人的恻隐之心，起到了一点救场作用。为了照顾小森，我先开了腔。

“还是老样子。不过，节目黄掉了。”

“啥节目？”

“押见老师那一档。”

身体深处一声哀鸣。我知道，相继而来的必定是恶寒发作。我想把裁纸刀握在手里。但小森在。她已看到了我伤痕累累的手腕。她知道我在做什么。

“我想道个歉。”

“啥？”

“今天我来想跟前辈道个歉。”

我瞥了一眼小森，今天她也戴了美瞳，淡紫色的。小森的双眼覆盖着一层长而浓密的睫毛。

“为了什么？”

“有些事，我没能意识到。”

“所以啊，到底是什么？”

“押见老师对前辈做的一些事。”

喉部涌起一股堵塞感。我得赶紧喘口气。平时总会不自觉忘记。不停地吸气、吸气，却吐不出去。

“啥事？”

小森到底知道多少？就算她知道，又哪里轮得到她来道歉？再说了，押见到底怎么我了？

“关于什么？”

我的手开始发抖，难以克制，想用力却用不上力。我想找点承托的东西。比如，靠在软软的垫子上，可办不到，家里没有这样的玩意儿。这间屋子找不到任何柔软之物。

“我没了解到事情的全貌。毕竟是私生活方面的事。假使我们涉入过深，恐怕会对前辈造成二次伤害，这是我们希望避免的。”

小森到底在说什么？指的是什么？又知道什么？

“不过，就算不存在肉体方面的伤害，也找不到名称来定义，从关系的性质来讲，依然是权力不对等的。如果当事者在其中深受伤害，那我认为毫无疑问，它已构成了骚扰。”

“骚扰？”

我的声音比想象中要大，带点诘问的口吻，让我自己也吃了一惊。

“押见？对我？”

“没错。我是这么判断的。”

“别别别，啊，难道你觉得我是因为这个而辞职的？”

“关于这一点，我没直接问过前辈，我不清楚。擅自揣测，我认为也过于冒昧。不过，在自己工作的职场上发生了骚扰事件，而我对此全无察觉，这让我觉得十分抱歉。”

“哈哈，别别，你先等等。押见是个老阿姨啊？”

脱口而出的这句话让我自己眼前一黑，我在“老阿姨”三个字上刻意加强了语气。可这能证明什么呢？我也不知道。

“她又没对我干过什么色情之事，也没有霸凌过我。说起骚扰来，那位老兄，名字我忘了。被他舔脸抓裤裆的受害者，你猜有多少？我也遭过他的咸猪手。哎呀，那真是……”

“是的，此事我也听说了。已向公司报告，给杉崎刚健所在的艺人事务所提交了一篇抗议书。”

哈？我嗓子里冒出一个干涩的问号。想大笑却笑不出，只好用虚张声势来代替：“小森，你搞这些名堂也改变不了什么！”

我希望能刺痛她。

想看看她受伤的模样。

“必须改变！”

我竭力做出一个最夸张的为难表情。“你啊，还是太年轻！”“你以为自己是革命家吗？”“挺有冲劲嘛。”以往自己从田泽、林导，以及所有前辈那里听来的风凉话当中，我想挑一句最具破坏力的、一句对小森最具杀伤力的。可脑子压根儿不转。手却随之哆嗦起来。千万别被小森看见。不，最好能被小森看见，希望她见识一下。我到底是什么心思，连我自己也搞不懂了。

“押见老师本人提出想退出节目。”

“哦？”

“我们也认为，这样处理比较妥当。据说，押见老师将暂停演艺活动，休息一段时日。我猜，事务所方面会发消息称她身体不适。如果前辈你希望能走法律途径的话……”

“不不，你等等，押见跟那位老兄可不一样，懂吧？那个伪娘，杉崎？那家伙恶心透了。不过，大家全都经历过，已经变成某种……必经的职业洗礼了？又没掉层皮啥的。”

“杉崎已经接受了事务所的警告处分。受害者们也和前辈是同样的意见，不要求对他施加严厉的惩罚。再者，听说杉崎本人也进行了深刻反省。他给各相关公司寄去了亲笔写的悔过书。有位当事人给我看过，其实他本人也承受着来自周遭的歧视与不公对待，内心为此深感痛苦。当然，这要和他的加害行为区分开看待。恰好手边有一个前辈的包裹。今天我给拿来了。更多的话，我也不便多说。不过杉崎这件事，我也算是加害者。不仅默许了杉崎在节目里那些自贬自虐式的发言，也容忍了其他艺人对他的作弄，认为没什么大碍。然而，身处阴影下的杉崎有多受伤，我压根儿没考虑过，往那个方向看都没看过一眼。所以，这也是我需要向前辈道歉的地方。这必然是一个系统性、结构性的问题。而且，当然，前辈的意见也应当受到尊重。如果你觉得光凭一篇悔过书不足以谅解的话……”

“不是，你先等等，当真等一等。吓人呢？这算唱的哪一出？还来真格的？这种烂事，全世界到处都在发生吧？要是性别反转一下，倒还算一个大问题。不，反转过来也没啥大不了吧？就那个嘛，最近爆出枕营业的新闻，叫什么来着？和菅谷须美结婚那家伙，电视圈的，经常跟我一块儿工作那个？”

我若是真能把林导的名字忘到九霄云外该多好。想到万一小森抓起我的手机一看……尽管小森应该干不出这事，但万一她打开手机，看到那些检索履历，我会当场去世。

“呃……怎么说呢？不是，反正我一个大男人，不可能真被押见给如何了……”

“前辈，即便没有肉体方面的侵害，而且就算你身为男性，也无关于这件事的本质。当然，对此事应当进行公平公正的法律裁决，充分注意有无冤罪的可能性，以及处理方式的不当。不过，再啰唆我也要说。受害者本人，如果对这种行为感到困扰，那它就是确凿无疑的骚扰。”

“不是，我吧，真的，真没……”

“前辈。”

小森毫不动摇，淡定地直视着我，在我看来是紫色的双眸泛着薄薄的蓝。许是涂了红色系眼影的缘故，在颜色的反衬下，望之有一种紫色的印象。

“那天，在拉面店门外，前辈你倒下的时候，还记得自己说了什么吗？押见老师正想把你搀起来，那一刻，你说了什么？”

脑子无法转动。我想不起来。一直没想起来。不过，小森嘴唇翕动的同时，我也一下子唤醒了记忆！

“可怕。”

听到这个词的瞬间，我原本颤抖的手顿时静止了。

“是可怕啊，前辈，这是你当时的原话。”

忽然小森挤了挤一只眼。当然不是在抛媚眼。我也有同样的经历，所以懂，是汗水流进了眼睛，蜇得生疼。

“我们跟押见老师那边也谈过了。她也处于精神极度疲惫的状态，不由自主地抓你来兜底。她也清楚，你们的关系并不对等，是一种超越边界的过度行为。没错，她本人承认了。而我对此浑然不觉，真的非常抱歉。”

小森把头垂得快要碰到榻榻米了。见状我想说点什么，又什么也说不出口。望着自己不再颤抖的手，简直不可思议，形同奇迹。我努力把意识聚焦到这一点。当成功专注于躯体反应后，汗登时涌了出来。头顶仿佛被泼了一桶水，当真是大汗淋漓。这间屋子居然如此暑热。

“好热！”

分不清是我在叫苦，还是小森在哀叹。

“要不要出去走走，顺便聊聊？”

我二话没说立即起身，一分一秒也不愿再停留。猛地站起，一阵天旋地转。

走出室外，“啊……”小森长长松了一口气。感觉是情不自禁。叹气之后，神色带点歉意地望着我。

“外面也热，但比屋里强多了呢。”说完小森正了正色，好似豁出去了，发狠道，“气味太要命了，前辈！”

她伸手指了指我家阳台。

“把那堆东西扔了吧。”

阳台上垃圾堆积如山，散发着扑鼻的恶臭。其实我心里也明白，可就是没心情动手去处理。

“不清楚垃圾回收是什么日子。”

“明天。”

我吃惊于小森竟答得如此干脆。你怎么知道？在我问出这话前，她抬手指了指公寓楼垃圾站墙上贴的一张纸。

“这里写着呀。可燃垃圾在周二和周五。今天周四，所以是明天。早上起床后，或今天深夜，把垃圾丢到这里就OK了。喏，最后别忘了盖上网罩。”

小森捏起一张绿色网子给我看，是为了防止乌鸦啄食，垃圾上面覆盖的一层尼龙网。我打这里经过无数次，却从没注意过这张告示。

“是哦。”

我望着那张纸：可燃垃圾、不可燃垃圾、可回收垃圾，以及丢垃圾的具体方法等全部记载得清清楚楚，还配了插图。我感到体内有什么东西在强烈地悸动，却又不懂它究竟是什么。想弄清楚这股感受，我刚一转身，小森便道：“走一走吧？”

小森脖子上搭着的小手帕已经变得湿答答的。她从手袋里取出另一块方巾，我以为她准备自己用，谁知却递了过来。鲜红底色上拔染着白色的衣架。

“这图案是什么啊？”

“衣架。”

“我知道是衣架。”

“我很宝贝它呢。”

好奇怪的对话，我心里嘀咕，但不知为何又隐隐觉得今后我一定会长久铭记在心，包括随后在附近散步时，小森聊起的一些事。实际上，小森那段长长的诉说，其后许久，我都无法忘怀。

“我跟前辈提过吧？初高中阶段，我一直是学校排球部的队员。

“因为读的是龙头校，高中我也是保送直升的。就是那种比赛前为了给自己加油打气，队友们集体去剃寸头的地方。当然，恋爱也是禁止的。纪律当真特别严格。训练过程中又累又热，偶尔还有女生哇哇大吐。不过，好像这也算是一种付出努力的证据吧，反而要在大家面前予以赞扬。我甚至曾经反省，自己怎么没练吐过呢。如今想来，真是一种病态的心理状况。

“那时候，‘胜负’二字占据了我的全部心智。当真到了‘打输就会死’的地步。

“如今这个年代，体罚被视为严重的违规操作。但当时我们住在乡下，在那个世界里，体罚类似家常便饭。

“而且，老实说，我真心觉得有那样一份回忆还挺好的。因为在那种状态下，我跟队友之间才建立了强韧的情谊纽带，至今仍保持着亲密的交往。我目前的合租室友，也是当年的伙伴。她是二传手，我是主攻手。

“我俩常会感慨，年轻那会儿为了比赛的输赢而全力拼搏，那份体验实在太难得、太珍贵。那也是因为，怎么形容呢，它属于一种体育运动所特有的、健康的胜负较量。所以我想，之后的人生里不必再执着胜负了，这辈子足够了。我们扎扎实实赢过，也输过。

“然而，走进电视行业，干起如今这份工作，眼看有那么多人被胜负欲牵着鼻子走，我吃了一惊。比如田泽前辈，就总清清楚楚把‘我不想输’挂在嘴边。

“我也理解她的心情，特别理解。但话说回来，职场果真是个大家来拼胜负的世界吗？尤其我们这个行当。当然，应该以提高收视率为目标，但拿下高收视率就是赢，拿不到就算输吗？大家是在和其他节目打比赛吗？如果不是，那是和谁在较量？和什么在竞争？

“有一回，我和田泽聊起了这个问题。田泽说，她的对手是男性。因为自己身为女性，工作中总会遭受差别待遇，从不被平等看待，从容貌，到性生活，样样会成为同事的取笑对象。

“我大吃一惊，心想，自己也许真是不谙世事。毕竟一直读的是女子校。所以才震惊于会有这样歧视女性的职场。可如今已经什么年代了啊？二〇一六年好吧？大家还没受够吗？对性别歧视的迫害。

“我心想，无论如何得灭了这股风气，于是下定决心，假如田泽和我因为女性身份而蒙受利益损害，或遭到他人的作弄与责难，我誓要与之战斗到底。啊，一不小心用了‘战斗’这个词。但这与胜负欲不是一回事。战斗虽是战斗，但怎么形容呢，并非一场你死我亡的胜负较量。因为胜败一见分晓，战斗往往便终止了，不是吗？一旦输了，一切也便画上了休止符。可能还没有恰当的词语来定义吧。怎么说呢，这种感觉，哦，抗争？类似……持续不断的抗争？前辈能明白我的意思吗？总之，就是持久地、执拗不懈地去争取一些东西。

“起初，我也搞错了方式。说真的，田泽前辈身上其实也有不少让人皱眉的地方。原本来讲，应该抱着平等心看待身边每一个人。有时候同事，尤其男同事问我，对田泽这个人怎么看呀？实话实说，我本身对她谈不上有多尊敬或是欣赏，但每每要在同事面前夸张地表示，‘特别尊敬！’‘超级喜欢！’‘是个优秀的前辈！’……总之那副倔劲，就是‘绝不说一句让你们这帮家伙称心如意的话’。那段时期，我真是战斗得格外勇猛。

“可室友却认为，我太过用力。有时前辈来问我：‘觉得田泽这人怎么样呀？有什么困难就打招呼。’其实单纯只是随口关心一下而已吧？人家根本没有贬损田泽的意图。而我却先入为主地把人往坏处想，认定对方是个浑蛋。但转念又意识到，其实自己对田泽不也有点同样的看法吗？

“当然，对那些笑嘻嘻、别有用心来探口风的家伙，我是在心里拉黑删除的。不过，总对人抱着戒备心，去揣度他人言外之意的世界也够奇怪的。况且，田泽前辈本身是一个超喜欢展示‘男子气概’的人，时不时会对别人品头论足，随口嘲弄人家的长相，身上的许多习气真叫人无奈。不过，时刻全副武装，总提着一口气，‘休想看到女性之间相互背刺的戏码！’这种心理同样挺病态。室友告诉我，毕竟生而为人嘛，总免不了被他人评判。不是说关系亲近、样子长得美，或为人做事行得端立得正，才拥有发表看法的权利。哪怕对方是个人渣，差劲得要命，只要活在世间，就同样享受平等的权利。我这位室友，说话像不像诗人相田光男[①]？我是不是跑偏得厉害？

“自那之后，我决定不管怎样，对人都要坦诚相待。心境一转，我才意识到，以前动辄剑拔弩张，心里揣着愤怒的时候，总会把‘保卫立场’或‘从口头上回击’当作一切的最终目的。不断设立假想敌，为了把敌人击翻在地，反而忽略了自己身上的恶。这实在太不健康了。如果有什么错处，哪怕是自己的伙伴，也应当直言不讳地指出。同时，不该再继续这种随时会在胜负欲的摆布下搞砸一切的战斗了。赢过别人不是我们的真正目的，持续抗争才是。

“如今，说实话，我真的超喜欢田泽前辈。我认真和她沟通了她身上存在的一些毛病，也听取了她对我的意见。之后，我们成了

---

① 相田光男（1924—1991）：日本著名诗人、书法家。1984年，出版诗集《毕竟生而为人嘛》，还留下大量格言、名句，探讨人的生存方式。

真正知心的朋友。走到这一步，虽说花费了太长时间，嗯，不过，能发自内心地欣赏彼此，感觉真好。好险啊……差点儿靠谎言去勉强维系一种表面你好我好的关系。

“最近，我和田泽又见了一面。

“现在，她已是人们口中所谓的单亲妈妈了。她说，要是从前，她绝对满脑子只有一个念头，就是‘别认输！’，会不断向眼前这个匪夷所思、荒谬难解的世界叫阵宣战。决不能让世人议论，‘什么单亲妈妈的孩子就是不幸。少来了！从一开始就必须开启战斗模式’。我记得从前田泽说过，‘竖立一个假想敌才更轻松’。对于这话的意思，如今想来我才明白：人生一旦有了敌手，那么目的也便单纯了，凡事会变得格外简单。不过，当然，人生并不是一场排球比赛。

“田泽的女儿叫小希，腿部有点先天残疾，但真的超级可爱。用她的话说，真是一看到宝贝那张小脸，什么胜败赢输啊，随它去吧！活在世间，原本不是为了来发起战斗的。当然，反之，认为世间在向我们每个人开战的想法也同样奇怪，绝不该有这样的思维。倘若真是如此，那么又究竟是谁，或什么在背后策划、操纵这一切呢？

“总之如今，田泽的想法是要尽一切努力去争取他人的帮助。为了让小希安心地、开心地成长，要寻求所有人的助力。开口求助当然不等于认输，也无所谓吃亏或占便宜，本是一件理所应当的事。

“目前，凡是能够申请的补助，田泽全部提交了申请，母女二人住在一栋类似‘母子公寓’的公营宿舍楼里，出入有门禁，好像浴室等设施也是公用的。不过，能享受到民间捐赠的婴儿尿片、奶粉和玩具，对她的帮助实在很大。

“据说，婴儿啼哭也不必担心遭到其他住户的投诉，毕竟各家要轮番哄孩子。我虽说只在她家待了一小会儿，但婴儿这种小东西当真是哭个不停啊。哄睡时哭，抱起来也哭，扎马步也哭，拿玩具逗也哭，换尿片、喂奶……管你怎么折腾，她都照哭不误。那副架势，一个人带孩子压根儿搞不定，绝对撑不住。尽管如此，小希也无须对田泽说一个‘谢’字。这是理所当然啊，毕竟小希被母亲无条件地深爱着，拥有在照顾与爱护下生存下去的权利。而与此同时，田泽前辈也一样吧。用她的话说，她也拥有在困境中向全社会寻求帮助的权利。

“对啊，所以说，‘寻求帮助’这个词应该改一改。不是‘寻求’。因为帮助身处困境中的人本是一件天经地义的事。嗯，没错。有没有什么更合适的词来表达呢？

“田泽所在的母子公寓的楼长被大家亲切地称为‘姨姨’。她说，最近总能听到一些‘自作自受’‘自己要为自己负全责’之类的说法。当然，它们在某些时候确实作为一种贴切的表达，发挥着应有的功能。但近来，田泽认为，它们似乎变成了一种回避去正视重要现实的防御盾。大家不需要这样的防御，而应该更加坦然地去寻求救助。什么‘自作自受’‘自负全责’，这种说辞是在每个公民都能获得安稳的生活之后，能够发自内心感到安全安定之后，才去考虑的事。只有这样，一个人才能真正为自己负起责任。

“我也是同样的看法。我真心这么认为。社会不需要这样的防御盾。而应当正视重要的现实。

“所谓重要的现实，是指如今在这片土地上，还有许许多多为生活困苦挣扎的人。”

我和小森一路走着，不时会看到一些平日里从未留意过的场所。小公园停靠着重型吊机的建筑工地，年份久远的卖鱼老铺……明明离家也不远，我居然不知道附近街区还有这样的地方。

“今天来前辈家拜访，老实说，我犹豫了很久。我猜你也发现了，我挺怵跟你打交道的……怎么说呢，你这人死犟，又直男度爆表，给人一种‘哎呀，真会逞能！’的感觉，平时老把‘这局我赢了吧？’‘是我赢吧？’挂在嘴边。比起田泽前辈，你简直难搞一千倍。好多次，我恨不能拿排球狠狠砸你，给你来个近身暴击，直中面门。你没发觉吗？我这人的演技十分过硬。虽说大家身边不乏会演的人，可前辈对我尤其看不惯，我没猜错吧？

“前辈的包裹寄到公司以后，我再三犹豫要不要给你送过来。考虑到还有押见老师的事，想当面跟你道个歉。不过，你一直不回消息，到底怎么办才好呢，我烦恼不已。于是，我找田泽帮我拿主意。田泽马上就给了回复，说：‘直接上他家去。’

“还说，那家伙，哦，是指前辈你，那家伙此刻一定也正在为什么所苦。他这人好胜心太强，做事又拼命，对自己对他人都过于严厉。说实话，好多次我恨不得揍他一顿。哈哈，这一点跟我挺有同感！不过，那家伙的心情倒也不难理解。她说，她非常懂得前辈那种不愿服输的心理。

“说来前辈你啊，当真是个苦干家。别人不愿接手的工作，你总率先抢着干，也从没听你有过一字怨言。

“有一次，我差点儿被车轧了，是前辈救了我，你还记得吗？当时，你扑倒在地，膝盖和手腕全蹭破了，弄得直冒血。明明伤得那么重，可你却若无其事，带着伤直接往外景地进发了。我向你道谢，你一副不必客气的淡然面孔，丝毫不摆恩人的架子。最后，连医院都没去吧？简直太酷了。我虽心怀感激，但也觉得，前辈会不会太爱逞强了啊？抱歉，被你救了命，却还这么讲……

“前辈，你是把所有情绪放在心里独自默默消化的人吧？有什么想法也从不跟人倾诉。田泽似乎也一样，还说职场环境便是如此，向人开口求助就意味着认输。

“不过，今后要不要改一改这种习惯？

“当然，我知道毅力是一项重要品质。该努力的时候自然要努力，这十分重要。不过，也有一些时候，不管努力再怎么努力，却依然看不到结果，不是吗？

“我希望前辈能为自己发声呼救。痛苦的时候，不必默默忍耐。毕竟这样做又能给谁带来益处？我认为，若把一切憋在心里长期忍辱负重，最终，一定会嫉恨那些敢于发声的人。前辈之所以讨厌我，不也是因为我总率先开口喊痛，抱怨不公吗？

“起初田泽前辈也是如此。见到我跟社长反映意见，她也十分不以为然。这么长时间，自己都一路忍过来了，怎么唯独她特娇气、废话特多？其实不呀。我是为自己发声的。这是我理当拥有的权利嘛。而且前辈你，你们，也同样拥有这种权利啊！什么大男人就该死撑到底，什么哭天抹泪未免太掉价，这种想法，请千万要丢弃。再啰唆一遍，如今都什么年月了啊？二〇一六年好吗？

“前辈，你已经足够足够努力了。

“努力到不能再努力了。

“田泽鼓励我，直接到你家里去，带着诚意向你道歉。也许你不会接受，但目前你身处困境是无可否认的事实。总之，到你家里去。呃？刚才是不是说过这话了？说着说着，我都迷糊了。

“田泽让我转告你：困难的时候，痛苦的时候，开口求助吧！刚才我没说这话吧？其实，她原本想直接告诉你的。呃，再说一遍哦。

“痛苦的时候，记得开口求助。

“啊，能成功把话带到，好开心。喂，前辈，我说了这么多，你可别忘记哦。

“提前给你打打预防针。

“痛苦的时候，千万开口求助。”

小森把衣架图案的小手巾留给我，便回去了。

“洗好再还你。”我说。可她拒绝了。明明自己说过当宝贝一样。但用她的话说，“既然沾满了汗水鼻涕和体液，索性就送给前辈了”。我猜，她大概是嫌弃吧。谁知她立刻声明：“不是因为嫌弃你哦！”

她说完，垂下了头。

离去时，小森把饭团、瓶装茶和三明治递给了我，沉沉的很有分量。散步时，她替我拎了一路。

“放在你那间屋里肯定秒发臭。”

饭团是蛋炒饭和午餐肉的，三明治是照烧鸡块和火腿蛋的。可谓是这几周来，我最豪华的一餐。美味，无与伦比的美味，吃得我笑出声来。当然，喷得四散飞溅的饭粒我也一颗颗仔细捡起来吃掉了。肚子一饱，很自然地便涌起了困意。我就势一倒睡了过去。时隔许久，拥有了无梦的好眠。

所以，打开包裹是在当天夜里。

为了剥掉外面的银色胶带，我费了一番工夫。夜晚，在昏暗的光线下再次打量它，才发觉是一种十分醒目的银色，仿佛从未来的某个国度寄来的神秘之物。可惜里面取出的东西却没有丝毫未来气息。它脏得离谱，是几本软皮笔记，似乎弄湿过多次，变得皱巴巴、鼓囊囊的，还有一摞捆扎整齐的文件、一枚装在雪白信封里的信笺。

寄件人名叫 Lotten Niemi，我自然没什么印象。提起芬兰，我能想到的只有一个人，那就是阿基·马克莱宁。不必说《男人的清晨》和这只包裹应该扯不上什么关系。

打开信笺之前，我先取过笔记随手翻了几下。一片歪歪斜斜、深深浅浅的丑陋笔迹出自谁之手，一眼便知。时间过去这么久，一瞬间，我又被拉回到过去。

这是阿基的字迹。

这是阿基的日记。

我和阿基已数年未曾联络。当中曾发过一次短信，结果被退了回来，说“无此收件人”，我也没觉得惊愕。那段日子，我已丢掉了一切内心的感受。

我合上笔记后愣了一会儿，飞快的心跳声清晰可闻。等它平静下来后，我开启了信笺。

第一页上面写满了日文，笔迹稚嫩得像孩童所书写。尽管如此，也比阿基的字漂亮，浓淡得宜。把脸凑近，能闻到花香气。从芬兰不远万里来到此地，却仍保留着几缕清芬，令人心动。

初次打扰。我的名字叫罗腾·尼米。我在学日语，但会的句子还不多，请原谅。

我想告诉你，我死去的人生伴侣，阿基·马克莱宁，还有你一定认识的，深泽晓的一些消息。虽说很伤心，但上个月，深泽晓去世了。我和他共同度过了他人生的最后一年。

用我难看的手写体来向你问候，深表失礼。之后，我会用电脑打字。我讨厌用键盘写出来的信，但我的日语太烂了，请你原谅。

你能读完我的信，我深感幸福。

深怀爱意的

罗腾

阿基不在了。

我大口地吸气、喘气。居然呼得出气了，一种名叫“震惊”的情绪自心头掠过。

接下来的书信和笔记放在一起。大量的纸张已经很难称得上是信件，上面是电脑打印出来的文字。日语。匆匆扫了几眼，比手写信的行文更奇怪。大概是写得仓促吧。

看样子，这位我素未谋面，也不知来历的罗腾·尼米不像是会费心思去查翻译软件的那种人。纯白的美丽信笺，花朵的清芬，一笔一画仔细书写的字迹……如此细腻的人为何会赶得这样急匆匆呢？有什么话是迫不及待要告诉我的吗？

我捏着那叠信，走出了家门。除了采买食物这个目的以外，我已好久没有外出了。不过，我希望找个合适的地方去读这封长信。不在这间屋里。这个没有柔软倚靠物的地方，不是适宜的阅读场所。

我走了片刻，忽然想起什么，又回过头去。隔着阳台栅栏，抓过垃圾袋，把它们逐个拎到了垃圾站。网罩下面，已放有几袋垃圾。我来回跑了好几趟，把它们堆得老高。最后几袋够不到手，我只好重新回了趟家，从房间去往阳台，依次将之拎走，总算全部清理完毕。阳台比我印象中的宽敞许多，我四下看了看，把家里随处乱扔的垃圾也一一捡起，汇拢成袋，最后丢了出去。垃圾站堆成了小山，连贴在墙上的那张纸也淹没了。费了点劲把网罩盖好，走出几步又数次回头确认，我这才离开公寓。

夏日的夜晚，街上依旧暑气蒸腾，不管去到哪里，汗都淌个不停。公寓前方的小公园，步行几个街区外的小公园，长椅全被上班族，以及无家可归的流浪汉占据，或坐，或躺。我走啊走，好不容易找到一个歇脚点，是在高架桥下。频繁通过的电车噪声隆隆，别人在这里待不住，对我来说反而是一个安闲的僻静之处。

再次问好。

给一个从未谋面的人写信，一定让您很是惊讶吧。实际上，我本打算用自己学的半吊子日语写这封信，但因时间有限，只好用电脑把翻译软件译好的文字拷贝编辑了一下。对此，我深感歉意。接下来有些话想占用您一点时间，听我慢慢道来，但愿您不会觉得厌烦。

一九四三年，我出生于芬兰的土库。

我上面有三个姐姐，我是家中第四个孩子。我作为父母，尤其是父亲满心祈盼的男孩，备受家庭的关爱。

我毕业于一所艺术院校。原本从事雕刻专业，后来在偶然的机缘促使下，开始了电影的相关幕后工作。在漫长的职业生涯中，我邂逅了阿基·马克莱宁。我与他深深相爱。后来，直到他去世，我们都保持着秘密的伴侣关系。

他是一位出色的演员。想必你也了解吧。如今他的作品已可以在互联网上随意观看。科技的进步实在是一件美好的事。起初我也曾怀疑翻译软件的准确度，但我的日语老师说，呈现的文字完美到令人讶然。如今回看当年的老电影，我依旧会为阿基·马克莱宁的举手投足、表情神态而感到惊叹，而这一切都必须感谢科技文明的便利。

关于马克莱宁的死因，公开的结论是饮酒过量而冻死街头。总体来说虽不算错，但他的离世包含着太多悲剧色彩。他确实善饮好饮，但从无烂醉的习惯，也没有酒精成瘾症。有时大众喜欢虚立人设，钟爱一个假想中的人物。而历史也往往不愿看到其人摆脱他被赋予和指定的形象。

马克莱宁热爱野生动物。夜晚，稍许饮酒后，他喜欢独自外出散步。当时我们住在一个乡下地方，散步中时常能碰见一些野外的动物。

当中，他尤其欣赏的是狼。它们眼眸中的凌厉、孤高与美令马克莱宁心醉。另外，他小时候也被大人们唤作“狼崽”。自打婴儿时期，他的毛发就非常浓密，拥有一双美丽的狼眼。于是，母亲给了他“狼崽”这个昵称。说起来，身为演员的他身上确实有一股狼一般的高贵气质。

他始终有个心愿，盼望在散步时一睹狼的风姿。不过，狼这种动物警惕性之强，远非其他族类可比。所以，邂逅狼的愿望总也无法实现。

然后，那天，他饮酒后便出了门。平时我总趁他散步这段时间读读书、劈劈柴、画几笔画。由于精神过于专注，没留意到他比平日晚归。当我终于意识到情况不对劲时，马上出门寻找，谁知，却见他倒卧在一棵巨大的云杉树下。

我至今仍记得，马克莱宁身边有一串硕大的脚印。毫无疑问，那是狼的足迹。当日下了大雪，脚印逐渐被雪花覆盖。但我确信，他死前终于见到了心心念念的狼。我要为此而祝福他，为他献上深深的祈祷。

我平静地接受了马克莱宁的死。实际上，倒也并不那么平静。但说起来难免话长，所以忍痛略去。我以朋友的身份配合了警方的问询，并安排了马克莱宁的葬礼事宜，因为他已没有包括母亲在内的血缘至亲。

马克莱宁去世后，我一直过着独居生活。而他的存在一日也未从我的日常中褪色。定期扫墓自不必说，我还给自己设下约定，要走遍他参演影片的每个外景地。有时驱车要花两个多小时，但对于一名年逾七旬的老人来说，也不啻一趟美好的旅行。

尤其有间酒吧，在那里能够更加强烈地感受到他的气息。原因在于他有几部代表作在该酒吧拍摄。它风格复古，至今仍保留着影片拍摄当时的陈设与装潢。如今，许多挚爱马克莱宁的影迷依然时常走访此地，拍拍照片，为他献上一束鲜花。他们大多是芬兰居民，偶尔也有几位国外来客。

对于我和马克莱宁的关系，影迷们无人知晓。我们相爱的经历一直是不为人知的秘密（他是一个格外重视隐私的人）。我不愿在他死后独断专行地将我们的关系公之于众，而是始终保留一种对共同回忆的敬重。所以在那间酒吧，我与其他影迷一样，仅将他视为一名演员来热爱，安心做个“小粉丝”。

一年前的某天，我又故地重游。在酒吧里，我居然撞见了阿基·马克莱宁。莫非他真的转世重生了？！我甚至产生了这样的念头。你也认识那名酷似马克莱宁的男子，他便是深泽晓。当时，我情不自禁地叫出了声：“阿基……”男子闻言竟应了声。难道两人连名字也相同？

我想抓住他问个究竟。而看样子，男子似乎也会说一点芬兰语。但遗憾的是，他的话我一句也听不懂。他的牙齿几乎已经掉光。左耳耳垂也被割碎。看来是新近留下的伤口，整个人看起来犹如一条虚弱的流浪狗。

此人是谁？神明究竟有怎样的意图？

见男子体质过于衰弱，我便把他带回了我们的家。他如同听话的孩童，听从我的每个安排，泡了热水澡，喝了我做的热汤，在马克莱宁睡过的床上躺下，之后，结结实实地睡了三天三夜。

接下来，我和阿晓开启了一段奇妙而美好的生活。

阿晓在我们家过得很平静。许多时候，我望着他，依然情不自禁地觉得莫非是阿基·马克莱宁的转生？

阿晓为何会来到芬兰呢？了解这背后的原委是在半年以后。这半年间，我一直在教授阿晓芬兰语。他已能理解一些简单的词句。也是在那段日子，我才得知他是日本人，而他之所以会说几句芬兰话，是因为看了马克莱宁的电影。这着实令人吃惊。而阿晓的学习能力更令人称叹。像一个拥有敏锐感受力的孩子，阿晓对语言的掌握一日比一日纯熟。

于是，他开始教我日语。我不像阿晓，是一个优秀的学生。日语，一门多么美丽又难解的语言啊！我们成了亲密的师徒。那段相处的时光格外美丽。

从阿晓口中，我得知了他的人生经历。每次听他谈起过去，我都忍不住感慨，一切果然是神明的安排。

岂止是外形，阿晓的人生也与马克莱宁相似度极高。马克莱宁的人生，属于他个人的私有之物，由我和盘道出对他似乎有嫌不公。不过，在了解过深泽晓的经历以后，我猜，或许他也会微笑着应允吧。听说，阿晓获知马克莱宁这个人物是缘于你的介绍。从你告诉他马克莱宁的那一日起，他的人生业已转变。所以，想必他也会同意我把他的日记交给一位改变他人生的朋友吧。毕竟没有谁比阿晓的心地更为温柔。

令人悲伤的是，马克莱宁在童年时期并未获得一个孩子理应从母亲那里获得的关爱。他的母亲频繁地辱骂他、伤害他、殴打他。但其中也有少数亲热地唤他“我的小狼崽”、对他疼爱备至的瞬间。母亲本身也曾受过贫穷与虐待的苦，因而无法控制自己的心境。情绪的波澜过于狂暴，时常袭击她，侵蚀她自身。

马克莱宁是她的独子，他发自内心地爱母亲。童年时期，便开始为了她而外出做工。但她对孩子的辛苦没有半分感谢，反而持续对之施以虐待。马克莱宁长大成人后，最终也未能完全治愈童年的创伤。

这只是世上泛滥成灾的悲伤故事里的一例。

阿晓把他从幼年时期开始写了多年的日记从日语译成了芬兰语，并大声念给我听。我听写之后，通读了一遍，时而会产生一种错觉，以为自己读的是马克莱宁的日记。因此，我也把马克莱宁的日记从芬兰语译成了日语。我只会写平假名，但阿晓依然开心不已。之前，他虽已会讲一些简单的芬兰语，但毕竟没学会阅读。

时代、日期、地点、语言虽各不相同，但如此酷似的人生竟当真在世界的不同角落里上演。为之震惊的不止我一人，阿晓也对这一事实倍感惊愕。同时，他也对自己能住在马克莱宁曾经生活过的家中而心怀感动。他仿佛不知厌倦，好多次，坐在马克莱宁当年的椅子上，一连几个小时歪着头若有所思。

阿晓的生活点缀着各种不可思议的事件。而当中最不可思议的一次，此刻我仍记得。

有一次，我在厨房为阿晓煮一锅热腾腾的鲑鱼汤。忽然他开口道："我从前见过你。"说是在他两岁那年，曾经见过我一面。

"我记得眼前这幅情景。"

但遗憾的是，我平生从未去过日本，总在祈祷哪天能够成行！所以当然，从事实来说，我不可能见过两岁时的阿晓。他两岁那年，我四十一岁，已经在这座房子里和马克莱宁一起生活。但阿晓坚持说，他幼年时，在自家的厨房里，见过我为他煮汤的样子，而且那是他人生最初的记忆。

所谓人生，以及人世，是何等奇妙啊！

同阿晓聊过之后，我似乎也感到果真发生过那些不可思议的奇事，甚至能记起阿晓老家是什么样子，仿佛它们来自自己的回忆。据说他老家周围也有许多野生动物。我愿意相信野生动物和阿晓的故事。

在谈论这些美妙回忆的同时，也不得不提及阿晓的死。自我们相识之初，他的身体便深受病痛的侵蚀。

我与阿晓都不希望入院度过生命最后的时光。唯有我煮的汤，他才喝得下去，也才看得到体力有效恢复的迹象。医生也尊重我们的意愿。但告别之日也确确实实在逐渐逼近。残酷的倒计时，同时，也是一段美丽的日子。关于那部分记忆，请允许我留作自己的珍藏。我也一样，恐怕不远之日，会蒙天主的传召。我将带上这段美丽的记忆，与之一同启程。

包裹里的几册本子是阿晓生前的日记。他在临终数日前，将之托付给我，并交代我，希望你能有机会读到。他早已无从得知你的电话号码与住址，只告诉我，你在日本的电视系统内任职。他对你这个朋友一向深以为傲，甚至称你为救命恩人。他永远忘不了，你曾宣言要以影像之力去改造世界。正如马克莱宁改变了阿晓的世界，你的话语究竟给过他何其巨大的救赎，此刻很难彻底讲清楚。

我通过网络查询到你所在的公司。瞧瞧，如今我们究竟有多依赖科技文明的进步！我将包裹寄送到公司这个地址，但愿你能顺利收启。

我翻译的马克莱宁的日记虽全部以平假名写就，但请连同阿晓的日记搭配读一读吧。目前马克莱宁日记的原件由我保管。而阿晓日记的原件就拜托你来保管吧。这也是阿晓本人的遗愿。

今后，我会继续学习日语。不知我们之间奇妙的因缘联结会将我们带往哪里。

衷心祝愿您身心健康、安泰。

致以深深的爱与祈祷。

罗腾·尼米

今日以前，我从未感受过身体被人温暖的滋味。

我一直以为，身体瑟瑟发抖、将要冻僵的感觉，是我自己有问题。

但现在，有罗腾陪伴。

“感觉冷的话，就相互拥抱取暖！”

原来身体的寒冷，不是我的错。

罗腾取了一块毛毯给我。告诉我，坐得离壁炉近一点。脚一热乎起来，浑身都会跟着暖和。他教会了我许多东西，不仅是芬兰语。还告诉我，其实，《男人的清晨》原本不叫这个名字。我这才知道，这部影片在日本上映的时候，估计改了标题。这种例子一向很多。它原本叫作《黎明将至》。

我心想，多么美好的词语。黎明将至，每个人的黎明都会到来哦，我也想这样告诉你。

时隔多日，再次听到中岛的声音，即使是越过话筒，我仍感到一阵安心。

起初，我本想给他发一条短信。不过，输入大段文字的过程中，我改了主意。放弃短信，突然打电话过去，在我还是头一次。

说不定他不会接听？我心里思忖。自从上次在酒店偶尔撞见，中岛一直未联系过我，我也没联系他。不过，拨号音响过约八次以后，他那边接起了电话。

在他说话之前，我抢先开了口。

“中岛先生，我有件事想求您。”

我已记不清接受过多少次他的恩惠与援手。我总琢磨改日报答，但最终什么行动也没有。而此刻，依旧要向中岛再次求助。

“有关奖学金的问题。”

“嗯嗯。”中岛回了句。不必看见，我也能猜到他在对面点了点头。

“不是想找您借钱什么的，不是那回事。以往已经接受了太多您的援助，纵是感谢，也感谢不尽。中岛先生……”

我是想申请奖学金的延期还款。

我已经和援助机构沟通过多次。但对方总是和蔼但顽固地重复着同样的询问：“没有劳动能力是指什么？”“无论如何也无法工作吗？”“没有可以依靠的家人吗？”人是好人。但总而言之，在原则问题上绝不容许任何通融。

“当初发起贷款的人是您，如果不按时履约的话，敝司会很为难。”

当然，我没有责怪她的意思。她只是忠实地完成交派给她的工作。她也有她的生活，她也有她的立场。但我却感觉自己好像在做一件恶事。我不该有这种想法。

“如果万不得已非要延期，那么会产生相应的滞纳金。”

中岛沉默地倾听，我竭尽全力地解释。告诉他，如今自己身心交瘁，没有立即从事全日制工作的可能，当然，充分休养之后，我会重新回归职场，最终奖学金一定归还，届时万一还款有困难，会考虑申请政府的生活救济金。

“生活救济金吗？”

“是的。”

实际上，我还有话想说，很多。但眼下，并非扯其他话题的好时机。有句话，此刻非说不可。我深吸了口气：“请您帮帮我！”

现在，中岛正在为我奔走。

我再度联系精神科，取得了预约，向医院赶去。途中几次畏缩得想原路折回，但仍是榨出所有力气，艰难地抵达了终点。

医院里，并没有谁责问我为何这么久不来就诊。我接受了合理的诊疗，开了些合理的药。为了确保服药后能真正起效，我决心尽量过一种作息规律的生活。当然，彻底贯行还有些困难，时不时也会半夜坐起身来，到处找裁纸刀，手臂的伤口仍未完全愈合。

我与咲口女士沟通了房租问题，请她再等一段时日。果然，老太太是一个心地慈爱的好人。

“见你平时老不在家啊，肯定是工作太拼命了吧？”

为了谨慎起见，我又请中岛帮忙出具了保证今后一定支付的文书，盖好印章，交给了咲口。

“我一定会付房租的。”

自那之后，小森隔三岔五便会上门，给我留下些食物就走。当中还有田泽托她转交的东西。

“真是的，希望她本人能自己过来！”

小森一副嗔怪的口吻。我发消息向田泽道谢，收到的回复总是些八竿子打不着的表情包。

我把成堆的食物逐一收进冰箱，扑面的凉意每每令我感动。实在受不了时，偶尔也会开一下空调。趁着凉快去睡觉，如果起来后精神还不错，就上网找工作。

在向身边所有人开口求助的过程中，有一位连我自己也始料未及，便是纳土。

七月，为了即将到来的参议院选举，众多议员走上街头，开始了拉票演说。时值盛夏，在令人头脑昏沉的酷暑中，他们手举高音喇叭，叽里呱啦大呼小叫，吵得人吃不消。我极力驱赶直灌脑门的喧嚣，然而办不到。

对我来说，竞选演说如同无意义的聒噪，与疯狂的蝉鸣、繁华街里各类夜店与女郎酒吧拉客的吆喝声、暴脾气司机猛按喇叭的噪声等无异。也就是说，不引发任何脑力活动。

但今日，我却被某个声音夺走了注意力。

“安倍！安倍！诸位，鄙人是安倍田熊！”

脑子里有一根弦晃了晃。

“安倍田熊。”

我知道这个名字，它犹如某种咒语。

在回忆起出处的同时，脑子里浮现出一幅画面，鲜明如昨。疾速而来的竞选车，心知必死无疑的瞬间，头顶广阔的晴空，救了我一命的阿基，大家对阿基的欢呼赞美。

“安倍田熊！”

“安倍田熊！”

我走出家门，脚步飘忽，膝关节有一股虚浮无力之感，但心里有个声音：必须去看看！

我朝声音的来处走了约两个街区，才发觉身上几乎只有内衣，但我已没有折回的气力。

安倍田熊。

安倍田熊。

对于此人的模样，我早已没有印象。但此刻，安倍田熊正站在前方。

还有那辆差点儿轧死我、实际上撞倒了阿基的竞选车，车身到处刷满了文字“安倍田熊”。一名男议员立在车顶。

地点位于车站前的十字路口，人群聚拢过来，将竞选车团团围住，闹哄哄的令人吃惊。安倍田熊身旁立着现任内阁总理大臣，看来大家是为了围观他。

“请允许我再重申几句！”

现任总理大臣亮开了嗓门。每发一声，左手便随之摆动一下，大约是惯性动作。

身边的老婆婆手举阳伞，正好碰到我的肩膀。不，应该说拿伞骨戳着我。但老婆婆并未留意，也不见挪一挪的意思。

“我们宝贵的生命与生活应当托付给那些只会发牢骚、和稀泥，却拿不出任何改良方案的昏庸党派，还是托付给自始至终全力守护日本国民生命安宁的我党？本次选举将对这一点做出证明，因此至关重要！”

经麦克风放大的嘶吼声时不时携卷着尖锐的啸鸣，灌进众人耳中。虽然噪声看不见，但可以感受到它从天而降。现任总理大臣的呐喊自上而下将人群笼罩。

“这是当今日本亟待解决的要务！打破如今的僵局，经济景气必将回温！”

总理大臣每发一言，安倍便在一旁点头如捣蒜。听众们时不时发出高呼声：“拜托了！”总理大臣也不停地致意：“谢谢诸位！”“谢谢，谢谢！”安倍则向着声音的来处频频点头哈腰，做九十度大鞠躬。

“我们日本人向来是一个认真严谨的民族！同声同气，携手一心，度过了战后的动荡年代，对不对?!”

总理大臣挥舞着手臂，脖子上虽系了领带，但撸起衬衫袖管，没穿外衣。另一边的安倍，身着藏青色西服，只是陪立旁边，腋下也染着大坨汗迹。

“我党一定能做到！坚决不负众望！”

我想擦擦汗，但忘了一样东西。那块衣架图案的方巾，上次用过后，我立刻洗了出来。连洗衣机也用水槽清洁剂彻底扫除了一遍，所以方巾很干净。

不知何时，麦克风传到了安倍手里。现任总理大臣一手搭着安倍肩膀，笑嘻嘻的。安倍的嘴巴一开一合。噪声砸了过来。

“我党自二〇一二年大选获胜以来，一直致力于推进公民生活保障的改革！”

“确实是呢！”

撑伞的老婆婆转头向我感慨。我没搭腔，或者嘴里回了句什么。

“关于此项改革，历来有正反两方意见。我党作为反对方，认为此举完全将国家发展引入了歧途，是野党恶意谋划的一条错误路线。生活保障制度本是为真正身处困境的人提供援助而采取的福利措施。然而，今日的日本，认真工作、认真生活的人反而因之蒙受损失，有没有？真正努力奉献的公民，反而忍受着不平等的制度带来的种种痛苦，有没有？为此，我党一直高声抗议：这种现象，是极其荒谬的！那些懒惰、不劳而获的人，享受了太多本不应享受的支持！这是不合理的！他们原本该为自己索要援助而感到羞耻！”

“没错！”不远处有个声音大喊，是个男人。

“我安倍田熊向在场的诸位保证！对脚踏实地、兢兢业业的公民，将设法增加其劳动所得！让真正认真生活的年轻人，能对将来心怀梦想。”

安倍西服外套的腋下，已然湿透。只有这个部位，从藏青变成了浓郁的黑蓝。

“我们的国家不该让真正为生活努力的人们蒙受损失！”

我联系了小森。

最近，我已学会不反复掂量，不纠结内耗，有什么需要便立刻打电话过去。如果工作之中无法接听，过后小森必定会拨回来。那天，拨号音刚响两下，她便接了起来。“正在剪片子。”她说。我道了声歉，随即问：“你那儿有没有纳土的联系方式？”

“哦？前辈是打算回归职场吗？”

小森语气中含着惊喜。告诉她“不是的”，让我略感歉意。不过，说明理由之后，她表示理解。

“明白了。我马上找找看。”

而纳士也认真倾听了我这个毫无半点印象、不知从哪里冒出来的小透明提出的奇怪要求。

“如果是这样的话，当然没问题。”

纳士寄来的小包裹和罗腾那件差不多大小。不过，这次外面缠的胶带不是银色，而是土黄色。

用缓冲气泡纸小心包裹的黑色物体是一台索尼手持摄像机，型号为“FDR-AX1”，初代民用机，即内存仅4K的非专业录影器材。我还记得当年它发售的场面。

“目前您未使用的机器可以转让我一台吗？”

我恳求纳士。记得当年有位前辈曾说，纳士家中收藏了大量弃用的摄像机，且他时常品着酒，欣赏自己的藏品。

“不管多旧都没关系，只要还能照出影，任何型号都可以。”

话虽如此，纳士居然寄来了品相这么好的机子，实在令我始料未及。包裹里既没有便条，也没有附言。这一点让我感受到了纳士的体恤用心。我想起他那张略带倦意的侧颜。对于过分热烈的谢意或赞美，他一向厌恶至极。

“我总在反思自己舍弃那些素材的理由。”

怀里抱着摄像机，坚硬、冰冷。不管如何用力抱紧，它也决不肯依从，仿佛在一个远离我身体的地方保持着独立的姿态。我要扛起它，去拍摄安倍田熊。

那个险些使我丧命于车轮之下的人。

也是险些将阿基害死的人。

如今再一次企图扼杀我、扼杀我们的人。

我要把镜头对准安倍田熊。

不过，当我抱起摄影机，才发觉自己应当做的不止如此。

在这种冷酷杀戮中，我需要去追踪记录的不仅是安倍田熊。

自那之后，每一天，我都在反复重读阿基和马克莱宁本人的日记。

正如罗腾·尼米所言，他们的人生何其酷似，二人的记忆又何其清晰，每每使我惊愕。并且，如此雷同的两人，却绝不是同一个人，这也使我为之讶异。阿基的日记和马克莱宁的日记各有些差异之处。尽管这理所当然，但这一事实却放射出强烈的炫光，一再使我着迷。

阿基在日记里对我的事也有提及。但登场的事件却使我难以置信。这居然是我？如今这个浑浑噩噩的我居然也曾如此深刻地影响过一个人的生命？

打开摄像机的电源，红色小灯开始闪灭，手头有一种熟悉的触感。镜头一旦启动，即使它不会跑、不会跳，在我看来也具有生命。我一向认为，镜头会带着拍摄者的意志，用拍摄者的视角去观察拍摄者所撷选的人、事、物。

我要拍下阿基的人生。为了实现这一点，也需将镜头对准自己的人生，包括我曾渴望达成的事、曾试图去做的事。为此，我把镜头摇向手机。

这几周以来，我已不再检索林导有关的信息。时隔许久，再次输入他的名字。自那以后，似乎并没爆出什么新料。我松了口气，同时又为自己松了口气而吃了一惊，点开评论区。

多了几条评论。见之，我胸口一痛。这一痛又是怎么回事？况且，我有为之心痛的权利否？

“菅谷，好遗憾，我曾经那么喜欢你，但今后不会再继续支持了。”

一条条留言全部是相同的字体字号。这虽说合情合理，但我禁不住怀疑是某一个人同时写了好多条。且一旦有了这个念头，思绪便再也刹不住闸。眼见这位不具名的“某人”渐次现身在我面前。

“这个世界上，欺诈师四下横行。而这名卑鄙的林姓男子，也不外如是。没干过几件了不起的大事，却天天和巨乳的写真艺人鬼混在一处，更骗到了巨乳女优嫁给自己。该惩罚这些害人的欺诈师。”

这“某人”是一团黑影。不高，不矮，却也谈不上体格适中。但它显现出清晰的人形。

“什么‘众人无不献上祝福’。拜托，这众人里包括本人吗？”

看不清黑影的表情。也不知它是何面目、是何体型。

“老子搞到了菅谷须美的性爱视频，哈哈哈哈！”

不辨男女。说到底，此“人”压根儿谈不上性别。

“悲报！经确认，菅谷须美的未婚夫是个棒子！”

此“人”流着血。

不是从活物身上流淌的鲜血，而是濒临死亡却毫不自知，向着死荫之地一步步走去的幽鬼，吐出的漆黑、黏稠的脓血。我以为，它能瞬间使我浑身发热，在我体内汩汩激荡，使我眼前骤然一亮，心中涌起无比的快意……但不然。最终，它瘀阻在我的身体各个部位，决不肯循环流动。若不进行适当处置，它会永远滞留在此“人”体内，从内侧对其百般折磨。

“从菅谷须美未婚夫的所作所为基本可以推出他的身份。从名字来看，也大致有点眉目。此男原本和菅谷是同乡吧？”

我将每条评论悉数收入镜头。在这一过程中，几次感到反胃，而中断拍摄。跑去洗手间试了半天，却也吐不出什么。最后好不容易涌上来一股黏黏的口水，在便池中漂浮着，荡来荡去。

“喀！喀喀！”

隔壁老檀又开始咯痰了。公寓的格局相同，我家洗手间对面应该是他家的小厨房。既然如此，我的呕吐声，他想必也听得清清楚楚。在这样的深夜时刻，老檀还醒着吗？又或者，我这边动静太大，吵得他睡不着？

“去死，去死，去死，去死，去死，去死，去死！”

“两头猪交配，只会制造更多的猪哦！”

强烈的呕吐感再度袭来，我极力忍耐着，将之压在嗓子眼，双膝跪地。整晚承受着这种折磨。

其时的我尚且不知。

本届参议院选举中，安倍田熊获得了压倒性的胜利，今后他所属的党派也将长期执政。

其时的我尚且不知。

一名男子闯入知觉障碍患者康养院，将十九名入住者悉数杀害。广告公司某女职员不堪过劳与职权骚扰之苦而自杀。

其时的我尚且不知。

某市府公务员在走访生活保障金申领户时，竟身穿印有“HOGO NAMENNA”（少糊弄保障金！）字样的夹克。遭到中东某武装势力人身拘禁的日本记者终于踏上归国之路时，竟受到大量本国人士的谴责，斥其“应为自己的行为负起全责”。

其时的我尚且不知。

某执政党议员声称，“性少数人群不具备任何社会生产力，却享受了过多的社会援助”。某些生活保障金的申领者认为保障金的下调损害了他们身为公民的生存权，属于违法行为，从而向法院提诉，却被地方法院驳回了上诉请求。

其时的我尚且不知。

某市的多地域文化交流中心竟收到了针对在日韩国人的死亡威胁，扬言要“把在日韩国及朝鲜人从这个世界上抹除。如若仍有幸存者，将采取最残酷的手段，将其杀掉”。

其时的我尚且不知。

其时的我对这些即将发生的事尚且一无所知。

我将镜头摇向窗子，窗外是深浓的夜色，玻璃上映出我的身影。

许多日子以来，我度过了无数难以成眠的夜晚。接下来，将是天色更为黑暗的时段。所有事物纷纷散匿在暗冥之中，而那团漆黑的物质不知何时也将侵蚀我们的身体，将我们的存在彻底湮没。但我们置身其间，仍竭力呼吸着。携着伤痕累累的身躯，染满血污的身躯，一面伤害着自己或他人，一面不懈地呼吸。这个长夜果真会迎来黎明吗？这个酷烈、深晦、如幽冥般的暗夜。

<全书完>

主要参考书目

《贫困儿童：如何使孩子远离贫穷》加藤彰彦，创英社

《弃孩童于贫困的国度，日本》山野良一，光文社新书

《儿童赤贫的国度，日本：对学力、身心、社会的诸般影响》山野良一，光文社新书

《贫困儿童的希望，到底是什么？》下野新闻社，儿童希望取材部，蒲蒲兰新书

《贫困儿童SOS：记者耳中的微弱呼喊》读卖新闻社会部，中央公论新社

《一亿国民总贫困时代》雨宫处凛，集英社国际丛书

《儿童贫困：增补版》每日新闻社取材部，朝日文库

《黑心奖学金》今野晴贵，文春新书

《奖学金地狱》岩重佳治，小学馆新书

《东京贫困女子：她们为何举步难行？》中村淳彦，东洋经济新报社

《贫困女子的真实处境》泽木文，小学馆新书

本书执笔之际，作者走访了东京都内某婴幼福利院的院长及诸位工作人员、某电视台多名制作人及节目编导、东京某小剧团创办人，在此将其姓名一概隐去。

感谢以上诸位的倾力支持。

另，与本作品有关的责任一律由作者本人承担。

本书连载于月刊《小说新潮》

二〇一九年九月号至二〇二一年一月号